新 潮 文 庫

剣　　　　　狼

—幕末を駆けた七人の兵法者—

菊池寛　本山荻舟　津本陽
柴田錬三郎　山田風太郎　五味康祐
子母沢寛　杉本苑子

目次

兵法流派系統図

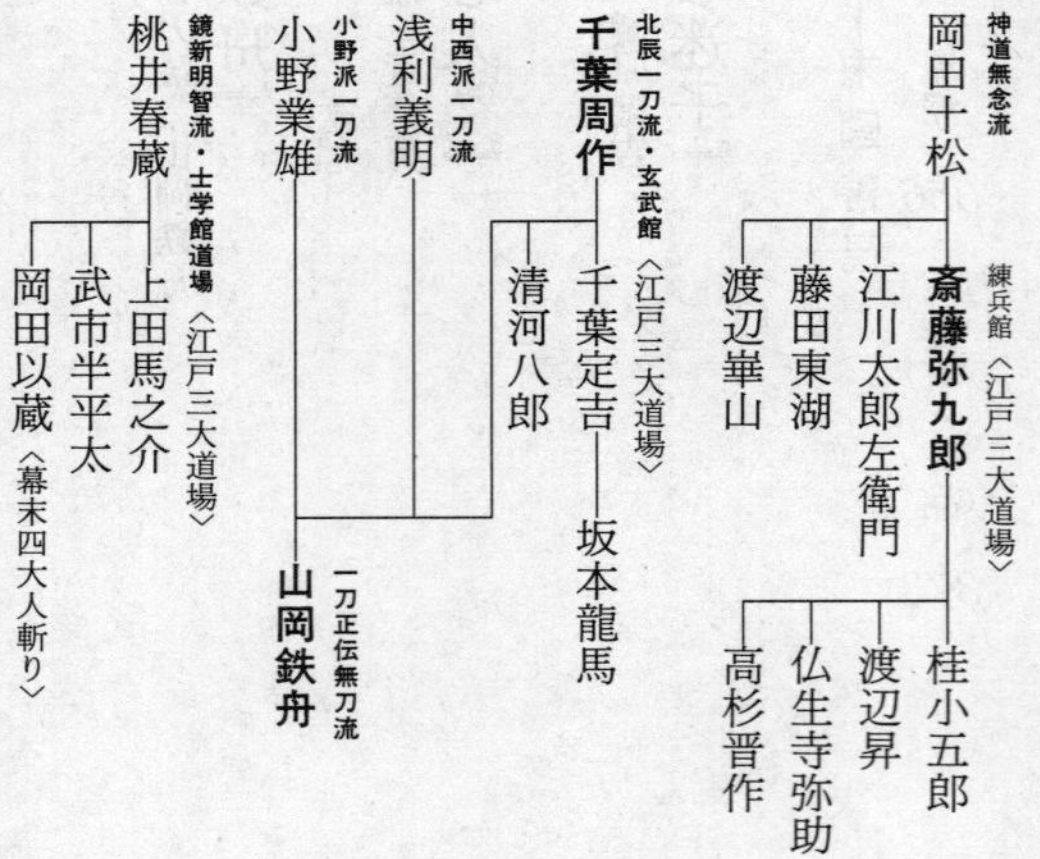

神道無念流
岡田十松
練兵館〈江戸三大道場〉
斎藤弥九郎
江川太郎左衛門
藤田東湖
渡辺崋山
桂小五郎
渡辺昇
仏生寺弥助
高杉晋作
北辰一刀流・玄武館〈江戸三大道場〉
千葉周作
千葉定吉
坂本龍馬
清河八郎
中西派一刀流
浅利義明
小野派一刀流
小野業雄
一刀正伝無刀流
山岡鉄舟
鏡新明智流・士学館道場〈江戸三大道場〉
桃井春蔵
上田馬之介
武市半平太
岡田以蔵〈幕末四大人斬り〉

直心影流

- 男谷信友
  - 島田虎之助─勝海舟
  - **榊原鍵吉**─武田惣角
  - 天野将監─天野八郎

天然理心流・試衛館道場

- 近藤周助─**近藤勇**
  - 沖田総司
  - 土方歳三
  - 井上源三郎

示現流

- 東郷重位
  - 古示現流　種子島時貞
  - 薬丸自顕流　薬丸兼陳
    - ……田中新兵衛〈幕末四大人斬り〉
    - ……**中村半次郎**〈幕末四大人斬り〉
  - 小示現流　**伊集院久明**
    - ……**中村半次郎**〈幕末四大人斬り〉

不知火流

河上彦斎〈幕末四大人斬り〉

剣狼

――幕末を駆けた七人の兵法者――

神道無念流　斎藤弥九郎　　菊池寛

『斎藤弥九郎』　　本山荻舟

菊池　寛（1888〜1948）
本山荻舟（1881〜1958）

本作は、昭和初期に興文社と文藝春秋社により共同刊行された「小学生全集」の第三十六巻・『日本剣客伝』（昭和二年十二月刊）のうちの一篇である。同書は、菊池寛、本山荻舟の共著。本書収録にあたっては、同書を底本とした。

上

文政三年岡田十松《おかだじゅうまつ》が死んだ時、実子の二代目十松では、多くの門人を養成することができなかったので、一門協議の上、道場の跡目に推されたのが、斎藤弥九郎篤信斎《さいとうやくろうとくしんさい》でありました。

弥九郎は越中仏生寺《えっちゅうぶっしょうじ》村の生れで、先祖は鎮守府《ちんじゅふ》将軍藤原利仁《ふじわらとしひと》の後裔《こうえい》だと伝えられていますけれど、久しく世に埋《うず》もれて、父の新助《しんすけ》は百姓でした。弥九郎は弟妹《きょうだい》七人の総領で、十三の時から小僧奉公に出され、油屋だの、薬屋だのと渡ってあるきましたが、商売がきらいで辛抱ができず、僅《わず》か一分《ぶ》の路銀を懐中《ふところ》に、だまって国を飛出したのは、十五の年の秋でありました。道中は野に伏し山に寝て、食う物も食わぬほどに倹約し、江戸に近く板橋の宿はずれで、焼芋を買って食ったのが、国を出てから暖かいものを、はじめて口に入れたのだというほど、艱難辛苦《かんなんしんく》をなめて来たのでありました。

僅かのつてをもとめて、旗本能勢祐之丞《のせすけのじょう》の屋敷に奉公している間、毎夜、一家が寝しずまってから、そっと起きて机に向うと、夜通し本を読明かし、どうでも眠くてたまらぬ時は、にぎり拳《こぶし》を額に当てて、机に突伏したまま、うたた寝をするのが関の山で、ただの一夜《ひとよ》も暖かく、床の中に寝たことはなかったという位で、後まで弥九郎の額には、拳の跡が痣《あざ》になっていたといいます。

能勢家の馬小屋の柱が、冬になると簓《ささら》のように傷ついて、中ほどがだんだん痩細《やせほそ》って来ます。火の気のない部屋の中にかしこまって、夜更《よふ》けるまで書物に目をさらしていると、堪《た》えがたい寒気が骨にしみて、身も心も凍るような思いのすることはめずらしくありません。そんな時には猛然と立って、竹刀《しない》を片手に厩舎《うまや》へ出かけ、そこの柱へ力まかせに、切返しを試みるのが、弥九郎にはただ一つの寒さしのぎだったのであります。

主人の祐之丞もその志に感じて、屋敷の用事に差支えない限り、文武の道に親むことを許したので、弥九郎ははじめて十松の門に入《い》り、一心不乱に勉強しましたから、その上達は目ざましく、多くの先輩を越えて、道場の跡目にも押されるようになったのです。時に二十三歳でありました。

しかも弥九郎の望みは、剣法を磨くばかりでなく、文武を車の両輪と心得て、経書、軍書、馬術、砲術と、皆一流の師をもとめて修行しました。

伊豆韮山《いずにらやま》の代官江川《えがわ》太郎左衛門《ろうざえもん》英龍《えいりゅう》は、七百年来の旧家で、代々太郎左衛門と呼び、伊豆一円の代官として、一万石の大名の格式をもつ、地方の名望家でしたが、弥九郎と同門のよしみから、片腕として頼まれ、後に幕府の命を受けて、太郎左衛門が品川の台場を築いた時、工事の総監督をしたのも、この弥九郎でありました。

水戸の藤田東湖《ふじたとうこ》は、十松晩年の弟子でしたから、形式は同門でしたけれども、実は多く弥九郎に教えられたので、そんな関係から烈公にも重んぜられ、武田耕雲斎《たけだこううんさい》などからも、常に先生と呼ばれていました。渡辺華山《わたなべかざん》や高野長英《たかのちょうえい》等とも、親友として深く交り、吉田松陰《よしだしょういん》や佐久間象山《さくましょうざん》は、皆弥九郎の引立てた後輩でありました。

長崎の高島四郎太夫秋帆《たかしましろうたいふしゅうはん》が、むじつの嫌疑を受けて、三百里の道を軍鶏籠《とうまるかご》で、はるばる江戸へ送られたのは、天保《てんぽう》十四年の正月でありました。

一行が鈴ヶ森にさしかかった時、朝から催していた荒模様が、急に加わって、たちまち一天墨を流した如《ごと》く、同時にはるかの沖合から、海鳴が聞えるかと思われたのは、時ならぬ春雷の響でありました。

一陣の黒風《こくふう》とともに、ぱらぱらと落して来た大粒の雨の中を、軍鶏籠はあわただしく、道端の茶店へかつぎ込まれました。

直《す》ぐその後から、はやてのように飛込んで、いきなり籠の前に尻餅《しりもち》をついた、浪人体《てい》の大男がありました。

「無礼者、何とする」

「これは飛んだ粗忽《そこつ》をいたしした。思いも寄らぬ雷鳴に、驚いて駆込むはずみに、ついぬかるみにすべって、面目《めんぼく》もないこのありさま、どうぞ御容赦にあずかりたい」

「ナニ雷鳴に驚いたと、見れば尾羽打枯らしても、武士の風体をしながら、さてさて不覚千万な奴《やつ》だ、以後はきっと気をつけようぞ」

「おそれ入ってござる。幸い雨も小やみになったれば、一足お先へ御免を蒙《こうむ》る」

と、いうかと思うと、姿ははや雨だれ落の外へ出て、波打際《なみうちぎわ》をすたすたと、いずこともなく見えなくなってしまいました。

鬢髪《びんぱつ》を乱して、顔にはところどころ煤《すす》をぬり、ぼろぼろの着物を着ていたので、知った者が見ても容易には気がつかなかったでしょう。これが弥九郎でありました。

太郎左衛門の頼みを受けて、砲術の師匠の秋帆に、むじつの次第を知らしめる為《た》めの密書と、用意の金子《きんす》十両とを、軍鶏籠の小窓から、人知れず投込んでいったのでした。

中

弥九郎の長男新太郎が、諸国修行に出て、はじめて長州萩《はぎ》の城下へ乗込んだのは、嘉永《かえい》二年二十二歳の春でありました。

取敢《とりあえ》ず旅宿について、道中の疲れをやすめていると、はらはらと散り入《く》る花のまにまに、遠く竹刀の音が聞えます、あいさつに出た主人にきくと、

「あれは明倫館《めいりんかん》のお稽古《けいこ》でございます、御承知の通り当地は、毛利《もうり》大膳大夫《だいぜんのたいふ》様お膝元《ひざもと》で、武芸は殊《こと》の外《ほか》盛んでございます。明倫館と申しますのは、近頃新築できました、御藩主様の道場で、数多《あまた》の武芸者が、雲のように集っています」

と、いう土地自慢です。

「それは楽みなことだ、明日は早速推参して、ぜひ手合せを願うつもりだが、定めて達人も多いことであろう」

と、いろいろ雑談の後、その夜はしずかに眠につきました。

翌日《あくるひ》明倫館に出かけて、家中の若侍たちを相手に、数十番の試合をした末、元気よく引揚げて来た新太郎は、旅籠《はたご》の風呂《ふろ》に汗を流して、連の門弟と一緒に、心地よく晩酌を傾けているところへ、主人がまたやって来ました。

「今日はさぞお疲れでございましょう、試合はいかがでございましたな」

「おお亭主、明倫館は立派だな」

「さようでございます、ちょっとあれだけの道場は、めったにございませんそうで」

「剣士も雲のように集っていたぞ」

「さようでございましょう、勝負はいかがでございました」

「道場の立派なことも、剣士の多いことも、亭主の申した通りだが、真の剣士は一人もいなかったよ」

「何とおっしゃいます」

「物にたとえて申すなら、黄金の鳥籠に、雀《すずめ》を飼っておくようなものだ」

「へえ」

といったまま、亭主はあきれて退《さが》って行きました。

ほろ酔機嫌のじょうだんで、もとより心からいったのではありますまいけれど、たちまち漏れて藩士の耳に入《い》ったからたまりません、血気の若侍等は火のように怒って、直ぐに宿屋へあばれ込もうとしたのを、老臣たちのはからいで、そっと新太郎に知らせてやり、夜中にそこそこ立退かせたので、その場は無事にすみましたが、すまないのは長州の若侍です。

新太郎の一行が、九州へ渡ったと聞いて、

「逃げた奴等は相手にならぬ、それよりいっそ江戸へ出て、道場をたたきつぶしてやろう」

と、老臣等の止めるのもきかず、来島又兵衛《きじまたべえ》、祖式武助《そしきぶすけ》等を筆頭とし、十人あまり一かたまりとなって、はるばる江戸へ押出して来ました。

斎藤の道場は練兵館《れんぺいかん》と名《な》づけ、その頃九段坂上《くだんざかうえ》にありましたが、弥九郎は韮山へいった留守中で、道場は新太郎の弟の歓之助《かんのすけ》が預かっていました。そこへ面、小手、竹刀等の撃剣道具を、釣台《つりだい》に一杯載せて、わいわいと担《かつ》ぎ込んだものです。

たいていな者ならふるえ上るところでしょうが、歓之助は当時十七歳、紅顔の美少年でありながら、なりにも年にも不似合な、剛勇無双の若者で、綽名《あだな》を「鬼歓《おにかん》」と呼ばれた位ですから、いくら相手が大勢いても、びくともするようなのではありません。

「よろしい、わしが代ってお相手をいたそう、おのおの道場へお通り下さい」

とにっこり笑って引受けました。

鬼歓は突の名人で、またその稽古の荒いことは、荒稽古で聞えた練兵館の中《うち》でも、随一としておそれられていました。歓之助と立合う時は、僅《わず》か一本打たれても突かれても、後《のち》まで非常に痛むので、相当に腕のできる者でも、なるべくその稽古を避けるようにしていました。すると歓之助の方では、大勢の門弟の中から、腕前のいい者に目をつけては、ちょっと頭を突っつくのが知らせで、何でも彼《か》でも引張り出すものですから、後には腕のすぐれた者ほど、うしろの方に小さくなって、若《も》しも頭にさわられると、誰でもふるえ上ったというのです。

他流試合の時などは、竹刀直しが一人つききりで、そばからそばから直すのを例とし、一試合をするまでには、何本竹刀を折るか知れず、突の時には竹刀の先が、菱《ひし》の形に挫《くじ》けたものだといいます。

長州の若侍は、そんなおそろしい相手と知りませんから、たかが子供あがりの若輩と、内心馬鹿《ばか》にしてかかったにちがいありません。

「当道場の試合は、荒いのが名物になっています、よろしゅうございますか」

「荒いほど手答えがあって結構だ、われ等も遠慮はいたさぬぞ」

「御念《ごねん》には及びませぬ、いざ」

「いざ」

と、いって、双方へ立別れたと思うと、直ぐに、

「えいッ」

と、いうはげしい気合です。

「あッ」

と、いうと最初に出たのは、もう後へ引くり返っている有様です。目にもとまらぬ

早さで、歓之助の竹刀が喉《のど》に飛んだのです。

「参ったア」

「さアお次の方」

入代《いりかわ》り立代《たちかわ》り進むのが、ことごとく鬼歓一人の為めに突伏せられて、遠征の目的はどこへやら、空《むな》しく竹刀を肩にして、すごすごと引揚げねばなりませんでした。中にはひどく喉を痛めて、二三日も食事が通らず、床についた者もあったということです。

発頭人《ほっとうにん》の来島又兵衛は、後年京都 蛤《はまぐり》御門《ごもん》の戦いに、一方の隊長として、奮闘戦死したほどの勇士でしたが、それ等が皆この有様でした。

しかし「雨降って地かたまる」という諺《ことわざ》があります。練兵館と長藩との縁はこんなことから結ばれて、有名な高杉晋作《たかすぎしんさく》、桂小五郎《かつらこごろう》、山尾庸三《やまおようぞう》、品川弥二郎《しながわやじろう》等、明治維新の大立物となった長藩士は、皆弥九郎の門人でした。桂小五郎の如きは、品川台場の築造中、弥九郎の弁当持となって、工事を見学したという位です。

土佐の谷干城《たにかんじょう》も、肥前大村《ひぜんおおむら》の渡辺昇《わたなべのぼり》も、やはり練兵館の出身でありました。

下

安政二年十月二日の夜、江戸中が引くり返るような大地震に、弥九郎は練兵館をまもって、夜どおし警戒していました。

「先生、水戸様のお屋敷が、大変と申すことでございます、お長屋がつぶれ、藤田先生の生死《しょうし》が心元ないと申すことで」

「ナニ、虎之助《とらのすけ》殿が、それは大変だ、続けッ」

と、いうと、二三の門弟を引連れ、宙を飛んで駆《かけ》つけました。

地震は夜の十時頃に起って、同時に諸方へ火の手があがり、見る見る燃ひろがって、到《いた》るところ火の海になっていました。

弥九郎はそれ等の危険をおかして、小石川の水戸屋敷へ来て見ると、東湖の小屋はむざんにつぶれて、当人は老母を抱いたまま、その下敷になっていました。

「や、これは大事だ」

と、いいながら、先《ま》ず手近の老母を引起すと、一時気は失っていたけれども、幸いどこにも怪我《けが》はありませんでした。

「虎之助殿、藤田殿」と呼んだが、答えはなくて探る手先に、ぬらぬらとさわるものがあったのを、暁の薄明りにすかして見ると、それは糊《のり》のような血汐《ちしお》でありました。

さすがの弥九郎もぎょっとして、手早く材木を取のけると、東湖はその下に頭をくだかれて、むざんの即死を遂げていました。はじめぐらぐらッと来ると同時に、東湖は一旦《いったん》家を飛出したが、老母の姿が見えないので、ふたたび内に取って返すと、老母は火の元があぶないといって、うろうろしているところでしたから、やにわに抱いて駆出す時、梁《はり》が落ちて下敷になったのでした。

弥九郎ははらはらと涙を落しながら、死骸《しがい》の処置をしようとしましたが、屋敷中《うち》はどこも損害がはげしく、混雑を極めているので、門弟を一旦練兵館へ帰らせ、家《うち》から長持を取寄せて、ねんごろにこれへ納めた上、自分の手で水戸へ送らせました。

弥九郎は老年に及んで、せがれ新太郎に弥九郎の名をゆずり、自分は隠居して篤信《とくしん》斎《さい》と号しましたが、世間では隠居させておかず、長藩主毛利元徳などは、わざわざ隠居所に訪ねて、時勢に対する意見などを聞きました。

明治維新になった時、篤信斎は七十一歳でしたが、新政府から召されることになると、

「わしももう七十を過ぎて、昔の元気はないけれど、幸いに長生をしたおかげで、この聖代にあうことができ、またこの恩命をこうむるというのは、死んでも身の面目で、まだまだ安閑と隠居は願われぬ」

と、進んでその命を拝し、大阪に出張して、生野《いくの》銀山の開発につとめたり、造幣局の創設につくしたりしました。幼少の頃、油屋の小僧としてとった算盤《そろばん》が、中頃は江

川家の手代として役に立ち、更に老後をかざる明治政府にまで、勤めの助けになったのでした。篤信斎がただの武芸者でなく、政治家としてもすぐれた腕のあったことは、これ等によってもわかります。

明治二年十一月四日の夜、造幣寮から火事が出て、たちまち周囲に燃ひろがり、大事な書類を納めた倉庫も、見る見るほのおにつつまれてしまいました。

火事と聞いて篤信斎が、四男の四郎之助《しろのすけ》と一緒に、宙を飛んで駆つけた時は、火はもう役所全体に廻って、四方から集った消防隊も、ほとんど手の下しようがないところでした。

「大事な書類はどうした、無事に持出したか」

と、叫んだ篤信斎のもちまえの大声は、破鐘《われがね》のように響き渡りましたが、度を失っている下役たちは、ただ顔を見合せるばかりで、誰一人答えのできる者もありませんでした。

「うむ、さてはまだそのままだな、あの中には焼いてはならぬ外国との条約書もある、人手は借りぬ、水を持て」といいざま、そこにあった小桶《こおけ》の水を、頭からざふりとかぶりました。

「父上、何をなさる」

と、四郎之助が驚いてとめようとするのを、篤信斎はふり切って、うずまき上る黒《くろ》煙《けむり》の中へ、身をおどらして飛込みました。あッというと四郎之助も、つづいて父の後を追いました。

二人とも大火傷《おおやけど》は負いましたが、幸い命には別条なく、大切な書類をとり出しましたので、時の造幣頭《ぞうへいのかみ》井上聞多《いのうえもんた》（馨《かおる》）は、「明治の大川友右衛門《おおかわともえもん》だ」といって、その勇気を激賞しました。

これを奉公じまいとして、翌年東京に帰った篤信斎は、明治四年十月、七十四歳で世をおわりました。三名人の中《うち》では、最後まで生残った人でありました。

北辰一刀流　千葉周作

『千葉周作』

津本陽

津本　陽（1929〜）

本作は、昭和五十六年から講談社より刊行された『山岡荘八全集』（全四十五巻）の月報に計十回掲載された「日本剣客列伝」のうちの一篇である。六十年に『日本剣客列伝』が講談社より刊行され、六十二年に同じく講談社より文庫版が刊行されている。本書収録にあたっては、同文庫版を底本とした。

一

千葉周作は寛政六年（一七九四）正月元旦《がんたん》に、陸前国栗原《くりはら》郡花山村荒谷に生れたとされている。出生地を仙台気仙《けせん》郡気仙村とする説もある。

周作の祖父吉之丞《きちのじょう》は磐城《いわき》国相馬《そうま》中村藩の剣術指南役で、自らの流名を北辰夢想流《ほくしんむそうりゅう》と称していた。安永の末、故《ゆえ》あって浪人し、花山村に移住して医を業とするようになった。

吉之丞の娘は幸右衛門成勝という医師を養子にむかえ、三人の男児をもうけた。幸右衛門も養父におとらない剣の達者で、子供たちに剣技を授けた。

次男の周作は幼名を於菟松《おとまつ》といい、後年桶町《おけちょう》千葉といわれる三男定吉とともに、卓抜な素質を示しはじめた。

父幸右衛門は文化六年（一八〇九）息子たちの将来を考えて郷里を出て、江戸の近郊の松戸に移り住んだ。

彼は名を浦山寿貞とあらため、医業で生計をたて、三子に文武の修行をおこなわせた。寿貞は機縁を得て、松戸出身の小野派一刀流中西道場出身の剣士、浅利又七郎義信と知りあった。

浅利は若州小浜《おばま》藩江戸屋敷の剣術師範である。於菟松は浅利の道場に学ぶうち、師の紹介で旗本喜多村石見守《いわみのかみ》の家来となり、十六歳で周作と改名する。

小野派一刀流中西道場は、当時門弟三千人と呼号する日本一の大道場で、名剣士を輩出したが、浅利はなかでもとくに変った経歴の人物であった。

彼は松戸の貧家に生れ、又七と呼ばれた少年の頃にはアサリ売りを業としていた。江戸の町を朝のうちに売りあるき、仕事を終えると中西道場の片隅に坐《すわ》って、門弟たちの稽古《けいこ》の様を熱心に眺めるのを日課とした。

破風《はふ》造り、間口六間奥行き十二間の大道場の主人忠兵衛は、三年間一日も欠かさず見取り稽古にやってくる又七をみて、ある日思いつき若い門弟と試合をやらせてみた。

又七は見よう見まねで竹刀《しない》をとり立ちあうが、一、二年は剣を学んだほどの駆けひきをしてみせ、忠兵衛は見所があるとして彼を内弟子とした。

彼はたちまち頭角をあらわし、六、七年後に免許皆伝となる。やがて中西道場より推選され、小浜藩に仕官したが、アサリ売りの又七の昔を忘れないようにと、姓を浅利、名を又七郎義信としたのである。

周作は彼に就いて修行をするが、北辰夢想流の心得があるところへ、懸命の鍛練を重ねたので、二十三歳で免許皆伝を得た。

浅利又七郎は、彼が凡器ではないことを認め、自らの道場での修業をきりあげさせ、かつての師匠である中西忠兵衛の道場で、さらに技法の練磨を重ねることにした。

中西の道場には、先代、先々代中西の門下で、組太刀の名人として天下に名高い高崎藩士、寺田五郎右衛門宗有、試合をさせては天下無敵の名手白井亨《とおる》、音無し剣法で高名な高柳又四郎の三人がいた。

いずれも天下に強豪の名を誇る名誉の剣士である。浅利は中西道場に周作をおもむかせるとき、彼にさとした。

「寺田の組太刀はさておき、白井、高柳の二人のうちいずれでもよい、十本勝負で三本、三本勝負で一本を打ちこめるようになれば、お主の技も一流の域に達したことになる」

周作は中西道場で修練を重ねた。

生れついての大器である彼は、先輩の三羽烏《がらす》に気力で劣るところはなかった。白井亨は組太刀と竹刀をとっての試合剣術で苦労を重ねた人物で、後進の指導には懇切で、幼年者の養成にも熱心であったが、高柳又四郎は、初心者をも徹底して痛めつけた。

周作は道場で偶像視されている彼らを、最初から競争者として考えていた。

組太刀の名人寺田は己れの木刀の先からは火炎が出るといい、白井は輪が出るというが、実は火炎も輪も出るものではない。

切先がするどく、相手の剣尖《けんせん》を寄せつけないというにすぎないと見て、周作は彼らの技をおそれはしなかった。

また、高柳又四郎はいかなる人と試合をおこなっても、自分の竹刀に相手の竹刀を触れさすことなく、二尺三尺も離れていて勝負を決する名人であるとみていた。

向うの出る頭、起る頭を打ち、あるいは突きをいれ、けっしてわが身に近く寄せつけず、向うが一歩進みでたところを見計らいこちらからも踏み出て打つため、他流試合で一度も敗《ま》けたことがない。

しかし、突きなどは道具はずれを往々にして狙《ねら》い、邪剣の傾向があると周作は観察している。

そのうえ、高柳は他人に技を磨かすような稽古はせず、ひたすら己れの技を磨くことのみ心掛けるため、初心者にもわざと打たすことはせず、教導者としての資格に乏しいと冷静な分析をしていた。

周作は寺田の木刀での組太刀剣法が、面籠手《めんこて》つけての竹刀剣法と試合をして、相手の動きをいちはやく見切り、先手をとって凄《すさ》まじい威力を発揮する様を眼《ま》の辺《あた》りにして、考える。

「組太刀、あるいは形《かた》と申すのは理である。竹刀打ちは業であれば、理業兼備の修行をしてこそ、真の勝負に勝てるのである」

彼は打たれて修行することを、心得ていた。

その意は、稽古相手にやたらと打たれればよいというのではない。稽古に際し、自分の不得意な業を試みねばならないというのである。

ふつうは、稽古に際しては自分の得意な業をくりだし、相手を圧倒したがるものだが、それでは上達が遅いと彼は考える。

不得意な技を用いれば、はじめのうちは相手に打たれ突かれて、はなはだ具合がわるいが、そのような稽古を重ねたうえで、はじめて上手巧者となると覚《さと》っていた。

周作は徹底した合理主義者で、自らの技法を精密に分析し、微妙な極意を体得してゆく。

三年の修行ののちに、彼は高柳又四郎に音無しの構えを許さないまでに上達し、白井亨とも五分の稽古をおこなえるようになった。

周作が中西道場の免許皆伝をうける当日、御祝儀《ごしゅうぎ》試合の相手として高柳又四郎がえらばれた。

御祝儀試合では、免許皆伝をうける者の門出を祝い、師匠か先輩が相手となり、花を持たせてやるのが慣例であったが、高柳が相手ではそのような甘い勝負は望めない。初心者の弟子にも容赦なく打ちこむ、情知らずの剣術を身上としている高柳に勝つには、実力をもってするほかはない。

試合の相手に高柳が立ったのは、浅利又七郎の希望によるものであった。浅利は愛《まな》弟子《でし》の実力がどれほどのものであるかを、知りたかったのである。

御祝儀試合には勝敗の見分役が付かないことになっていたが、この日は寺田五郎右衛門が見分役についた。

周作と高柳は寺田の指図で互いに竹刀を交して立った。

高柳は一刀流正規の構えである、中段青眼をとった。周作は左上段に構える。高柳は他流試合ではかならず後《ご》の先《せん》の技で、相手を打ちこんで勝ちを得る。

周作が高柳に遅れをとった場合も、つねに後の先で決められた。高柳はわれから進んで打ちこむことはせず、かならず相手の出ばなをとらえ、不敗の記録をのばしていた。

相手よりわずかにおくれて打ちこみながら、太刀先は相手の体に紙一重の早さで届くのが、後の先の太刀である。

周作は三年のあいだに高柳の業をみきわめていた。彼とおなじ中段青眼では、どのように打ちこんでも後の先をとられると知っている。そのため一刀流組形にない上段をとった。

二人はわずかに爪先《つまさき》を動かしつつ間合いをとりあい、機をうかがう。周作はこちらから打ちこめば、技を返されるのを、充分承知していた。

体がひとつの構えに居つかないように、わずかに移動しながら、気合をかけることもなく、静寂のうちに時が過ぎた。

大道場に居流れた中西忠兵衛以下、同門の剣士たちは、粛然と見守っている。小半《こはん》刻《とき》（三十分）が過ぎた。

周作は突然、双手《もろて》上段の構えから疲労したかのようにみせて右手をはずし、左片手上段で一歩後じさった。誘いの隙《すき》である。とっさに高柳の竹刀が周作の喉元《のどもと》に閃《ひらめ》く。勝負が決ったかと思われた瞬間、周作の片手上段の竹刀が高柳の面をとった。

「相討ち、勝負なし」

寺田が、すかさず叫んだ。

周作は面を打って踏みこんだ拍子に、一寸二分（約四センチ）の床板を踏み割っていた。床板はその日のうちに切りとられ、額に納めて後進のはげみとするために、道場に掲げられることになった。

二

浅利道場にもどった周作は、一刀流の改良を思いたち、浅利又七郎に組太刀を変えることを進言した。

浅利は周作を道場の後継者ときめ、彼を浅利家の養子とし、姪《めい》をめとらせ酒井藩指南役の座を譲ったが、一刀流の改良には頑強に反対した。

彼は義父に従うか、自らの信ずるところに従うか、煩悶《はんもん》を重ねたあげく、妻とともに浅利家を出る決心をした。

彼はいう。

「去らんかな、去らんかな。われまさにここを去るべきのみ。それ剣道の要《かなめ》は、多数の子弟を教養して、国家を捍衛《かんえい》せんとするにあり。教練の方法、後進に不利なるを知りつつ、己れの私情に殉じて己れを改むることを為《な》さず、自己の所信をまげて子弟の教導を誤るがごときは、けっして丈夫の潔《いさぎよ》しとせざるところなり。去らんかな、去らんかな。われ父子の義を断って去るべきのみ」

周作は自らの剣法の流儀を、祖父の北辰夢想流にならい、北辰一刀流と名づけ一派をたてるが、世上の批難は彼にあつまった。

養父を捨て、小野派一刀流に対抗して新流派をたてた周作は、武士の風上に置けない不徳義漢であるというのである。

周作は自分への風当りがあまりにもつよいのにおどろく。そのうち、浅利の門弟たちのうちで、彼を襲おうとたくらむ者がいるという噂《うわさ》がたった。

おなじ一刀流を学ぶ者のうちで、骨肉相食《あいは》む争闘をおこすのは見苦しい。周作はほとぼりのさめるまで江戸をはなれ、武者修行の遍歴に出ることにした。

文政三年（一八二〇）、二十七歳の周作は、上州出身の吉田川という相撲取りを道案内として高崎にゆく。さらに信州、甲州を経て駿河《するが》、遠州、三河と廻国をかさね、ふたたび高崎にもどった。

彼は高崎で念流の達人小泉源十郎と試合をおこなって破り、小泉は彼の門下となった。小泉の紹介で念流錚々《そうそう》の剣客たちが彼の門にあつまり、数ヵ月の滞在のうちに百余人の門下が、彼の教えを請《こ》うようになった。

一年余の高崎滞在ののち、周作は江戸に戻り、文政五年（一八二二）一月にまた上州への旅に出る。月の半ばを高崎小泉道場で弟子の育成にあたったのちは、伊香保《いかほ》温泉の木暮武太夫方に逗留《とうりゅう》して残りの半月を過ごすという、余裕のある生活であったが、門弟の彼に対する支持は熱烈なものであった。

彼の指導方針は理にかない、弟子の長所を導きだすのに巧妙をきわめたためである。

上州での彼の名声が高まってきたとき、扁額《へんがく》騒動がおこった。

周作が小泉らの希望をいれ、門弟一同百余人の姓名を列挙した額を、伊香保神社に奉納しようとするが、地元の馬庭念流樋口《まにわねんりゅうひぐち》一門の怒りを買った。千余人の念流門下生と、周作門下百余人がたがいに譲らず、乱闘をも辞さない意気込みで騒動をおこすが、周作は公法をまもって暴発を許さなかった。

さいわい地元の代官の仲裁で双方の和解がととのったが、事件の詳細を滝沢馬琴《ばきん》が「伊香保の額論」と題し、小説として売りだしたため、千葉周作の名は天下にひろまることになった。

三

伊香保騒動の解決した文政五年の秋、周作は江戸に戻り、北辰《ほくしん》一刀流道場玄武館を日本橋に開設した。

二十九歳の周作の教授法は理にかない適切であるので、弟子はたちまち増加する。北辰一刀流の組太刀は、従来の小野派一刀流のものに自己創案の五本、相小太刀の組太刀六本を加える。

また小野派一刀流では、小太刀から師範免状まで、昇段制度が八段階に分けられていたのを、初目録、中目録、大目録皆伝とした。

試合に際しては、下段青眼を本来の構えとしている一刀流の慣《なら》わしにこだわることなく、臨機応変にいかなる構えをとっても自由であるとする。

組太刀の説明、剣技の指導は実地に即して平易な言葉を用い、弟子たちが理解しやすいように留意する。

一刀流宗家の伝統を墨守する中西道場、浅利道場からみれば、許せない反逆者である周作は、策師とかげぐちをたたかれ批判をうけるが、旧来の陋習《ろうしゅう》を打ちやぶらねば進歩はないとして、ひるまなかった。

その後北辰一刀流の清新な剣技を慕い入門する弟子の数はおびただしく、日本橋の道場は手狭になったため、三年めには神田お玉ケ池に移転する。

道場の規模は、将軍家師範の柳生《やぎゅう》道場と同様の八間四面で、玄関は豪壮な破風造りであった。敷地は三千六百坪と広大なもので、北辰一刀流は江戸で剣法の双璧《そうへき》といわれた直心影流、小野派一刀流を凌駕《りょうが》するいきおいをそなえてきた。

広大な敷地のうちには、遠国からの修行者や諸大名から委託された門人たちのため、二階建ての寄宿舎を設けた。嘉永《かえい》四年（一八五一）には一族一門三千余人の名を記した額を浅草観音堂に奉納し、彼が生涯を通じてとりたてた門人の数は、六千人を超すといわれたほどの繁栄をつづけた。

周作の門下で天下に名を知られた剣士の数は、海保帆平、井上八郎、庄司弁吉、高坂昌孝など十数人に及ぶ。清川八郎、有村治左衛門も千葉門下であった。

海保帆平は上州安中藩士の子息であったが千葉道場で研鑽《けんさん》をかさね、十九歳で大目録免許皆伝となり、同時に水戸藩に五百石で仕官して世上をおどろかせた人物である。

井上八郎は日向《ひゅうが》国延岡城下の豆腐屋の娘の私生児であった。父は井上主衛という内藤藩の重臣であるが、親子の名乗りをしなかった。

八郎は十五歳のとき発奮して江戸に出る。周作の弟定吉が入門を志願する彼と会い、身上話を聞いて内弟子にむかえいれることにきめた。

八郎は海保のような天才ではなかったが、周作の教えを忠実に守り、たゆまず稽古《けいこ》をつづけた。周作はいう。

「剣術を学ぶ者は初心のうちは師の教えに従うて、一心不乱に稽古をすれば、自然と妙処に立ちいたるものである。仏道において、ただ一心に念仏を唱えれば、自然に悪念は消えうせて善心となり、極楽へ行けるというが、剣術もそれとおなじ理である。稽古の数さえ積めば、おのずと微妙の域に立ちいたることができるのである」

八郎は海保が五年間で大目録免許皆伝を得たのに比べ、十三年かけてようやく大目録にたどりつく。

だがその後の栄達はめざましかった。幕府講武所教授方となり、のちに歩兵頭から歩兵奉行に累進《るいしん》し、さらに遊撃隊長兼帯となって役高五千石、一ヵ月の役手当が百八両という大身となった。

四

鏡心明智流《きょうしんめいち》桃井春蔵、神道無念流《しんとう》斎藤弥九郎《やくろう》、心形刀流《しんぎょうとう》伊庭《いば》軍兵衛の道場とならび、江戸四大道場の筆頭に置かれたお玉ケ池北辰一刀流道場の隆盛を招いた千葉周作の剣法は、どのようなものであったのか。

周作は容貌魁偉《ようぼうかいい》、身長は六尺にちかく、六寸厚みの碁盤を片手に持ち、五十匁《もんめ》掛けの蠟燭《ろうそく》の火を煽《あお》ぎ消したといわれる大力者であったが、彼の説く剣法に豪傑風の粗《そ》笨《ほん》のきらいはない。

千葉周作遺稿及び、門下の高坂昌孝の著した千葉先生直伝剣術名人法、広瀬真平の編輯《へんしゅう》した剣法秘訣《ひけつ》を一読すれば、周作の剣術理論がそのまま現代剣道の金科玉条となりうるほど、剣の真髄を精細に説きあかしている事実に、おどろかざるをえない。彼が剣術者のうちでもまれにみる明敏な人物であったことは、行間に立証されている。

周作はまず修行にあたっては、おどろき、おそれ、うたがい、まどいの四つの感情をおさえねば、剣術の上達は期しがたいとする。このうちのひとつでも心中に存在すれば、敵の機先を制し勝利を得ることができないというのである。

初心者に与える修行の最初の心得は、読んでみて拍子抜けをおぼえるほどの平明な内容である。彼は竹刀《しない》の使いかたの上手下手にこだわることはない、ひたすら振りまわす運動に慣れよと説く。

考えてみれば、竹刀を相手よりも早くふりまわせるのは、勝利を得るための必須《ひっす》の条件である。周作は実地に役立つ技前《わざまえ》を教えるまえに、動作の俊敏迅速を会得《えとく》させようとしたわけである。

つぎに柄《つか》の握りかたを説明する。

「あまたの修行者が多年のあいだ鍛練稽古をおこなってみて、手のうちの堅い者、すなわち柄の持ちかたの堅い者は、技が遅鈍で進歩ははなはだ遅いという傾向がある。

手のうちが堅くも柔らかくもなく、中庸を得ている者は、動作が敏捷《びんしょう》で進歩がすみやかである。竹刀を執るときは小指をすこしく締め、くすり指を軽くし、中指はさらに軽く、人差し指は添え指と称して添えるほどにしておく。相手を撃ち、突くときにはじめて強く握ればよいのである。そうでなければ竹刀を活潑《かっぱつ》自在にふりまわしにくいのみか、撃ち突きに及んで刀勢が強くならないことになる」

柄の握りかたについて、これほど丁寧にかみくだいて教えた師範は、当時では周作のほかにはいなかった。

竹刀をとっての撃ちあいのとき、両足位置の利害については、まず左右両足の距離をせまくせよと説く。そうすれば、うちこむとき前へ大きく動けるのである。

また両足ともに軽く踏みすえて動くのであるが、左足は爪先のみを踏みつけ、踵《かかと》は浮かせ、運動を自由におこなえるように努めよという。

左足の運動が自由であれば、相手に打ちこまれても迅速に進退することができる。また相手から体当りをうけたときも、これに応じて受け支え、巧みに転倒をまぬがれることができるという。

左右の足を大きくひらいて踏み、どちらの踵も床につけたベタ足では、技は自然に遅鈍となり、見るに堪えないと周作は説くのである。

彼我剣尖《けんせん》をまじえ、立ちあうときは、ただちに切先で相手を責め、相手がもし出てくれば撃つぞ突くぞという気合をみせることが肝要であるとする。切先は常に鶺鴒《せきれい》の尾のようにふりうごかし、間断なく爛々《らんらん》と威勢を示して、相手の視線を乱すよう心掛けるのである。

稽古の場では、休息のときもなお気合をゆるめず、他人の打ちあいを注目して見取り稽古をせねばならない。他人の巧妙な技を見たときはそれを記憶に銘記し、習練して身につけるようにする。

地稽古で立ちあうときには、相手に打撃を与えることに心をかたむけず、受けとめかたにばかり意を傾けては、技術が向上せず、ついに実際に威力のない死に技ばかりが身につくようになる。

撃剣上達の域に達するには二つの方途がある。理より修行に入る者を甲とする。甲はまず思慮をめぐらし、剣理を考えてのちにその技を実際に練るものである。

技より入るものを乙とする。乙は実際の打ちあいにのみ専念し、剣理をまったく考えない。剣法は剣によって攻撃防守の技に熟達するのを主眼とするのだから、そのいずれによっても所期の目的を達すればよい。

しかし平素の意志が甲に属するものは、相手の機先を察することに鋭敏で、技の進歩がはなはだすみやかである。

これに反し、平素の意志が乙にあるものは、相手の機先を察することに鈍く、単に打ちあいのみに心身を労し、失敗によって身に痛手を重ね与えつつ、長年月をかけてようやく熟達の域に達することができる。

ゆえに剣法を修める者は、常に平素の意志を甲に置き、常に剣理を考究しなければならない。剣理を考えつつ実技の鍛錬をおこなえば、その進展は刮目《かつもく》すべきものがあるだろう。

五

このような剣の理論を、周作は初心者に説いた。彼は総論に属する剣理の分析においてすでに余人の及ばない緻密《ちみつ》な展開をみせる。ここにあげたのは、総論のうちのごく一部であるが、読みすすむうちに、師匠として卓抜な才を備えていた周作の内容が、あまりにもあざやかに眼前にあらわれてきて、息づまるような思いがする。

このような先達《せんだち》を得た門弟たちは、幸運をよろこび、ふかく心服したであろうことは想像するに難くない。

宮本武蔵《むさし》の兵法三十五ヵ条、五輪書にも、実際に即した剣の理論が開陳されており、その迫力は非凡なものがあるが、周作の理論のほうが、現代人に身近なものであるのはいうまでもない。

身体長大なる人に対する法。相手に隙《すき》なきときに隙を生ぜしむる手段。連勝のときはときどき構えを変えよ。相青眼《あいせいがん》または相下段のときの心得。間合いの心得など、各論にわたる技法の説明は、いずれを読んでも聡明《そうめい》な師に手をとって教示をうけているときのような、陶酔感さえ誘われる、痒《かゆ》いところに手のとどく内容である。

各論のうちに、相手より刺撃をうけたるときの心得というのがある。

「相手がわが面へ打ってくれば、その竹刀を受け払いつつ相手の胴か面をうち、小手へ打ってくればその剣尖を打ちおとして突くか面を打つ。さらに突いてくればこれを擦り払い、面か懸け小手を打つ。防守攻撃に種々の技があり、それを知るにこしたことはないが、以上の三手に熟達すれば、わが術の乏しさを嘆かずに、充分に応対できるものである」

また、他流試合の心得には、軽進をつつしむべしというのがある。

重要な試合においては、相手から遠く離れて身を固め、相手が出てくればそれに応じて退き、相手が退けば進みでる。そうして隙をみせなければ、試合が終日かかっても失敗を免れるものであるとする。

また、「相手の虚威はわれに利あり」という教条がある。「他流には眼をいからせ、肩を張る者がいる。いちじるしく虚勢を張ってこちらの勇気を挫《くじ》き勝ちを制しようとするのだが、まったく怖《おそ》れるにあたらない。そのような者には、はなはだ畏縮《いしゅく》したような態度を示して、驕《おご》りたかぶらせておき、ひそかにその隙をうかがって一刀撃突して一気に相手の気勢を挫けばよい。これに反し、真に勇気あるものは外見は柔弱にみえるが、用心してかからねばならない」

真剣勝負の心得としても、注目すべき教示をおこなっている。

すなわち、勝ちを得るには、相手の拳《こぶし》をわずかに斬《き》ればよいというのである。そうすれば、相手は充分に柄を握ることができなくなり、かりに握り得たとしても充分に刀をふりまわせないため、進退がたちまちきわまるからである。

周作の剣戒にいう。

一、剣術に三声あり。一は勝を敵に知らす声にて、これを大きく掛ければ、敵恐れて後を掛けぬものなり。一は敵追込み来り打たん、突かんの意見ゆるとき。こなたより大声をかければ敵は悟られしかと疑議す。その所を打ちこむなり。一は敵を追い込みしとき。こなたより声をかければ畏縮して無理なる手を下すものなり。その場をつけこみ勝を得ることなり。

一、また三の挫きということあり。一つは太刀を殺し、一つは業を殺し、一つは気を殺すなり。太刀を殺すとは、敵の太刀を左右に支えあるいは払いて、切先を立てさせぬをいう。業を殺すとは、敵手巧者にて二段突き、突き掛け、諸手突きなどを試みて不成功にかまわず手元へ繰りこみ透き間なく足搦《あしがらみ》、体当り、捩《ね》じ倒しなどを三、四度してその勢いを削《そ》ぎ業をさせぬを云《い》う。気を殺すとは此方《こなた》奮進の勢を以《もっ》て右の仕掛けを頻発すれば、勇気に圧せられて気力の進まず、挫けて遣いよくなるものなり。

一、猶予《ゆうよ》せぬこと三あり。敵の出鼻。打太刀を受止めたる場合。敵の手段尽きたるところ。此の三はのがすべからず。繁《しげ》くたたみかくれば勝を得べし。

一、心意識という三要素あり。心とは全体に配る所。意とは左せん右せんと案ずる所。識とはいよいよ見定めて所思を行う所をいう。敵を打つには意の所を打つべし。俗に意は思いの起る頭にて未《いま》だ迷いの存するなり。此後《この》を打ち、受け、突くなどせば既に所思の定まるところにて、相討ちを免れざるなり。

周作が剣をとる心構えと技術の両面にわたって詳しく説き、あますところがないのはこの叙述をみれば納得できよう。

彼は剣をとっては鬼神を凌《しの》ぐ力倆《りきりょう》をそなえているとともに、門下の青年たちを器量に応じ訓練し、長所を伸ばす教育の才をもそなえていた合理主義者であった。近代剣道の親と呼ぶにふさわしい人物ではなかろうか。

示現流　中村半次郎

『純情薩摩隼人』

柴田錬三郎

柴田錬三郎（1917〜1978）

本作は、昭和四十二年に「オール読物」誌に連載された「日本男子物語」シリーズの一篇である。同シリーズは、四十三年に『日本男子物語—柴錬立川文庫』として文藝春秋から刊行され、以後、集英社などから文庫版が刊行された。本書収録にあたっては、新潮文庫『浪人列伝』に所収のものを底本とした。

一

「あんたの趣味は、なんじゃな?」

秋風が、枯葉を舞い込ませて来る座敷で、等々呂木《とどろき》神仙《しんせん》は、相変らずの浴衣《ゆかた》一枚で、私の持参した安芸《あき》の銘酒を、ひやで飲み乍《なが》ら、訊《たず》ねた。

「マスコミに対しては、ゴルフ、と云《い》っていますが、実は、博奕《ばくち》ですな」

「結構! 飲む――は駄目らしいが、打つは、大いによろしい。で、買う、はどうかな?」

「人後に落ちるつもりはありませんが、最近は、こっちが爺《じじい》になったせいか、二十歳前後の娘の気持は、さっぱり分りませんな」

「どう分らんのじゃな?」

「たとえば、この夏、私の友人が、銀座の一流の酒場に行きました。なじみの店です。暑いから、当然、上衣《うわぎ》を脱いで、ホステスに渡してしまった。夜更《よふ》けて、帰宅して、気がついたら、封筒に入れておいた十万円が無くなっていた。この話をきいて、私は、上衣を脱がせたのは、二十歳前後の娘《こ》ではなかったか、と訊ねると、まさしくそうでした。私は、さっそく、その酒場へ出かけて行って——私もなじみの店です——、その娘を呼び、おい、Gさんから十万円抜いたろう、ときめつけました。すると、その娘は、どうしたと思います？」

「しらばっくれたかな、それともうなだれて、めそめそ泣き出したかな」

「どちらでもありませんね。けろりとして、Gさんの十万円なんて、あたしたちの百円ぐらいでしょう、痛くもかゆくもないはずよ、落したと思ってくれないかなあ。こうでしたな」

「ふうん！」

「つまり、悪事を犯した、という考えは毛頭みじんないのですよ。バレちゃった——で、ぺろりと舌を出せばすむ、と思っていやがるんですよ。だから、上衣を脱がせられる時、おい抜くな、と叫んでおいてやればいいんですね。そう云われたからといって、すこしも侮辱感などおぼえやしないのです」

「あきれたものじゃな」

「私は、一度だけ、十九歳のホステスを連れて、連れ込みホテルに行ったことがありますがね、コトが終って、ネクタイをしめ乍ら、おい、いくらだ、と訊ねたのです。間髪《かんはつ》を入れず、三万！　とこたえましたね」

「ドライで、いっそ、サバサバしていてよろしい、と云いたいのじゃろうが、どうも味気ないのう」

「女の方がそうなら、勢い対抗上、男の方も、割り切らざるを得ないようですな。こういう娘に惚《ほ》れたら負けですよ」

「ふうん。つまらん！」

神仙翁《おう》は、ぐいと、茶碗《ちゃわん》酒をあおってから、

「むかしを今にかえすよしもがな、か」

「そのむかしの、蕩児《とうじ》ではあったが、女に対する純粋な気持を死ぬまで失わなかった——そういう人物に、心当りはありませんか？」

「いたのう。なんぼでもいた」

「最も、代表的な人物のことを、話して頂きましょう」

「そうじゃな」

神仙翁は、ちょっと考えていたが、

「ひとつ、中村半次郎の話をするか。のちの陸軍少将・桐野《きりの》利秋《としあき》」

西郷隆盛《たかもり》麾下《きか》は、誰でも知っている通り、薩摩隼人《さつまはやと》の大集団だから、生命を弊履《へいり》のごとく棄《す》てて悔いぬ強者《つわもの》が、うじゃうじゃと居《お》った。その中でも、一頭地を抜いていたのが、中村半次郎だな。

半次郎こそ、典型的な薩摩隼人だが、しかし、もし西郷隆盛がいなかったら、おそらく、世に出なかったろう。せいぜい、人斬《ひとき》り半次郎の異名《いみよう》をのこして、明治政府成立以前に、線香花火のように、消えたに相違ない。

つまり、同じ薩摩の剣客《けんかく》・田中新兵衛が、人斬り新兵衛でおわったようなものだったろう。新兵衛が、船頭上りという賤《いや》しさに劣等感をすてきれなかったせいばかりではない。そのバックが、土佐の武市《たけち》半平太であったことが不運であった。武市個人は、鋭い洞察力を備えた一流人物であったが、おのが才を恃《たの》んで、功を急ぎすぎるきらいがあった。器量としては、西郷隆盛に比べて、ひとまわり小さかった。新兵衛といい、子飼いの岡田以蔵といい、単なる人斬りでおわったのは、所詮《しよせん》、瑞山《ずいざん》のスケールの問題といえるのだな。半次郎が、血に飢えた一匹狼《おおかみ》でおわらなかったのは、やはり、西郷の感化によることは事実だ。尤《もっと》も、半次郎自身、新兵衛・以蔵とは、出来のちがう、純情なロマンチストで、水際《みずぎわ》立ったダンディーであったな。

第一、半次郎の美男ぶりが、ずば抜けていた。切長な双眼の潤《うる》みをおびた、やや褐色の瞳《ひとみ》で、一瞥《いちべつ》されると、たいがいの女が、ぽうっとなって、膝《ひざ》がしらから力が抜けた、という。なんとも申し分のない骨相で、上背はあり、着流しだろうと、裃《かみしも》姿だろうと、衣服の方から、まといついたあんばいだった、という。

気象は、青竹のように直《す》ぐで、しかも、立居振舞いに、飄々乎《ひょうひょうこ》としたところがあった。

つまり、生れ乍らに、人を魅了する雰囲気を身につけていたのだ。

二

天保《てんぽう》九年十二月、半次郎は、鹿児島城下からすこしはなれた、吉野村実方《さねかた》に、中村与右衛門の三男として、生れた。食禄《しょくろく》五石、御小姓組下、という軽輩だった。

だから、半次郎は、昼は家族とともに田畠《たはた》を耕し、夜は紙漉《かみす》きの手伝いをし乍ら、育った。

しかし、十三歳になると、父与右衛門は、息子を、内職手伝いから解放して、

「剣を学べ」

と、命じた。

与右衛門は、ある日、畔道《あぜみち》を通っている折、まむしを発見した半次郎が、おそれ気もなく、それを足蹴《あしげ》にして空中へはねあげ、落ちて来るところを、携えた鎌《かま》で両断するのを眺め、天稟《てんぴん》を備えているとみとめたのだ。

城下西田橋近くに、伊集院《いじゅういん》道場があった。道場主伊集院鴨居は、古示現《こじげん》流の達者であった。示現流は、ふるくから、薩摩藩のお家芸であり、鹿児島藩士でこれまで学ばぬ者はなかった。

半次郎は、この伊集院道場へ入門した。

天稟を備えた半次郎にとって、好都合だったのは、示現流という流儀が、他流とちがい、道具をつけて対手《あいて》とパンパン搏《う》ち合う、いわゆる竹刀《しない》剣法でなかったことだ。

柞の木太刀《きだち》一本で、横木打ちの独習をすれば足りた。

細い木をたくさん束ねたやつを、適当な高さに据えておいて、滅多打ちに打ちまくればよかったのだ。それの稽古《けいこ》を成しとげたら、今度は、立木打ちだ。もとより、横木打ちにしても、立木打ちにしても、その程度は、各々《おのおの》が、自得するよりすべはない。他人との技倆《ぎりょう》の比較はないのだ。

立木打ちとは、適当な長さの棒杭《ぼうぐい》を、地上に幾本もうち込んでおいて、それをかたっぱしから、撲《なぐ》りつけて、歩くのだ。要諦《ようてい》は、振りの迅速と、打ちの正確さだ。示現流の極意は、この二点につきる。

半次郎は、棒杭にあきたらず、家の周辺の樹木を、撲りつけてまわった。ために、中村家をとりまく林は、見るもむざんに、一本のこらず皮が剝《む》けてしまった。父与右衛門は一言も叱《しか》らず、家族たちも黙って、眺めていた。

吉野村実方は、さいわいに山間部に近い村だった。中村家からものの二町も歩けば、木立の深い山に入った。

半次郎は、やがて、山中へたて籠《こも》りはじめた。

早春の一日——。

伊集院道場の高弟三名が、その山へのぼった。木太刀にする柞の木《き》を伐るためだった。

中腹にのぼった時、高弟らは、異様な光景に、目を疑った。

見わたす立木という立木が、のこらず、傷つき、枝を折られていた。そのうち数十本は、太さ三寸以上の幹を両断されていた。その斬り口は、刃物をふるったのではなく、撲《う》って撲って撲って、撲ち折ったものと判断された。

——何者の仕業か？

あきれはて乍ら、頂上へ登りついてみると、巨岩の上に、一人の少年が仰臥《ぎようが》して、午睡をむさぼっていた。

道場のしんがり弟子中村半次郎であった。

かたわらには、傷だらけの木太刀が抛《ほう》り出されていた。呼び起した高弟らは、あの狼藉《ろうぜき》はお前のやったことか、と訊ねた。

「左様、おいが、一人道場でごわす」

半次郎は、微笑し乍ら、こたえた。

「太い幹を両断して居るが、あれもか？」

「この木剣で、斬り申した」

高弟らは、顔を見合せた。

半次郎は、ようやく元服したばかりである。この少年が、あれだけの凄《すさま》じい仕業をやってのけたとは、どうしても信じ難かった。

いずれも、二十代も半ばに達している高弟らは、城内の御前試合で優勝を争う腕前の所有者であったが、木太刀をふるって三寸の幹を両断してみせる自信はなかった。

六尺の長軀《ちょうく》を持つ東屋《あずまや》某が、揶揄《やゆ》するような表情と口調で、

「おはん、まさに、天狗《てんぐ》の申し子じゃのう。それほどの腕前なら、一手立合い申そう

か」

と、云った。

半次郎は、対手を、ちょっと見上げていたが、黙って、首を下げた。

東屋は伐りとったばかりの柞の太枝を、脇差《わきざし》で、すばやく削って、手ごろのかたちにととのえた。

半次郎は傷だらけの得物を携《さ》げて、待った。

「参ろう！」

東屋は、生木にびゅんとすごい素振りをくれて、云った。

その膂力《りょりょく》をこめた素振りの唸《うな》りをきいただけで、尋常の者なら顔色を変えるところであったが、半次郎は、眉宇《びう》も動かさなかった。

東屋は、ぴたりと示現流独特の構えをとった。

東屋は、半次郎を一撃で、片端《かたわ》にする肚《はら》づもりだった。半次郎は、稀《まれ》に見る美少年である。薩摩には、稚児《ちご》趣味がつよい。師の伊集院鴨居に、半次郎を稚児にしたいという気配が見えていたのである。

どうせおれたちの稚児にできぬものなら、片端にしてしまえ。東屋には、その残忍な気持が起っていた。

稚児になるために生れて来たような半次郎が、意外にも、剣の天稟があり、ひそかに、一人修業を積んでいるということも、片腹痛かった、といえる。

大上段にふりかぶった東屋の姿には、対手を少年として扱わぬ凄じい殺気が、みなぎっていた。

示現流の構えは、上段・中段・下段の三段には分れていなかった。ただひとつ、大上段の右八相の構えがあるばかりだ。

ところが——。

東屋の大上段に対して、半次郎は、ただ、傷だらけの木太刀を、ダラリと前へ下げているばかりであった。地摺《じす》りの構えというのではなく、ただ、切先《きっさき》を地面へ落しているにすぎない。

どう看《み》ても、隙《すき》だらけの構えであった。

東屋は、これを、誘い、とは受けとらなかった。

反撃して来ない立木に対して、夢中で、一人稽古をしているから、構えを知らないのだ、と受けとった。

「やああっ！」

東屋は、まず、威嚇《いかく》の呶号《どごう》を発して、一歩詰めた。

半次郎は、動かぬ。ただ、わずかに、双眸《そうぼう》を細めただけである。

東屋は、さらに、凄じい気合をあびせざま、間合《まあい》を詰めた。

六尺の巨軀から放射している剣気に、半次郎は、たちまち、圧倒されて「参った！」と叫ぶもの、と東屋も他の二人も、予想していた。しかし、東屋は、容赦なく、撃ち据える存念であった。

ところが――。

間合が成り、汐合《しおあい》がきわまった刹那《せつな》、半次郎が、すうっと、八相の構えに移るや、東屋は、思わず、

「むっ！」

と、呻《うめ》いた。

半次郎のからだに、魔性が憑《つ》いたように、その全身から、熱気のような反撥《はんぱつ》の鋭気が、ほとばしったのだ。

東屋は、一瞬、かるい眩暈《めまい》をおぼえ、その不覚に、かっとなった。

「ちえすとおっ！」

東屋は、満身からの気合をこめて、まっ向から、振りおろした。

ばあん！

木太刀と木刀の搏《う》ち合う鋭い音がひびいた。

瞬間――

東屋の両手から、木太刀ははなれて、空中高くはねあがった。

と、半次郎の口から、奇妙な叫びが噴いた。

「けけけけ……、とおっ！」

その叫びとともに、半次郎の木太刀は、東屋の左肩に撃ち込まれていた。

東屋は、膝《ひざ》を折り、それから、顔を仰向《あおむ》けて、

「あ、あ、あ……」

と、白痴じみた声をあげた。

「失礼をば、つかまつった」

半次郎は、木太刀を引くと、ていねいに一礼して、すたすたと山を下って行った。

三

それから二月あまり過ぎた某夜であった。

半次郎は、父から命じられた所用をたして、かなりおそく、城下から家路についていた。

自家の灯をむこうに見る畠《はたけ》の中の細径《ほそみち》を辿《たど》っている時、不意に、樹蔭《こかげ》から、黒い大きな影が、躍り出て来た。

星あかりに、それは、何かの化身のように巨《おお》きなものに見えた。

無言で、片手斬《かたてぎ》りに襲って来た。

その太刀風《たちかぜ》に、あおられたように、半次郎は、六尺を跳び退《すさ》った。

二の太刀、三の太刀が、つづけさまに、あびせかけられた。

半次郎は、正確な跳躍で、これを躱《かわ》しつづけた。

対手の攻撃が、止った時、半次郎は、覆面の蔭からほとばしる殺気を、受めとめ乍《なが》ら、

「闇討《やみう》ちは、無駄でごわす」

と、言った。

「………」

「片手では、この半次郎は、斬れ申さぬ」

「黙れっ」

敵は、さらに、つづけさまに、斬りつけて来た。

半次郎は、脇差しか帯びていなかったが、それも抜こうとはしなかった。

跳び退りつづけていたが、とある一瞬、半次郎は、横あいの立木の蔭へ、けもののような敏捷《びんしょう》さで身をかくした。

敵は、振りおろす太刀を、宙で停めるいとまもなく、その立木へ、ざくっと斬り込んだ。

幹は、半分も斬れてはいなかった。

「その業《わざ》では、おいどんは斬れ申さぬ」

半次郎は、幹から刀身を抜きとろうとしてあせる敵へ、ひややかに言いざま、脇差を、抜いた。

次の瞬間、立木は、両断され、枝葉をざわめかし乍ら、敵の頭上へ、傾いた。

敵は、何か喚《わめ》きたてると、幹へ刀をのこして、闇の中へ遁《のが》れ去った。

半次郎は、べつに追おうとはしなかった。

東屋某は、それきり、薩摩藩から逃散《ちょうさん》してしまった。

後年――。

半次郎が、桐野利秋となって、熊本鎮台《ちんだい》司令官として、赴任して来た時、東屋は、なにくわぬ顔をして、半次郎の前へ、姿を現した。

半次郎は、しかし、こころよく、東屋を迎えた。

東屋の訪問の目的は、熊本の力士を、鹿児島へつれて行って、相撲興行を催したい、ということだった。

桐野利秋の相撲好きを、知ってのことだった。

しかし、半次郎は、かぶりを振った。

「そりゃ、いかんごつ。武士が、小屋もんの真似《まね》はいかん。士道にはずれて居《お》り申す」

東屋は、反対されても、執拗《しつよう》に食いさがった。

東屋は、この興行で儲《もう》けなければ、もはや、生活のすべてを失ってしまっていた。

惨《みじ》めな告白をきいた半次郎は、

「そげんことなら、おいがおはんに、旅費をくれ申す。おはんを隻腕《かたうで》にしてしまった詫《わ》びのしるしじゃ」

そう言って、机の抽斗《ひきだし》から、封筒をとり出すと、東屋に与えた。

まだ封も切っていない、手にしたばかりの俸給袋であった。

中には、百円余の札が入っていた。現代なら、二十万に近い金額だ。

東屋は、床へ坐《すわ》り込むと、泪《なみだ》を流して、礼をのべた。

もし、半次郎に、不具にされなければ、維新の風雲にも乗れた男であった。

それでも、半次郎の厚情に感じたのだろう、西南役には、馳《は》せつけて、隆盛麾下《きか》に入り、本営護士として闘い、城山に討死して、わずかに、薩摩隼人《さつまはやと》の面目を保ったそうな。

四

貧しい中村家の常食は、米麦ではなく、甘藷《かんしょ》だった。知人が訪れても、もてなすのは、もっぱら、甘藷だった。

その夕餉《ゆうげ》は、大笊《おおざる》に蒸した甘藷が山盛りにされ、それに味噌汁《みそしる》が副《そ》えられるだけだった。薩摩の軽輩の大半は、そういう粗食に堪えていた。いもざむらいと呼ばれ乍ら、その貧しさに堪えていた。

隣家の住吉家も、いもざむらいだった。

その住吉家に、半次郎と同じ年齢《とし》の一人娘がいた。

お吉という娘は、いつも、半次郎を弟あつかいにしていた。勝気な、明るい娘だった。

某日——。

半次郎は、村祭に、近郷の村童を対手《あいて》に相撲をとった。みな半次郎より三、四歳の年長だったにも拘《かかわ》らず、一人として、敵《かな》う者がいなかった。

くやしがった隣部落の悪童たちは、次の日、半次郎をあざむいて、磧《かわら》におびき出し、不意を襲って、四方からとびかかり、高手小手にしばりあげて、流れへ抛《ほう》り込んだ。

秋の出水で、濁流となっていたので、半次郎は、したたかに水を呑《の》んで、あやうく溺《おぼ》れ死にそうになったが、屈せず、死にもの狂いで、磧へ匍《は》いあがった。

匍いあがったとたん、気力が尽きて、ぶっ倒れた。

うすらさむい日だったので、濡《ぬ》れ鼠《ねずみ》のまま倒れていると、悪寒《おかん》が襲って来て、顫《ふる》えがとまらなくなった。

瘧《おこり》に罹《かか》ったように、がたがた顫えつづけるうちに、意識が遠のいた。

そこへ、お吉が駆けつけて来た。

お吉は、大急ぎで、半次郎のかたわらに、枯木をかき集めて、火を燃やしておいて、半次郎をまる裸にした。

そして、自分も、すばやく衣類を脱ぎすてて、一糸まとわぬ全裸になると、半次郎の上へ、ぴったりと俯伏《うつぶ》せた。

頬から頬へ、胸から胸へ、腹から腹へ、腿《もも》から腿へ——少女のあつい体温が、冷えきった少年の肌へ、つたわった。

半次郎は、意識がよみがえり、自分がどういう状態に置かれているか、さとると、驚愕《きょうがく》、羞恥《しゅうち》で、また、気絶のふりをしてしまった。

中村家の者たちが、駆けつけた時も、まだお吉は、しっかりと、半次郎を抱きしめたままだった。

昏《く》れなずんだ磧の上に、焚火《たきび》があかあかと照らし出され乍ら、少女と少年が、全裸で、しっかりとひとつになっている光景は、いっそ、美しい眺めであったのだな。

爾来《じらい》、両家では、半次郎とお吉の将来を、暗黙のうちに、みとめた。

半次郎が、山中にたて籠《こも》って、立木を撲《う》ちまくる剣技の独習をすることができたのも、実は、お吉がいたおかげであった。

お吉は、半次郎のために、ひそかに、上納米をごまかして、握飯をつくって、半次郎の許《もと》へはこんでやっていたのだ。半次郎は、独習を、他人に覗《のぞ》かれることを、極度にきらったが、お吉だけは例外だった。

そのお吉が、たった三日のわずらいで、忽然《こつぜん》と逝《い》ったのは、お互いに十六歳になった春だった。

半次郎は、お吉の枕辺《まくらべ》で、一刻《とき》以上も、号泣した。

まわりの人々は、半次郎が、お吉のあとを追うのではあるまいか、と心配したくらいであった。

半次郎が、不意に哭《な》き止《や》めて、ふらりと立ち上ると、おもてへ出て行くのを眺めた父与右衛門は、思わず、

「半次、どこへ参る?」

と、訊《たず》ねた。

「山へ参ります」

「山へ? 何しに?」

「剣を習いに——」

半次郎は、山へ入ると、六日間、還《かえ》って来なかった。

半次郎は、六日間、泣き乍ら、立木を撲ちつづけたに相違ない。

山から降りて来た半次郎は、別人のごとく、無口な、孤独を好む人間になっていた。

半次郎にとって、お吉は、女神であり、姉であり、恋人であり、この世の女性を代表する存在であった。そのお吉を、死神の手に奪われた半次郎が、絶望状態に陥ったのは当然だろう。もし、半次郎に、剣がなかったならば、お吉のあとを追っていたと思われる。

半次郎にとって、忘れることのできない思い出があった。

盛夏、半次郎は、例の磧《かわら》で、ひとしきり素振りの稽古《けいこ》をしてから、流れへとび込み、竹槍《たけやり》で魚を突き刺すことに夢中になった。

ふと気がつくと、いつの間にか、お吉が現れて、焚火をおこし、握飯を焼いていた。

半次郎が、米の飯にありつけるのは、お吉との逢曳《あいびき》の折だけだった。

半次郎は、獲《と》った魚を携《さ》げて、あがって来ると、それを串刺しにして、焼き乍ら、なかばとぼけ顔で、お吉に訊《き》いた。

「お吉さんは、どげんわけで、おいば、大切にするのかのう？」

お吉は、こわばったきつい表情になると、

「バカ！」

と、にらんだ。

「教えてくれ申せ。お吉さんは、おいを、バカだとか阿呆《あほう》だとか、ののしり乍ら、大切にしてくれるちゅうのが、どうも、おいには、よう判《わか》らん」

「阿呆！」

「それ、みい。すぐ、阿呆、と云《い》いよる」

「わたしはね、半次郎さんに、日本一の男になってもらいとうて、つくしとるのじや」

「おいは、日本一の男なんぞには、なれ申さん」

「なれる！　バカ！」

「兵法が少々ばかり強うなっても、日本一にはなれ申さん」

「なれるのじゃ！　きっとなれるのじゃ！」

お吉は、じれったげに、云いはった。

「そうかな」

「そうじゃ。半次郎さんのような者は、この薩摩にも、一人も居りはせん」

「買いかぶりじゃ」

「買いかぶりじゃない！……わたしが、そう信じとるのじゃから、自分でもその自信を持ちなされ」

「うん。……お吉さんは、おいの、どこが好きなのじゃ？」

半次郎は、何気なく、訊ねた。

すると、お吉は、半次郎の方がとまどうくらい、顔をあからめた。

「知らん、阿呆！」

云いすてるや、さっと立って、遠くへ走った。

遠くへ走ってから、くるりと向きなおると、声一杯はりあげて、

「半次郎さんのなにもかも、わたしは好き！」

と叫んだ。

そして、姿を消してしまった。

その日のことを、思い出すたびに、半次郎は、胸が熱くなり、目蓋《まぶた》が潤《うる》んだ。

後年、半次郎は、多くの女性を愛した。世間からは、好色漢とそしられたこともある。

われ乍ら、あきれるほど、慕い寄って来る女性を、半次郎は抱いた。

半次郎が、そうしたのは、お吉を喪《うしな》った時、生涯無妻、決して一人の女性を愛すまい、とおのれに誓ったからだった。

半次郎自身、すすんで、女性をくどいたことは一度もなかった。

女性の方が慕い寄って来るのを、こばまなかっただけである。

そして、その度に、半次郎は、はっきりと云った。おれは、お前を、十六歳の時に、喪った娘の身代りとして抱くのだ、と。

身代りはあくまで、身代りであり、お吉の再来とはならなかった。

いわば、半次郎の女性観は、お吉の想《おも》い出から、生涯一歩も前進しなかったわけだ。おのが一生の伴侶《はんりょ》として年老いるまでかたわらにいるものと信じ込んでいたお吉が、忽然として、この世から消え去ったことは、半次郎の脳裡《のうり》に、女性とは、そのような儚《はかな》く、あわれなものという固定観念を植えつけてしまったあんばいだ。したがって、お吉の身代りとして抱いた女性は、次つぎと、おのが目の前から消えてくれなければならなかった。

その限りに於《おい》て、半次郎は、女性を、全身全霊で愛した。

次のような話が、のこっている。

あるとき、半次郎は、一人の女と同衾《どうきん》していた。そこへ、佐幕派の刺客三人が、襲って来た。

半次郎と知って襲って来たのだから、いずれも相当の使い手だった。

半次郎は、しかし、お吉の霊に誓って、酒を一滴もたしなまぬ男であったから、泥《でい》酔《すい》の不覚はなかった。

すぐに、その気配をさとると、枕辺の刀を把《と》るがはやいか、障子戸に体当りをくれて、庭へとび出そうとして、縁側まで出た。

気がつくと、同衾していた女が、腰が抜けて、生きた心地もなく、牀《とこ》から匍《は》いずり出ようとしている惨《みじ》めな姿をみせている。

金で求めた、料亭の女中であるから、すてておいても、さしつかえはなかったが、その姿をみとめるや、半次郎は、とっさに、室内へ、馳《は》せ戻った。女の方は、自分をかばうために半次郎が遁走《とんそう》を中止したと知るや、気力をとりもどして、抜けていた腰が立った。

女は、半半ば無意識で、いきなり、火桶《ひおけ》の灰を、両手でわし摑《づか》みにするや、肉薄して来る刺客たちめがけて、投げつけた。

濛《もう》と舞い立つ灰かぐらの中で、半次郎は、忽《たちま》ち、二人を斬《き》り伏せ、一人を手負わせた。

その手負いの奴《やつ》を、捕えようとして、遁《のが》れかかるのを縁側まで追った。

すると、縁の下から、伏せていた新手《あらて》二人が、とび出して来て、矢庭《やにわ》に、遁れようとする手負いを、斬った。

味方を半次郎とまちがえて、同士討ちをやった。

もし、半次郎が、女をすてて、庭へ跳んでいたら、縁の下に待伏せた敵二人のために斬られていたろう。

半次郎の遊蕩《ゆうとう》の度がすぎる、という非難の声があがった時、西郷隆盛は、笑って云った。

「半次郎どんが女子《おなご》を抱くのは、遊蕩ではごわさん。女子を愛《いと》しんで居るのじゃ。申さば、女人遍路じゃの。よかよか」

五

文久二年四月。島津久光《ひさみつ》が、上洛《じょうらく》した。中村半次郎は、えらばれて、護衛隊士として、随行した。

この時、伏見寺田屋に於て、激派の有志に、大弾圧を加える、という同藩同志殺戮《さつりく》の惨劇が演じられた。

久光の意志は、もともと、尊皇倒幕ではなく、公武周旋にあったのだ。そして、激派弾圧ののち、京師《けいし》から江戸へ下った。

半次郎は、幸か不幸か、この江戸下りの供揃《ともぞろ》いからはずされて、京にとどまった。もし、半次郎が、江戸へ随行していたら、例の生麦《なまむぎ》事件に首を突っ込んだかも知れぬ。

京にのこった半次郎の任務は、乾《いぬい》御門と近衛《このえ》御殿の警備であった。

同じ薩摩《さつま》藩の使い手である田中新兵衛が、土佐の武市半平太と義兄弟の盃《さかずき》をかわし、岡田以蔵と組んで、暗殺専業者として、活躍したのは、恰度《ちょうど》この頃だが、半次郎の方は、全くの鳴かず飛ばずであった。

腰間《ようかん》の剣を使わず、もっぱら、股間《こかん》の剣の方を使っていた模様だ。

水際《みずぎわ》立った男っぷりと飄々乎《ひょうひょうこ》とした態度が、大いに京女にもてたのだな。もてることによって、ますます男っぷりがあがり、半次郎の居るところ、必ず美女が、影の形に添うた。

半次郎の存在が、激派中で目立ちはじめたのは、人斬り新兵衛の異名をとった田中新兵衛が、朔平《さくへい》門外事変で、謎《なぞ》の死を遂げた頃からだ。

というのは、師と仰ぐ西郷隆盛が、ようやく許されて、江良部《えらぶ》島から還《かえ》り、上洛して来て、時局収拾に乗り出して来たからだ。

元治《げんじ》元年の春だった。

にわかに、半次郎の行動がせわしいものになった。渠《かれ》は、西郷の飛耳長目《ひじちょうもく》となったのだ。勿論《もちろん》、西郷は、半次郎のたづなを、しっかと把《と》っている。いつ、どこで、どういうきっかけで、暴走するか、予測しがたい青年で、半次郎は、あったのだ。

西郷は、半次郎を愛していた。稚児《ちご》趣味の熾《さか》んな薩摩に於《お》いては、西郷もまた例外ではなく、半次郎の美男ぶりに心を惹《ひ》かれていたし、同時に、その気象、才智《さいち》、剣の天稟《てんぴん》を高く買っていたのだ。

半次郎が、西郷から与えられた使命は、なかなか重大なものだった。

当時、薩摩藩は、久光の意志によって、公武合体論が主流を占めていた。そのために、長州藩の激派とは、ことごとに対立状態にあった。そこに、西郷・大久保らの苦慮があったわけだ。半次郎は、西郷の密命によって、しばしば長州の藩情を偵察のため、馬関《ばかん》までおもむいている。半次郎は、その頃、名目上は、脱藩者になっていた。歴史にはあらわれていないが、西郷と桂小五郎《かつらこごろう》との連絡はしきりに行われ、その連絡係として、半次郎が起用されていたのである。

さらに、同じ頃――。

半次郎は、西郷の指令によって、美濃《みの》の美江寺《みえ》の宿に、水戸天狗党《てんぐ》の西上軍を迎え、藤田小四郎らに会い、進言している。

半次郎は、小四郎に向って、東海道筋をとって、京へ直行することを、すすめたのだ。

しかし、小四郎らは、長州兵の蛤御門《はまぐりごもん》の失敗を前例にし、どうしても、その進言を容《い》れようとしなかった。

そして、そのまま、無理なコースをえらんで、雪の山路を突破して、越前《えちぜん》から敦賀《つるが》へ出、ついに、葉原宿《はんばら》で、加賀の軍門に下った。その悲惨な末路は、すでに、「水戸天狗党」で、述べた通りだ（編注――本作と同じく『日本男子物語』に収録されていた）。

後年、半次郎は、西南役《せいなんのえき》で敗走し乍《なが》ら、天狗党の悲惨を想起したに相違ない。

六

さて――。

ここらあたりで、半次郎の面目たる剣の業について、述べておこう。

半次郎の告白によれば、斬った人間の数は、西南役を除いても、四十人を上まわった。

但《ただ》し、対手《あいて》の名は、殆《ほとん》ど不明のままでおわった。殺し専門の岡田以蔵や田中新兵衛とちがって、半次郎の場合、渠《かれ》自身刺客となって、特定の人間をつけ狙《ねら》って、襲撃したわけではなかった。尤《もっと》も、大久保利通《としみち》と桂小五郎の態度を憤《いきどお》って、その生命を狙ったことは、一度ずつあったが、いずれも、対手の人格に服して、ひきさがっている。

半次郎の述懐に、桐野利秋となってから、夢寐《むび》のなかに怨霊《おんりよう》が出現して、しばしば自分をなやまし、そのうなされかたの凄《すさま》じさに、傍に寝ていた女性たちが、戦慄《せんりつ》した、というから、斬った頭数は相当なものだった、と推測される。

半次郎の迅業《はやわざ》は、薩摩では後世になるにつれて伝説めいて来たほど、抜群のものであった。

抜きはなって、対峙《たいじ》するや、汐合《しおあい》がきわまるとともに、半次郎の口から、

「けけけけ……」

と、夜鳥《やちょう》の啼《な》くにも似た狂声が、発しられた。

次いで、

「ちえすとおっ！」

その懸声とともに、敵を、脳天から真二つに、あるいは、袈裟《けさ》がけに、斬り下げてしまっていた。

しかし、半次郎の得意とする迅業は、汐合きわまって一撃一閃裡《いっせんり》に敵を仆《たお》すのではなく、抜きつけの居合斬りであった。

半次郎は、主君久光の面前で、その抜きつけの迅業を披露したことがある。

一本の柳の木に相対すや、心機を一如《いちにょ》のものとする時間も置かず、鞘走《さやばし》らせざま、枝を両断した。

その枝は、宙に躍って、しばらくは、地に落ちなかった。半次郎がふるう白刃《しらは》の舞いを受けて、その葉だけを、ひらひらと乱れ散らせたからである。

地に落ちた時、枝は、殆どまるはだかになっていた。

のみならず——。

八方へ乱れ散った葉は、ことごとく両断されていたのである。佐々木小次郎が燕返《つばめ》しも顔負けするほどの手練《てだれ》であった。

薩摩のお家芸示現流《じげんりゅう》の凄じさは、幕府方を、全く辟易《へきえき》させたものだった。京都取締の与力・同心も、示現流の前には、手も足も出なかった。

薩摩藩士は、新刀を得ると、必ず試斬りをやった。いわゆる辻斬《つじぎ》りだが、袈裟がけの見事な一太刀《たち》ならば、みな薩摩藩士のしわざ、と目されたものだった。その示現流の中で、半次郎の迅業が、ひときわ抜きん出ていたのだ。

半次郎が京洛で斬ったのは、その半数は、路上に於ける抜きつけの一颯《いっさつ》の刃風の下だった。

対手と行き交いざま、足も止めず、身構えもせず、ただの一太刀で、血煙りをあげさせていた。

斬ろうと、殺意をひそめて近づいて来たのは対手の方であり、当然、対手の方がさきに抜刀して、あびせかけて来るべきであったにも拘《かかわ》らず、

——刺客だな。

と察知した半次郎の方が、抜くのが迅《はや》く、対手は、殆ど例外なく、柄《つか》へ手をかけた

ままか、抜いてもわずか三、四寸ぐらいのもので、あえなく血煙りを噴かせていた。

明治元年正月三日――。

伏見・鳥羽《とば》の戦いでは、半次郎は、永山弥一郎とともに、隊の先頭をきって、幕軍陣営へ突入し、その居合斬りで、幕兵の首を、腕を刎《は》ね、あるいは真っ向唐竹《からたけ》割りに、あるいは袈裟がけに、斬り伏せて、殆ど独力で、その前衛隊を潰走《かいそう》せしめた観があった。

半次郎は、突入した時は、両手をだらりと下げて、飄々《ひょうひょう》たる足どりであった。

幕兵が、

「こやつ！」

と、呶号《どごう》するのと、抜きつけの一太刀をあびせるのが、同時だった。

半次郎は、敵が退くと、白刃をぬぐって、鞘に納めておいて、ゆっくりと、前進した。そして、敵にとびかからせておいて、抜く手をみせずに斬った。なにやら、斬ることを愉《たの》しんでいるけしきに見えた。敵方にとって、こんな無気味な対手はいなかった。

半次郎は、この戦功によって、小隊小頭《こがしら》見習いとなった。

つづいて、二月十二日には、徳川慶喜《よしのぶ》追討軍東海道先鋒《せんぽう》隊に加わって、京師を発した。

この時も、薩藩一番小隊の監察として、常に、先頭をきった。

慶喜の謹慎、輪王寺家《りんのうじけ》の斡旋《あっせん》、家茂《いえもち》夫人・静寛院宮《せいかんいんのみや》の歎願《たんがん》、さらには、西郷隆盛・勝海舟の一代の肚芸《はらげい》などがあって、江戸は、兵火からまぬがれた。

江戸に入った半次郎は、幕軍の敗走兵が、市川、船橋方面に屯集《とんしゅう》して、追討軍に反撃をこころみようとしているのをきき、一番小隊を率いて、出動した。

その闘いぶりは、伏見・鳥羽の戦いと同じ無気味なもので、募兵勢をして、戦慄せしめた。

半次郎は、敵を五井宿まで追いつめて、潰走させた。やがて一転して、房総方面の残敵を掃討しておいて、船航《せんこう》して、帰府した。

常に先頭をきって進む半次郎に対して、敵陣からの狙い撃ちがあったのは当然だが、まるで神の庇護《ひご》でも蒙《こうむ》っているように、弾丸はことごとく、半次郎の身からは、それた。

五月十五日に至り、上野にたて籠《こも》っていた彰義隊が、にわかに、不穏の気勢を示した。

半次郎は、一番小隊を引具《ひきぐ》して、敵軍正面隊の守る黒門口へ進んだ。

すでに「上野彰義隊」で述べた通り（編注――同前）、直参《じきさん》の面々の反抗ぶりは凄じかった。

追討軍は、兵を散らして、各所から攻撃したが、いっかな埒《らち》があかなかった。突撃業《ごう》をにやした半次郎は、単身敵前へ躍り出るや、愛刀を頭上に直立させつつ、突撃を敢行した。充分狙い撃ちができる至近距離に、半次郎が入ってくるのをみとめ乍らも、これに、弾丸を撃ち込んだ者がいなかったのは、まことにふしぎである。

半次郎の無気味な突撃に、直参たちは、黒門口を明け渡した。

半次郎の行手を、さえぎった者たちは、のこらず、一太刀で斬り下げられた。

七

彰義隊が全滅したその宵のことだった。

半次郎は、一番小隊の監察・河野四郎右衛門を伴って、神田三河町《かんだみかわ》の屯所を出て、吉原《よしわら》へ向った。

昼間の戦塵《せんじん》は、出がけに、桶水《おけみず》をあびて流したとはいえ、なお肌にこびりついた血汐《ちしお》がなまぐさく、いかにも気持がわるかった。

半次郎は、人一倍潔癖で、朝きかえた襦袢《じゅばん》は夕方にはすてるくらいであったので、途中で湯屋を見かけると、河野をさそって、ひと風呂《ふろ》あびることにした。

ざくろ口を出て、黒羅紗《くろらしゃ》の戎服《じゅうふく》をまとい、佩刀《はいとう》を手にした折、二階からゆっくりと降りて来た客がいた。講武所風の髷《まげ》をむすんだ、一見して直参と判《わか》る武士であった。湯屋の二階は、遊冶郎《ゆうやろう》の休憩所になっている。武士は、そこで午寝《ひるね》でもしていたのであろう、降りて来て、じろりと、半次郎たちへ、鋭い一瞥《いちべつ》をくれておいて、さきに、表へ出て行った。

河野が、その後姿を見送って、

「あやつ、くさい」

と云《い》ったが、半次郎は、まるで気にもかけぬ態度で、

「仙石楼《せんごくろう》の小唄《こうた》は、たしか、今日が年期明けゆえ、最後の客になって欲しい、と申して居《お》った」

と、微笑していた。

昌平橋にさしかかった時、欄干に凭《もた》れて、水面へ視線を落している武士がいたが、河野が、それをみとめて、

「……………」

無言裡《むごんり》に、半次郎に合図しようとした。

半次郎は、気がついているのかいないのか、小唄を口ずさんでいた。

春雨のはれておぼろに月のさす

粋《いき》な桜の色よりも、
微酔《ほろよい》ざめの仲の町
ひとふさ欲しき花の露

半次郎が唄いおわるのと、欄干ぎわから、大きく身を躍らせた武士が、眉《まゆ》を焼くような白刃の一閃《いっせん》を、半次郎に送りつけて来るのが、同時だった。

刹那《せつな》——。

半次郎は、斜横《ななめよこ》に、一間余を奔《はし》った。

すでに、その片手には、抜きつけの刀が光っていた。

武士は、よろめいて、欄干まで退った。

半次郎は、示現流の構えになって、敵に肉薄し、

「けけけ……、ちえすとおっ！」

と、懸声もろとも、まっ向から、撃ちおろした。

これを、ひっぱずして、横薙《よこな》ぎの迅業へ継続させた敵の腕前も非凡だった。

半次郎の戎服の胸のあたりが、口をひらいた。

「できる！」

半次郎は、強敵に出会った喜悦の色を、その表情にも声音《こわね》にも示した。

敵はすでに、肩口にかなりの傷を負うていたが、その青眼の構えに、みじんの崩れもみせていなかった。

半次郎が、そのまま、撃ち込むのを止《や》めて、動かなかったのは、生命《いのち》をすてる覚悟をきめた敵の悽愴《せいそう》の鬼気を受けたからであった。

「おはん——勝負あったのだぞ。引かぬか。ひとつしかない生命を惜しみんしゃい」

半次郎は、切先を天に刺し乍ら、云った。

瞬間——。

敵は、満身からの気合を噴かせて、斬り込んで来た。

半次郎は、懸声を発するいとまもなく、これを受けて、振りおろした。

敵の眉間《みけん》から、血飛沫《ちしぶき》が、ぱっと散った。とみた次の刹那には、そのからだは、大きく反って、欄干のむこうへ消えていた。

高い水音をききながら、半次郎は、

「生命びろいじゃ」

と笑って、手拭《てぬぐ》いをとり出すと、口で裂いた。半次郎の左手の薬指は、切断されていたのである。

半次郎を襲った刺客は、剣名高い鈴木隼人《はやと》であった。渠《かれ》の抜き撃ちの飛電は、比類ないものという評判だったのだ。

吉原江戸町で、三日間の流連《いつづけ》をやったのち、半次郎は、一番小隊を引具して、奥羽《おうう》へ向かった。

六月七日、白河《しらかわ》に到着。

白河口の小ぜりあいののち、征討軍は、八月二日、二本松に侵入、会津若松城を攻略した。

このくだりは、すでに、「会津白虎隊《びゃっこたい》」で述べたから(編注――同前)、ここでは、くりかえすまい。

攻防激闘一月余、ついに会津は落城した。

その日、半次郎は、参謀伊地知正治《いじちまさはる》の命によって、城受取りの使者となった。

その時の半次郎の態度、処理の見事さは、当時の語り草になった、という。

半次郎は、武に於《お》ては卓抜の才能を発揮したが、学問の方はあまり好きでなく、したがって、軍使などのつとまる知識のたくわえなどなかった。

実は、この城受取りの作法は、渠《かれ》が、出府して、退屈まぎれにかよった芝愛宕下《あたごした》での講釈場《こうしゃくば》できいた大石良雄《よしお》赤穂《あこう》開城の一席を、そっくりそのまま、真似《まね》たものだったのだ。

江戸時代の講釈場は、庶民が教養を仕入れる場所であった、といえる。「三国志」で権謀術数を、「お家騒動」で忠義を、「因果もの」で倫理観を、「世話もの」で義理人情を学んで、庶民たちは、おのがくらしぶりに、秩序をつくったものだ。

半次郎が、赤穂城受取りを、会津城でそっくりとそのまま、演じたとしても、これは、嗤《わら》うべき振舞いというには当らぬ。目で読むのを、耳できいただけのことで、当時の講釈師は、現代の大学教師などよりはるかに、学があった。

九月二十四日、半次郎は、江戸に還《かえ》り、その年十一月、薩摩《さつま》へ凱旋《がいせん》した。奥羽転戦の功によって、賞典禄《しょうてんろく》二百石を得、鹿児島常備隊の大隊長となった。

明治四年、あらたに親兵隊が組織されるや、半次郎は、一大隊を率いて東上した。その際、半次郎は、桐野利秋と改名した。

翌五年、北海道を視察。屯田兵《とんでんへい》組織による北門警備を、要路に進言した。この年、陸軍少将に任じ、熊本に下って、鎮台《ちんだい》司令官になった。四月、再び東京へ呼びもどされ、陸軍裁判所長となった。

折花攀柳《せっかはんりゅう》を愛し、柳橋に流連して、そこから裁判所にかよった。柳橋の芸妓《げいぎ》は、こぞって、半次郎に、傍惚《おかぼ》れした。

妻をめとらず、十六歳の時に喪《うしな》ったお吉の想《おも》い出を心に秘めた半次郎の飄々乎《ひょうひょうこ》たる態度は、芸妓連中の母性本能をそそったに相違ない。

稀代《きたい》の兵法者であり乍ら、半次郎は、その姿容からは、みじんも、殺伐の気色をうかがわせなかった。

柄《がら》のこまかな薩摩絣《がすり》を着流し、細身のステッキを携え、懐中には、西洋香水をしみ込ませた手巾《ハンカチ》を容《い》れていた。

他の官吏が、芸妓に、半次郎のどこに惹《ひ》かれるのか、と訊《たず》ねると、彼女たちのこたえは、ほぼ同じだった。

「陽気にお騒ぎになっている時と、一人きりになっておいでの時が、まるで別人のようにに見えます。あたりに誰もいなくなった時、そのお顔に、なんともいえないさびしい色をうかべておいでなのです」

孤独になった時、半次郎の脳裡《のうり》では、必ずお吉の俤《おもかげ》が偲《しの》ばれていたのだ。

故郷の磧《かわら》の上で、凍った自分の肌を、火のようにあつい柔肌であたためてくれたお吉の、その柔肌の感触が、まざまざとよみがえって来て、半次郎は、胸が疼《うず》きはじめるのだ。

——お吉は、どうして、自分をのこして、逝《い》ってしまったのか……。

この素朴な疑問が、折にふれては、胸で呟《つぶや》かれつづけていたのである。

これだけ多勢の女たちが、生きのびて、大人になり、妻になって、子供をつくっているのに、あのお吉だけは、わずか十六歳で、処女のままに、この世を去ってしまった。このことが、半次郎には、どうしても、合点がいかなかった。

この世で、自分の妻になり、自分の子を産み、自分の死までを見とどけてくれる唯《ゆい》一《いつ》の女性が、お吉であったのだ。そのお吉が、どうして、それをはたさずに、逝ってしまったのか。

半次郎は、考えていると、気が狂い出しそうに、烈《はげ》しい怒りに駆られて来たものだった。

八

半次郎の江戸邸《やしき》は、湯島の切通し坂に面した宏壮《こうそう》な構えだった。元の榊原《さかきばら》式部大輔の上屋敷だ。それを官から払い下げてもらった。

しかし、半次郎は、そこには殆《ほとん》ど寝なかった。留守番には、鹿児島から呼んだ書生をあてていたが、一人や二人ではなく、常時十人あまりがいた。半次郎は、もっぱら、そこから一町ばかりはなれた妾宅《しょうたく》で起居していた。妾《めかけ》は、おすまという気だてのいい女であった。器量はさほどわるくなかったが、右頬に赤痣《あかあざ》があった。岐阜の料亭で、下働きをしていたのを、なんとなく、江戸へつれて来たのである。

まわりの者が、なにもえらぶにことかいて、みにくい痣のある女など、妾にせずともよかろう、と云うと、半次郎は、笑って、

「おいは、百万人に一人の色男ゆえ、女房代りの妾には、やはり百万人に一人の貌《かお》ば持った女子《おなご》をえらぶのでごわす」

と、こたえた、という。

半次郎は、この妾宅には、知己の来訪もことわった。そのかわり、床の間の刀架けから、愛刀を把《と》って、書物をひもとく時間を持たなかった。

半次郎は、鞘《さや》を払い、およそ半刻《はんとき》も、じっと瞶《みつ》めているならわしをつづけていた。

おすまは、半次郎がよほど白刃《しらは》が好きなのだ、と思い、薩摩《さつま》隼人《はやと》は心がけがちがうもの、と遠くから敬意の念で、見まもったことだった。

ちがっていた。半次郎は、ただ無心に、白刃の美しさ、鋭さに、見惚《みと》れているのではなかった。

たしかに、半次郎の愛刀は、逸品だった。山城国《やましろのくに》の住人、綾小路《あやこうじ》定利《さだとし》が打ちあげた古刀であった。定利は、綾小路派刀匠の祖であり、文永年間に比肩《ひけん》をゆるさなかった名人である。

反りが強く、鎬《しのぎ》の厚い、見るからに豪剣であった。半次郎は、これを手に入れた時、これこそ、わが生涯にめぐり逢《あ》うべき運命を持っていた刀だ、と歓喜したものであった。半次郎は、その鞘をすべて銀装にし、その上に金線をひき、鍔《つば》には金銀細工をほどこした。さらに、柄《つか》がしらも鐺《こじり》も金象嵌《きんぞうがん》で飾った。

しかし、閑暇《ひま》があると、これに見入るのは、白刃自身の美しさを堪能《たんのう》するためではなかった。

半次郎は、冷たい秋霜《しゅうそう》の中に、お吉の俤を描いていたのだ。

なぜ、定利の中に、お吉の俤がうかぶのか、半次郎には判《わか》らなかった。他の刀の中には、決してお吉の俤はうかばなかったのである。

定利をわがものにして間もなく、手入れをしている時、思いもかけず、お吉のすがたが、ぼうっとうかんで来たのである。

半次郎は、胸を躍らせて、その俤を凝視した。錯覚ではない証拠に、お吉は、すぐに消えなかった。半次郎の眼眸《がんぼう》を受けて、微笑《ほほえ》んでさえみせた。

爾来《じらい》、半次郎は、お吉に逢いたくなると、鞘をはらって、刀身を直立させた。すると、それにこたえて、お吉は、現れてくれたのである。

半次郎にとって、定利は、片時もそばからはなせぬ伴侶《はんりょ》となった。

次のような逸話がのこっている。

ある日——。

半次郎は、回向院《えこういん》へ相撲見物に出かけた。回向院は、人も知るように、無縁仏の供《く》養《よう》寺として、江戸名物のひとつだった。尤《もっと》も、回向院といっても、江戸には二箇所あった。ひとつは、千住小塚原《せんじゅこづかっぱら》の回向院。これは、もっぱら死罪人の回向のためにつくられたものだ。いまひとつは、両国の回向院。この方は、江戸名物の火事や地震で死んだ無縁仏の供養寺だ。ここに、相撲の常設小屋があった。

半次郎は、相撲が無類に好きだった。その日も、夢中になって、見物していた。すると、左脇《わき》に置いた愛刀定利が、こつこつと鳴った。妙だと思って、ふりかえると、桝《ます》からはみ出た愛刀の鞘を、うしろの桝の小柄な男が、煙管《キセル》の雁首《がんくび》で叩《たた》いているのだった。灰吹き代りにしたのだ。

——こやつ！

半次郎は、激怒したが、二十代とちがって、すぐそれを爆発させはしなかった。

次の勝負がおわった時、半次郎は、やおら、腰から煙草《たばこ》入れを抜きとって、一服吸いつけた。それから、おもむろに、うしろへ向きなおって、煙管をさしのべて、その吸殻を、小男の月代《さかやき》の上へ、ぽんと落した。まだ、あかあかと火がついているやつだった。たちまち、髪毛の焼ける臭気が立った。

しかし、小男は、平然として、そ知らぬふりをしている。

半次郎の方が、いささか呆《あき》れた。小気味のいい奴《やつ》だ、と思った。

「おい、お前は、破落戸《ごろつき》か？」

半次郎が訊ねると、小男は、はじめて、その視線を受けとめて、にやっとした。

「人に素姓を問うなら、自分から名乗りなされ」

「おお、そうだな、おいは、薩摩の桐野利秋じゃ」

「やっぱりの……、人を多勢斬《き》りなすった中村半次郎先生でしたかい。あっしゃ、会津の小鉄でさあ。先生がた官軍にゃ、会津の者は、恨みがあるので、喧嘩《けんか》を売るつもりだったが、先生には、貫禄《かんろく》負けをしたわい」

それから、二人は、相携えて、浅草の酒楼へおもむき、二昼夜痛飲した。

いや、痛飲したのは、小鉄の方で、半次郎の方は一滴も飲まずに、それにずっと、つきあった。

九

明治六年十月二十四日、西郷隆盛は、参議兼近衛《このえ》都督《ととく》を免じられた。

この報は、近衛の将校らにとって、一大衝撃だった。一時に、百余名が辞職願いを提出した。

同時に、征韓派《せいかんは》であった板垣退助《いたがき》、後藤象二郎《しょうじろう》、副島種臣《そえじまたねおみ》、江藤新平らも、そろって、辞職した。

二十八日には、西郷はすでに、品川から汽船に乗って、東京をはなれた。

その日の夕刻、半次郎は、妾宅《しょうたく》に立ち寄った。

馬を、玄関へ乗りつけて、降りもせずに、おすまを呼んだ。

何事だろうと、おどろいて、出て来たおすまに、半次郎は、馬上から、

「おいは、これから、国許《くにもと》へ帰る。再び会えんかも知れぬ。……餞別《せんべつ》に、これをやる」

と、云って、一振《ひとふり》の短刀を投げ与えた。

茫然《ぼうぜん》となっているおすまへ、

「さらばだ。……からだをいとえ」

云いのこしざま、馬首をめぐらすや、疾駆して、たちまち見えなくなった。

明治十年二月十五日(旧暦正月元旦《がんたん》)の西郷挙兵のことは、誰でも知っているから、省略する。

ここでは、城山籠城《ろうじょう》をかんたんに述べておく。

西郷軍が、ついに熊本城を抜けず、敗走をかさね、ようやく政府軍の囲みを破って血路をひらき、鹿児島へ還《かえ》って、城山に拠《よ》ったのは、九月一日。

鹿児島を出陣して以来、百九十九日ぶりのことだった。その出陣に当っては、二万をかぞえた兵力も、いまは、新手の参加者を加えても、わずか四百に満たなかった。

そのうち壮者は三百に足らず、武器も小銃が百五十余挺《ちょう》、砲若干にすぎなかった。

城山の各処に穴を掘って、惨《みじ》めなもぐら生活になった。

政府軍は、ぞくぞくと鹿児島に押し寄せた。

山県《やまがた》参謀は、九月二十四日を期して、城山総攻撃を指令し、その前に、最後の降伏勧告状を送った。当然、西郷方は、これを蹴《け》った。

二十三日の夜、城山に於《お》ては、徹宵《てっしょう》の酒宴がはられた。空は晴れ、中秋の月が冴《さ》えわたり、人生最後の夜の条件はそろっていた。

明けて二十四日払暁《ふつぎょう》、総攻撃の合図が、私学校のあたりで、銃声をもって、包囲軍に告げられた。

その夜明けは、霧が巻いていたが、岩崎谷の狭い谷間が、浮かびあがり、朝陽がさし込む頃、大砲の音が轟《とどろ》きはじめた。

洞窟《どうくつ》を出た西郷は、洞門口に整列した桐野利秋（中村半次郎）、村田新八、別府晋《しん》介《すけ》、逸見《へんみ》十郎太ら四十数名を視《み》た。

西郷は、何も云《い》わず、ただ、一同に頷《うなず》いただけで、ゆるぎ出すように、前線へ向って、その巨体をはこびはじめた。別府、逸見がそのあとにつづいた。

半次郎は、その後姿を、じっと見送ったが、涙はこぼさなかった。

やがて、渠《かれ》もまた、死場所を求めて、しずかな足どりで歩き出した。

西郷が、腹部と太股《ふともも》に貫通銃創を蒙《こうむ》って動けなくなり、別府が振りあげた太刀《たち》の下へ、頭をさしのべた頃――。

半次郎は、ただ一人、最前線の孤塁に拠って、迫り寄る敵勢に、狙撃《そげき》をつづけていた。

「それ、当ったぞ！」

「また、一人片づけた！」

半次郎は、一発撃つ毎《ごと》に、叫びをあげていた。まるで、射的を愉《たの》しむようであった。

しかし、もはや、前面は、敵影で掩《おお》いつくされていた。

いつの間に肉薄したか、敵兵の一人が、堡塁《ほうるい》上に躍りあがって、半次郎めがけて、銃剣を突きたてようとした。

「けけけ……、ちえすとおっ！」

久しぶりに、半次郎の奇妙な懸声が、噴いた。

塁上の敵は、胴を両断されて、転落した。

その刹那《せつな》、一弾が、半次郎の前頭部を貫いた。

半次郎は、塁の壁面へ、撲《どう》っと倚《よ》りかかった。

なかば無意識であったろう。半次郎は、愛刀定利を直立させた。

敵の血汐《ちしお》に濡《ぬ》れた冷たい刃面《はおもて》に、お吉の俤《おもかげ》がうかんだ。

半次郎は微笑した。

やっと、お吉が待つところへ行ける悦《よろこ》びを、すなおに、その微笑にしたようであった。

享年《きようねん》三十八歳だった。

不知火流　河上彦斎

『おれは不知火』

山田風太郎

山田風太郎（1922〜2001）

本作は、昭和四十八年に「小説現代」で発表された。翌年、講談社から刊行された短編集『幕末妖人伝』に収録され、以後、『東京南町奉行』（旺文社文庫）などに収録された。本書収録にあたっては、『山田風太郎明治小説全集3』（筑摩書房）を底本とした。

中道にして非命に斃《たお》れた英傑で、あれをもう少し生かしておいたら天下にどんな影響を与えたろうと興味をいだかせる例は少くないが、佐久間《さくま》象山などはその最右翼に属するだろう。没個性の日本人には珍らしいカリスマ的人物であっただけに――もう一人、その匂《にお》いを持っていた西郷が事志《こころざし》に反すれば犬を曳《ひ》いて故山に帰る東洋型であったのに対し、これは絶対に自分からひっこんではいない西洋型の強烈なカリスマであっただけに、もしあと少くとも十年の生を与えたなら、若い明治政府にどんな魔力を及ぼしたろうかと。

それにしても、当時すでに西の西郷、東の佐久間とならび称された人物で、その名が今にいたるまで、「ぞうざん」か「しょうざん」か結論が出ていないというのもふしぎなことである。いろいろの読みかたが出来る漢字というものの性質と当時録音機がなかったことから発した奇事だ。

それはともあれ、容貌《ようぼう》体格からしてすでに常人ではない。ひたいはひろく、総髪《そうはつ》とした髪は五十半ばにして漆黒である。顔は馬面《うまづら》といっていいほど長く、その皮膚の白さ、眼窩《がんか》のくぼみは異人と見まがうばかりだ。そのくぼんだ眼は、夜の梟《ふくろう》みたいな妖《よう》光《こう》をはなっている。おまけにこの人物の奇怪な特徴として、実に大きな耳を持っているのに、それがひどくうしろのほうにくっついていて、正面からは見えないことであった。だから、顔がいっそう長く見える。

もっとも彼は、この日騎射笠《きしやがさ》をかぶっていたから、髪も耳もそれにかくれてはいたが、一メートル七十五はあろうかと思われる壮大な肉体に、黒綟《くろもじ》の肩衣《かたぎぬ》、萌黄《もえぎ》五《ご》泉平《せんひら》の馬乗袴《うまのりばかま》をつけ――あとでわかったところによると、彼の差していた刀は、備前長光《ながみつ》と国光《くにみつ》であった――しかも馬に、この狂的な攘夷《じょうい》の時代に人目を奪う西洋鞍《ぐら》をおいてゆたかに打ち乗り、若党一人を従えて京の寺町を通ってゆく姿は、まことに天下を睥《へい》睨《げい》している雄姿であった。

一ト月前にもならぬ六月十八日、彼は国元信州松代《まつしろ》の愛妾《あいしよう》お蝶《ちよう》に書き送っている。

「もし此方《このほう》の身に災いにても受け候《そうろう》ことこれあり候わば、日本はもはや大乱と存じ申すべく候。甚だ分《ぶん》に過ぎ候ことを申すように候えども、日本の命脈は此方にこれありと存じ候。この御国と存亡を共にいたし候了簡《りようけん》ゆえに、心中いつも安らかに存じ候」

たのである。

すなわち彼は、このころ日本の運命を自分一人で背負っているつもりで闊歩《かっぽ》してい

この日、元治《げんじ》元年七月十一日。――

彼はみずから筆をとった開国草案と世界地図を携えて山階宮《やましなのみや》家へ伺候して帰る途中であった。午後五時ごろとはいえ、真夏の日はまだあかあかと高瀬川の水面に照りつけている。


馬は三条上ル木屋町にはいった。

このとき突如曲り角から二人の壮漢が現われ、抜刀した。それと見るや象山は馬に鞭《むち》をくれた。二人の男は馬について二十メートルも走りながら、象山に斬《き》りつけた。彼の両足から血をほとばしらせつつ、馬上の人は鞭をふるって刺客をたたきつけた。彼の住居とする大坂町の「煙雨楼」はすぐそこであった。

西洋鞍になお身を伏せて逃れようとする彼の前方に、また一人立ちふさがった。朱鞘《ざや》の浪人姿であった。疾駆して来る馬に、その姿は石のように寂然《じゃくねん》とつっ立っている。かえって馬のほうが怖《おそ》れて竿立《さおだ》ちになり、象山はたまらず落馬した。

刺客の刀身が灼金《やきがね》のようにひらめいた。彼は象山の左肺部に突きをくれ、なお屈せず備前長光を抜こうとする象山の長い顔を、こんどは真っ向から叩《たた》き割った。

まだ白日といっていい木屋町の路上の埃《ほこり》にぶちまかれた巨大な血の花に、駈《か》け集まって来た町の人々が放心状態で立ちすくんだとき、この電光石火の「白昼の暗殺」をしとげた三人の刺客は、すでに幻のように消えていた。

夜に入って、三条大橋に一枚の罪状書が貼《は》り出されているのが発見された。

「佐久間修理。

この者元来西洋学を唱い、交易開港の説を主張し、枢機《すうき》の方へ立ちいり、御国是《こくぜ》を誤り候大罪捨ておきがたく候。大逆無道天地を容《い》るべからざるの国賊につき、すなわち今日三条木屋町において天誅《てんちゅう》を加えおわんぬ。斬首梟木《ざんしゅきょうぼく》にかくべきところ、白昼、その儀能《あた》わざりしもの也《なり》。

元治元年七月十一日　皇国忠義の士」

二

むろん、凶変の直後、急報を聞いて、「煙雨楼」にいた象山の一子、恪二郎《かくじろう》は現場に駈けつけた。しかもそこに見出《みいだ》したのは、大小十三ヵ所の刀傷を受けて絶命した父の屍骸《しがい》だけであった。下手人に至っては、まるで通り魔のように、ついていた若党すら、人相はおろか風態すらはっきり記憶していないというありさまであったのである。

英傑象山の一子とはいえ、まだ十七歳の白面児だ。茫然《ぼうぜん》として立ちつくすだけであったのも無理はない。

時と場所は、テロとそれに対する新選組の火つむじが荒れ狂っている元治元年の京都である。とくに、攘夷の嵐《あらし》の中に平然として開国論を唱え、堂々と馬で歩きまわっていた象山は、「おれを殺す馬鹿《ばか》が天下にあるものか」と本人はふしぎなほど自信を持っていたが、その実、当然、その天下は彼のいのちを狙《ねら》う者で充満しているといってもよかった。下手人が何者かということはもとより、どの方向からかということさえ五里霧中のありさまであった。

「おれが父上のかたきを討つ」

恪二郎の胸にこの目的が確固として立ったのは、自失の数日が過ぎてからである。その間に父の遺骸は、ともかく花園妙心寺内大法院に埋葬した。

「たとえそやつが何者で、どこに潜んでいようとも。――」

佐久間恪二郎は象山のただ一人の子ではあるが、嫡男《ちゃくなん》ではない。正妻の順子はまだ二十九歳にしかならないし、子はなかった。象山には何人かの側妾があって、その一人お菊の生んだ子である。

しかしこの三月、久しく蟄居《ちっきょ》していた松代から京へ、上洛《じょうらく》中の将軍に招かれ、ついにわが抱負を天下にあらわす時が来たと、蛟竜《こうりょう》の雲を出るがごとく出て来た象山が、栄光の出廬《しゅつろ》にこの一子を同伴したところを見ても、いかに彼が父から愛されていたかがわかる。

父の特徴たる面長、色白、眼のくぼみなどが、江戸で蔵前小町と呼ばれた母によって異相を消されて、どこかエキゾチックな美貌と変り、年のせいでどこかまだひ弱い翳《かげ》はあるけれど、父の烈《はげ》しさは充分伝えている少年であった。

ともあれ、父とともに借りていた宏大《こうだい》な屋敷――父のくせで、ものものしく「煙雨楼」と名づけていたが、単なる貸家である――をひき払い、どこかに住居を求めなくてはならぬ。

京に、ほかに知る者も持たない恪二郎は、大坂にいる勝安房守《かつあわのかみ》に、自分の決意を打ち明け、そちらに当分の宿を借りてもいいかと聞き合わせた。

「よろしい。それは先日申した通りだ」

と、勝はすぐに返事を寄越した。実は事件のすぐあと勝は恪二郎に見舞いの手紙を送って来て、「本来なら自分も急ぎそちらにいって、お前の相談に乗ってやりたいところだが、一口にはいえぬ多忙のために大坂を動けない。後始末を終えたら、ともかくお前のほうからこちらへ来い」という意味のことを親切な文面で伝えて来てくれていたのだ。

どうしてかというと、時の軍艦奉行勝安房は、父の正妻順子の兄にあたるという縁であったからだ。いわば、伯父である。

「ただし」

と、勝は二度目の手紙でいって来た。

「かたき討ちなどということはやめてくれ。お前の父は、主義のために殺されたのである。一方、その刺客は、よし何者であろうと、主義のためにお前の父を殺したのである。そういう敵に、私情によるかたき討ちで酬《むく》いるなどという次元の低い行為は象山先生の偉大さをかえって落すものだ。そんな目的を抱いて、それでなくてもお前にも危険な京大坂にいたいというのなら、私はお前を保護することは出来ない。それくらいならむしろ故郷松代に帰って、第二の象山——主義のために暗殺されるような人物になるよう修行することを勧める」

恪二郎は勝のいう意味がわからなかった。それほど偉大な父を殺したやつなら、いよいよ子として復讐《ふくしゅう》しなくては天道に叶《かな》わぬはずではないか？

だいたい勝が、妹の夫たる父が暗殺されたというのに、しかもすぐそこの大坂にいるというのに駈けつけて来てくれないのも、こうなると恪二郎には変に無情な仕打ちに思われた。——実際のところ、このころ幕府軍艦奉行として大坂にいた勝安房は、長州と外国艦隊の紛擾《ふんじょう》を調停することで忙殺されつくしていたのだが——とにかく、それで勝のところへゆくのはやめた。

恪二郎は勝の忠告には不満であったが、一応帰郷するという方針だけは承認した。佐久間家のあとの処置、かたき討ちの旅に出る支度、それらのためにもたしかに一度は松代に帰る必要はある。

しかるに、帰国の足を踏み出そうとした恪二郎に、何とも意外な打撃がその松代から送られて来たのだ。

佐久間修理横死をとげたる上は、知行《ちぎょう》屋敷ともに召しあげらる。——実に、七月十四日付の藩命であった。——天下に敵だらけであった象山に、松代藩自体に敵がいなかったわけはない。それどころか、例の斬奸状《ざんかんじょう》にも「西洋学を唱い」とあるのは信州人の口調であるとして、暗殺者は同藩人ではないかという風評さえあったほどなのである。——かねてから象山の不羈《ふき》の行動を藩のために怖れていた反対党の重役らが、その横死の報にそれ見たことかと狼狽《ろうばい》し、即刻にとった処置がこれであった。

恪二郎が悲憤し、立往生してしまったことはいうまでもない。

そこへ、象山の砲術の弟子で会津藩士の山本覚馬《かくま》という男がやって来た。姓のゆえもあるが、会津の山本勘助といわれた智謀家《ちぼうか》である。

この山本覚馬が彼に授けてくれた智恵と、その後の恪二郎の意外な運命は、九月十二日の日付で彼が江戸の順子に送った手紙で明らかだ。順子は父の正妻だが、偶然、勝家の実母の病気のために前年の秋江戸に帰ったままになっていたのである。当時のならいとして彼はこの女性を「母上様」と呼んでいたのみならず、その兄の勝よりもこの母に敬愛の情を捧《ささ》げていたふしがある。

「……お父様《とと》には非業《ひごう》の御最期《さいご》、何と申しあげようも御座なく候。そののちはただただ夜昼となく泣き明かし申し候。とにかく考えて見候に、あまねく天下をめぐり申し候てかたきを討つよりはいたしかたなく思いおり候に、会津の山本覚馬と申す人参り、父のあだは共に天をいただかずと申すこと御承知のことと存じ候。京都に忍びいて仇を狙うてはいかがやと申し候ゆえ、いかなる手だてを以《もっ》て京都におらんやと申し候えば、覚馬どの申され候は、京都に新選組なるものあり、その頭《かしら》なる人は近藤勇《いさみ》と申す人にて義気至って盛んなる人なり。――」

山本覚馬は、すでにおんみのことを近藤に話したと語った。

「近藤先生大いに感嘆し、いかにも世話いたし、万々仇を討ち得さすべし。万一仇討

ち の節は自分も助太刀いたし、局中みなみな助太刀いたし得さすべし、恪二郎君心やすく局に入り仇を狙うにしくはなし、吾《われ》らが子息の近藤周平とともに吾らが身付きに致しおくべし。一日も早く来られ候よう申され候えといわれ候よう覚馬どの申しきけられ候まま、私もかなしみの中にもうれしく、すぐさま近藤先生方へ参り願い候。近藤先生に助役土方歳三《すけやくひじかたとしぞう》と申す人至極《しごく》親切にいたしくれ申し候まま、決して御心配下さるまじく候」

すなわち佐久間恪二郎は、新選組に入ったのである。――近藤らの面目まざまざと見るがごとし。新選組はわずか四十日ほどまえ例の池田屋斬込みをやったばかりで、意気天に沖《ちゅう》する時代であった。

「二日を出《い》でざるに御所の戦い、自分も先生一同参り申し候。また日あらずして山崎追討、この節《せつ》も先生同道山崎まで出張つかまつり、わずかばかり戦《いくさ》のまね見申し候」

御所の戦いとは七月十九日、長州の久坂玄瑞《くさかげんずい》などを斃《たお》した蛤《はまぐり》御門の変のことであり、山崎追討とはそれにつづく二十一日、真木和泉守《まきいずみのかみ》などを殺した天王山の戦いのことだ。

してみると恪二郎が新選組に入局したのは、父の死後一週間目の七月十七日のことであり、その二日後には新選組隊士として早くも血の洗礼を浴びているのである。

それにしても、そもそも父象山が、その識見一世を覆《おお》うことをだれしも認めつつ、この年まで九年間蟄居を命じられていたのは、愛弟子《まなでし》たる長州の吉田松陰《よしだしょういん》のアメリカ渡航計画を煽《あお》りたてたという嫌疑によってであった。その象山の子が新選組に入って、松陰の愛弟子たる久坂などを斃す側に廻ろうとは――すでに彼が時の潮の混沌《こんとん》たる渦のまっただ中に投げ込まれたことを象徴している。

三

もっとも恪二郎は、この時点において父を殺した下手人は長州人だと確信していたらしい。なおつづけて同じ手紙に彼は書いている。

「この局中におり申し候えば、決して仇の知れぬということは御座なく候。お父様《とと》に手を下し候者は必ず長州人ゆえ、右の合戦に討死いたし候ても、事の基《もと》は長門《ながと》宰相父子ゆえ、将軍さま長門御発向の節はかならず新選組も発向つかまつるべし、その節は私においても必死の覚悟をきわめ宰相父子へ恨みを報じ申すべき所存に御座候」

たとえ下手人が蛤御門の戦いなどで死んでいたとしても、元凶は長州侯父子であるから、長州征伐に参加してその首《こうべ》に恨みの一刀を加えたい――と、彼の復讐の決意たるや、十七歳の少年らしく悲壮にしてまた壮大である。

しかしその年の秋のいわゆる長州征伐は、将軍も発向せず、新選組も従軍しないうちに長藩の屈服によって終った。

従って恪二郎も京にとどまったままで年を越したわけだが、彼の推定はなかば相違し、なかば的中していたのである。すなわち、象山暗殺の下手人は長州人ではなかったが、そやつはたしかに長州に逃げていたのである。——

翌慶応元年、まるまる一年恪二郎は京都にいた。その四月に新選組は、みずから望んで場末の壬生《みぶ》の屯所から西本願寺のいい場所に移っている。

——思えば彼が入隊したとたんに投げ込まれた蛤御門や天王山で、戦雲の中に「誠」の隊旗をひるがえしていたころが、新選組の最高潮時代であったのだ。

新選組は下降期に入っていた。自己崩壊ともいうべきその凄惨《せいさん》な経過を恪二郎はまざまざと見た。

無敵新選組の勇名から来た驕《おご》りか、殺人集団の血の悪酔いか、それとも肉眼ではまだ見えないが、心耳にとどろく時勢一変の潮のきざしにうなされてか。——隊員の中に、隊規違反の罪を犯す者がきのこのように続出して来た。むろん、これは処刑される。

まず、まだ壬生にいた二月のことであったが、隊で土方歳三につぐほどの地位を占めていた山南《やまなみ》敬助が、新選組の方針に懐疑を抱いて無断で脱走をはかり、大津まで逃げていたところを追跡され、つかまって、ひきずり戻されて、隊員環視の中で切腹させられた。

ついで隊の勘定方の河合耆三郎《きさぶろう》が会計帳簿に不足のあるのが見つかって、播州《ばんしゅう》で塩問屋をやっている実家に飛脚を出してその穴をふさごうとしたが、折悪《あ》しく父親が不在で連絡が遅れ、一足ちがいでこれまた切腹に追い込まれた。彼は短刀を握っても、まだ、

「播州から、金はまだ来ませんか？」

と、すがりつくようにつぶやいていた。

平隊士の浅野薫は、隊名をかさに着て、よそから些少《さしょう》の金品を強請していたことがわかって、これは島原で斬首を命じられた。

瀬山滝人、真田次郎という二人は、商家の妻と姦通《かんつう》していたというので糾弾され、腹を切らされた。

田内知は八条村に妾《めかけ》を囲っていたが、この妾はほかの浪人と密通した。某日、田内が突然やって来たので浪人は押入れにかくれ、妾と同衾《どうきん》していた田内に不意に足もとのほうから飛び出して斬《き》りかかった。両足傷つけられた田内は、逃げ出す姦夫《かんぷ》姦婦《かんぷ》を

追うことが出来なかったばかりか、戸板に乗せられて隊に運ばれた上、士道不覚悟で詰腹を切らされた。

しかもこのとき介錯《かいしゃく》の谷三十郎が首を斬り損じて何度も肩のあたりを傷つけたので、苦痛に悩乱した田内は、いったん腹につき立てた短刀をひきぬいて立ち向って格闘となり、ほかの隊士の助勢でやっと斬り伏せられるという惨状を呈した。この谷三十郎には思わざる未熟者という評判が立ったが、しばらくして彼もまた祇園《ぎおん》の石段下で歯をむき出して斬殺されているのが発見された。

楠《くすのき》小十郎、荒木田左馬之介、御倉伊勢武《みくらいせたけ》という三人は、長州からの間者の疑いで斬首され、武田勧柳斎は薩摩《さつま》屋敷に内通しているという嫌疑で斬られた。

酒井兵庫は、右のごとき隊内の私刑ぶりに恐怖を生じ、脱走して大坂住吉の神主の家まで逃げていたところを探知され、襲われて殺された。

そしてまた川島勝司は、これらの制裁における態度に怯懦《きょうだ》なものがあったとして、これまた二条河原で斬首された。――等、等、等。

逃げても駄目、逃げるやつを斬っても、斬り方がまずいか、ためらえばこれまた「総括」される。惨また惨としかいいようがない。

――見ていて、佐久間恪二郎の心には、当然動揺が生じて来た。

これは何だ？　これが新選組か？　この新選組にいて、おれは何をしているのだ？——見ようによっては、剽悍颯爽《ひょうかんさっそう》、命知らずの壮士の集団としか思われない新選組も、内部から見ていれば、あまりにも人間くさい、肉欲と金銭欲と権力欲のこねかえす渦に過ぎなかった。

それはそれとして実は彼も、副長土方歳三に命じられて、二、三度、造叛隊士の介錯を命じられたことがあるのである。むろん、人を斬る度胸を作るためであった。最初はさすがに身の毛もよだち、数日手もこわばるばかりであったが、外見は、彼はともかく佐久間象山の子らしく堂々とこれをやってのけた。

しかし——これは、父の世界ではない！　と、彼は思いはじめたのである。だれにとってもここは異次元の世界だろうが、とくに父とは反世界の極だ。

象山は幼時から大天才とうたわれながら、意外に不遇であった。それは何よりその自負が高過ぎ、個性が強烈過ぎて、かえって周囲の反感を買い、多くの人間を敵にまわす結果になったからであった。しかも彼は、ふしぎな陽性の光を放射していた。それも彼が衆愚を馬鹿《ばか》にして、問題にもしていない超然性から発した。えらぶるのではない、ほんとうに自分は偉いと信じ切っている人物の天衣無縫の雰囲気を彼は持っていた。

漢学、洋学、兵術、砲術、医術、書画、詩文――ゆくとして可ならざるはなく、しかもそのことごとくが当代一流の万能人であったが、とくに一世をぬいていたのは政治的外交的識見であろう。

彼は眼中に勤皇も佐幕《さばく》もなく、日本人は一体となってひたすら西欧の制度と科学をとりいれ、世界に冠《かん》たる日本を作らねばならぬと確信していた。あとになって見ればだれの眼でも当たりまえのことで、事実その国策をとるようになったのだが、この時点においてはあまりに時流からぬきん出ていて、人に違和感を与えて、そのために彼はみずからの死を呼ぶことになったのだ。

死を呼ぶほどのカリスマぶりは、心酔者にはたまらないユーモアをおぼえさせることさえあった。ペルリの黒船騒ぎのとき、彼は江戸にいたが、ひとり悠然たる馬面《うまづら》をあげて、しかも冗談でもなくいった。

「風船を作って見せようか。時間と金さえ与えてくれればわしが作ってみせる。そしてそれに兵をのせて、太平洋を飛んでワシントンを襲うのじゃ」

のちの風船爆弾のアイデアの元祖といっていい。

これほど当時においては奇蹟的《きせきてき》にひらけた頭脳を持っているのに――あるいはあまりに自己を高しとしているゆえか――彼が辺幅を飾り、威容重々しくもったいぶるのも、見方によっては可笑《おか》しかった。

上洛《じようらく》中に、勝が単騎挨拶《あいさつ》にやって来たことがある。軍艦奉行にもあるまじき軽々しさとして象山はこれを叱《しか》った。勝は笑っていった。

「先生、時代がちがいますよ」

海舟なればこそいえるせりふで、その勝も後年閉口の態《てい》で述懐している。

「象山は物識《ものし》りだったよ。しかし、どうも法螺《ほら》吹きで困ったよ。顔つきからして一種奇妙なのに、平生緞子《どんす》の羽織に古代模様の袴《はかま》をはいて、いかにもおれは天下の師だというようにそっくり返っていて、漢学者が来ると洋学で威《おど》しつけ、洋学者が来ると漢学で威しつけ、どうにも始末におえなかったよ」

しかし勝は、この象山から海舟という号をもらい、妹を象山の妻として捧げているのである。彼はまた象山を山師山師と呼んでいたが、自分もひとから山師と呼ばれていた勝のことだから、おそらくこの天下の大山師を心から尊敬していたことであろう。

——父が死んだとき十七歳であった恪二郎が、この父の博学や識見を残りなく知っていたわけはないが、しかしそれだけに勝とちがって圧倒的にその偉大さに呪縛《じゆばく》されていた。

父の世界にくらべて、この新選組の野蛮さ、陰惨さは例えるに言葉もない。——

とくに――彼自身はハッきり意識していなかったが――懐疑の萌芽《ほうが》となったのは、かたき討ちの無意味性だ。こうばかばかしいほど人を殺す仲間にいては、いちいちかたき討ちなど考えているのがばかばかしくならないわけにはゆかない。

しかし、さればとて恪二郎は新選組を逃げる気はなかった。

べつに脱走の処刑を怖《おそ》れるわけではなく、近藤は事情を知って預ってくれているので、彼は特別待遇を受けているのだから、出ていっても脱走扱いを受けることはないのだが。――しかし右のごとく偉大な父を思えば思うほど、この炬火《きよか》を凶暴な血しぶきで消してしまった愚かな刺客を、勝のいましめた私情ばかりではなく、天下のために憎まざるを得ないのだ。

それより何より、だいいちそのかたきがまだわからない。「新選組におれば、かたきの知れないはずがない」という期待に反して、そのゆくえどころか、何者であるか、その名さえわからないのだから動きようもない。

深刻な矛盾にとり憑《つ》かれながら新選組に籍をおいている恪二郎を、そのうち俄然《がぜん》発憤させたことがあった。それは、その年の暮、江戸にいる順子から再婚したという知らせがあったことだ。

彼はこの血縁なき母を尊敬していたのだ。自分が五つのとき何のゆえか知らず父のもとを去っていった生母のお菊よりも。

勝の妹たる順子は、兄を裏切らぬしっかり者で、あの人を人とも思わぬ象山でさえときには彼女から痛棒をくらって変な顔をしていることがあった。

彼女は、妾の子で十二歳下の恪二郎を姉のように――いや、どんな母よりもやさしく愛してくれた。――げんに去年の凶変のあと、自分が彼女に手紙を送ったのも、そのとき彼女が髪を切って送って来て、どうぞ象山といっしょに棺《ひつぎ》に入れてくれといって来たのに対する返事であったのだ。

その髪は、すでに父を埋葬後であったので望みを果たしてあげられなかったが、その代り、かたきを討つときはもろともに、と、いまも自分の肌身にしっかりと抱いている。

その母が、いかにまだ三十という若さとはいえ、父の死後一年有半にして、さっさと再婚してしまおうとは！

恪二郎は脳天を叩《たた》かれたような思いがし、はったと江戸の空をにらんだ。そして、なお新選組にとどまって自分の腕をみがくことを誓った。

四

その江戸からさらに驚倒すべき人がやって来て、驚倒すべきことを伝えたのは、翌年の春のことであった。

父を斃《たお》した下手人の名がわかったのだ！

教えてくれたのは勝であった。勝安房は、神戸の海軍操練所に幕臣のみならず平気で浪人などをいれて自由にやらせたために幕府からにらまれて、去年十一月罷免《ひめん》され、江戸の氷川《ひかわ》の屋敷に閉門を命じられていたのである。

いや、それより先に、それを伝えてくれた人間だ。

それは男女の二人で、女は鳥追いそっくり、男は手拭《てぬぐ》いを吉原《よしわら》かぶりにして、どちらも三味線を抱えている。何といっていいか恪二郎にもわからないが、とにかく門付《かどづけ》の旅芸人風であったが、これが西本願寺の門前に現われて、屯所から恪二郎を呼び出すと、

「恪二郎さま。——」

と、なつかしさにはじけるような声でさけんだ。

「まあ、お強そうになられて！」

恪二郎は眼を見張った。もとは順子の召使いとして江戸から松代にやって来たお西《とり》という女だ。しかし、そのうち父象山の何番目かの妾になって、なったかと思うと順子が江戸へ帰るのにまたつれていってしまった女だ。

年は恪二郎より二つか三つ上だろう、みるからに清純で、これに父が手をつけたと知ったときは、いくら偉大な父でも恪二郎は数日憮然《ぶぜん》たる思いにふけったほどだが、それが衣裳《いしょう》のせいかも知れないが、見ちがえるように色っぽくなっている。

「へい、はじめてお目にかかりやす」

男のほうも挨拶した。年は三十くらいか、背はスラリとし、色も白く、下り眉《まゆ》で、粋《いき》というよりにやけた男であった。それが。――

「あっしが、お順の新しい亭主で」

といったのには、恪二郎は胆《きも》をつぶした。しばし、啞然《あぜん》として見まもったのち、

「おまえ……いや、あなたが？　母上のこんど再嫁《さいか》されたお相手は、山岡鉄舟先生門下で四天王といわれるお方《かた》だと、旧臘《きゅうろう》いただいたお手紙にあったが」

「いやですよ、若旦那《だんな》」

と、男は変な手つきをして、半びらきにした扇子《せんす》で恪二郎の肩を叩いた。

「四天王よりのうてんきのほうで。……へい、あっしがまさにその村上俊五郎で……

ま、勝先生のお手紙を読んでやって下せえ」

といって、男は一通の書状をさし出した。

そういわれてもまだ腑《ふ》に落ちず、かつ何のためにこの両人が京都へやって来たのか狐《きつね》につままれたような思いのまま、恪二郎はそこで勝の手紙を読み出した。そしてそれが実に驚倒すべき内容のものであることを知ったのである。

それを要約すると、

「象山先生を暗殺した刺客は、肥後の河上彦斎《げんさい》という男である。ほかの二人は因州の浪士前田伊左衛門、壱岐《いき》の浪士松浦虎太郎なる者であるともいうが、いまのところこれははっきりしない。いずれにしても主犯は河上彦斎である。

彦斎が某長州人に語ったという。『おれはいままで人を斬るとき大根を斬るようなつもりで別に何とも感じなかった。ところが象山を斬ったときだけは、はじめて人間を斬るような思いがして、髪の毛も逆立つのをおぼえた。おれがだめになったという兆候かも知れん。もう人を斬るのはよそうかと思う』これは、私に告げた某長州人の人物から推《お》して信じていいと思う。

彦斎は肥後細川藩のお掃除坊主《ぼうず》上りだが、文久二年十月から上洛し、三年三月から御親兵となり、京洛守護を名として、気にくわない人間の暗殺に従事していたらしい。

表面にはあらわれないが、私も上方《かみがた》にいたころ何度か逢《あ》って、ずいぶんこわい思いをしたことがある。あれが象山先生を斬ったと聞けば充分あり得ることと思う」

後年も海舟は、人に語っていう。「この彦斎という男は実に剣呑《けんのん》な人物で、おれもたびたび用心しろと人から忠告されたことがあったよ」

「年は三十を越えたばかり。

その骨相は、小柄で、痩《や》せて、色白で、眼はくぼみ、頬骨高く、あごがとがり、先年安政の獄でお仕置になった吉田寅次郎《とらじろう》によく似ておるという。平生は寡言《かげん》で、用あって物いうときは、女のようにやさしい声を出すが、人を殺すときは眼光毒蛇のごとく閃々《せんせん》として、相手は身動きも出来なくなるという」

と、勝は知らせる。

「彦斎は象山先生暗殺直後、蛤《はまぐり》御門の変にも加わっていたが、事破れてほかの長州人とともに逃れ、それ以来今も長州にあって兵として働いているという」

して見れば、自分が京都にいたのは、まったく空《から》ぶりだったことになる。と恪二郎は胸《むね》をつかれた。

「ただしかし、私はお前さんのかたき討ちなどには依然として反対である。相手がそんなおっかない男であるとわかればなおさらのことだ。にもかかわらず、このようなことを教え、かつその手伝いとして二人の人間を送るのは、お順の要求によるものだ」

　このあたりの勝の筆致には嗟嘆《さたん》のひびきがあった。

「あれ以来、お順の望みはただ象山先生のための復讐《ふくしゅう》の一途のみである。お前も知っているように、暮にお順は再縁したが、その目的はひたすらそのためであった。すなわちその相手村上俊五郎が山岡の高弟であること、及び村上が河上彦斎を知っているからだ」

　恪二郎は、はっとして改めて吉原かぶりの男を見たが、村上俊五郎はそのとき首を傾けて、西本願寺の奥深くから流れて来る気合の声――新選組の猛訓練のひびき――に耳をすませているようであった。

「村上もまたお順に負けた。お順の代りにかたき討ちの旅に出ることになった。お順が決心したらきかぬ女だということはお前も知っているだろう。この兄が負けたくらいだから無理もないが、思えば村上も、女房の前の旦那のかたき討ちの旅に出るとは御苦労千万なことだ。逢えばわかるが、ずいぶん変った男で、新内の名人だが、それでもれっきとした旗本の次男坊で、山岡直伝の一刀流の腕は私が保証する」

「さぞ、あっしの悪口がかいてあるんでござんしょうね」

眼をもどして恪二郎をのぞきこみながら、村上俊五郎はニタニタ笑っていた。

「拝見していねえが、あっしにゃわかる。だいたい、ひとさまから褒められたことのねえ野郎でござんすからね」

「いや」

と、いって、恪二郎はまた読み出した。

「それでも、さすがにおかしいと順子も思ったのだろう。お順はもう一人かたき討ちの選手を送り出した。それがお酉である。お酉はお順の召使いであり、かつ象山先生の御寵愛《ごちょうあい》を受けた女だからである。尤《もっと》もかたき討ちに出ることはお酉も志願したことである。それからまた、村上という男がかたき討ちの旅に追い出されても、出てしまえばどこへ飛んでいって何をしているかわからない凧《たこ》のような男だから、それを監視させ尻《しり》をひっぱたかせるためでもあるらしい」

第三者からみれば抱腹絶倒すべき勝の手紙はつづく。勝自身も笑っているかも知れないが、恪二郎は笑うどころではない。

「要するにお順は、その両者を以《もっ》て一体として、自分の身代りとしてかたきを討たせるつもりなのだ。で、お前のことは考えの外にあったらしいが、私は思案して、やはりこのことをお前に知らせないわけにはゆかないと判断した。で、私のかねてからの考えとは非常に矛盾した話で心苦しいのだが、お前も加えて三人一体としないわけにはゆかない。いや、やはりお前を主役にして、あとの二人は助太刀だとしないわけにはゆかない。

何にしても、いま長州にはいるのは、それだけでも命がけのことである。だから、その点でもこの二人がついていたほうが何かと好都合だと思う。その法については、三人でゆっくり相談してくれ。私としては、実のところかたきを討つよりも、三人が無事で帰ってくれることを、ひたすら祈るばかりだ」

手紙から眼をあげて、何より先に格二郎はさけんだ。

「村上さん。……河上彦斎という男を知っているって？」

「へ、いちどだけね、浅利先生の道場でねえ。あれはもう何年まえになりますか」

と、村上俊五郎はやや正気に戻った眼つきをした。

「聞くと、その野郎は以前に細川家の江戸屋敷に勤めていたこともあるってえことですから、そのころでござんしょうね。あっしも、わりと大まじめにやっとうをやってた時分です。そいつが浅利道場にやって来て——そんな田舎侍はうんといるから、普通なら忘れちまうんだが、あんまり妙な構えをやるもんだから、それで名前《なめえ》が頭に残っていたというわけでさ」

「どんな構えを？」

「何しろ、右足を前に踏み出して、その膝《ひざ》を折り曲げる。左足はうしろにのばしてその膝は地面すれすれ、そして竹刀《しない》を右手一本だけに握って前へ突き出すってえ恰好《かっこう》で――あっしゃ吹き出してね、そりゃ何流だって聞いたら、肥後の不知火流《しらぬい》だと澄ましてぬかしやがった。そんな流派は聞いたこともねえしまるで人を馬鹿《ばか》にした何か異人の踊りみてえな構えだから、こっちも急にむかっ腹がたって来やしてね、本気で打ちすえてやる気になった。――」

「そ、それで？」

「何てえことァねえ。ただ一打ちでぶっ倒れて、白い眼をむいてころがっちまいやしたよ。――」

五

象山は女性を愛する上でも独自の個性を持っていた。

はじめて正妻を迎えたのが彼の四十二歳のときだが、相手の順子はそのときまさに十七歳である。仲人《なこうど》は江戸で剣豪の名が高かった島田虎之助であった。

むろん、それまでにもその後にも、彼は何人か妾を持っている。その妾を求めるに

ついての象山の宣言にいわく、

「吾《われ》ら名将の血筋にて天下に名を知られ候《そうろう》ほどのものになり候につき、せめては子孫をふやし候て、世の役にも立て申したく候」

つまり、おれは最優秀な人間だから、国家のためにその種を出来るだけたくさん残したい、というのだ。

また別のところで「西洋には遺伝学、優生学というものがある。それによると母体もまた健全でなければならぬ。腹は決して借物ではない。日本人の矮小《わいしょう》さはこういうことを知らないことに淵源《えんげん》しているのだ。まことに憂《うれ》うべきことである。だから自分は容貌《ようぼう》よりも臀部《でんぶ》の発達した女を妾としたい」とも言明している。

おそらく彼が四十二まで正妻を迎えなかったというのも、天下国家を論ずるのに忙しかったからというより、自分の嫡男《ちゃくなん》を生むに足る優生学上、遺伝学上満点の女性が見つからなかったためで、それが自分の弟子となった勝麟太郎《かつりんたろう》を見て、「旗本中には珍らしき人物にて門弟中にも指を屈し、その血すじ不凡」と評しているように、その妹ならば、とはじめてその気になったものに相違ない。

だから、それ以前に召抱えた妾も、その意味で彼の眼識に叶《かな》った女性ばかりであったにちがいない。今も名のわかっているお菊は江戸蔵前の札差《ふださし》和泉屋の娘で、富豪の娘で有名な美人と来ているのだから、決して小藩の田舎侍の妾になどする必要はなかったのに、象山が右の学説をこんこんと説いて妾にしたものだし、もう一人のお蝶も芝の大きな鰹節《かつおぶし》問屋の娘で、しかもそのころまだ数え年十三であったものを、臀部発達きわめて佳良であったと見えて、象山が見込んで強引に妾にしてしまった。

もっとも五十四歳で上洛すると、早速また二人の妾を抱えたところなどを見ると、この国家のための優生学云々《うんぬん》もあやしいところがある。しかもそのことを堂々と国元の妾お蝶に通報している口上が、いかにも象山らしい。

一方は三条大納言《だいなごん》の側室の妹、一方は唐橋卿《からはしきょう》の家臣の娘で、いずれも笛、琴、三味線、茶、生花に堪能《たんのう》で気品高く、人々が「妙《たえ》なるもの御手に入り候」といったといい、「天下のために身を思わず苦労いたし候あいだ少しは慰むるところも候」と、威張りかえっている。やっぱり国家のためだ。そしてこの手紙を書いて一ト月半後、彼はいかにも天下のために殺されているのである。

こういうところを見ると——本篇の主人公は決して佐久間象山ではなかったはずなのだが、どうもこの人物こそ幕末日本で一二を争う「大妖人《だいようじん》」ではないかと思われて来た。……

優生学があやしいといえば、このお酉などもだいぶあやしいところがある。順子の召使いとして江戸からついて来たのに象山が手をつけたものだが、恪二郎の眼から見てもそれほど知能優秀、体格強壮とは思えない。それどころか、知能のほうは普通以下――といって、むろん馬鹿というのではないが――と思われるときさえあった。もっとも素直といえば素直、純といえば純で、そこが恪二郎には甚だ好意の対象になった。

どれだけ彼女が人並はずれて素直かというと、父の妾になりながら、正妻の順子が江戸に帰るといえばつれてゆかれ、いままた順子が象山のかたき討ちにゆけと命ずればやって来る――といったところを見ても明らかだ。

もっとも順子のほうも、十七歳で嫁に来たくせに、年上の妾たちを完全に膝下《しっか》にしていたのみならず、二十五も年上の天下の象山でさえ辟易《へきえき》させるところがあったから、これは影の「女妖人」といってよかろう。その威力は兄の勝も認めているように、新しい夫の村上さえ追い出すくらいだから、お酉などなすすべもなかったかも知れない。

さて、この二人とともに、佐久間恪二郎は仇討ちの旅に出た。――

めざすはもとより肥後の剣鬼河上彦斎。

それさえ聞けば、あとの助太刀？　のこの変な男女などは無用、と恪二郎は考えて出たのだが、しかし長州に入ってこの二人の存在が絶対に必要であったことを認めないわけにはゆかなかった。

ふたたび長州征伐がはじまり、しかもこんどは幕軍連敗の慶応二年の長州である。戦争のまっただ中を、ともかくも新選組に籍を置いていた者が気楽に歩きまわれるわけがない。ここで役に立ったのが、その二人である。

村上俊五郎は例の手拭《てぬぐ》いを吉原かぶりにして、扇子を半びらきにして、新内をうたう。お西は鳥追い笠《がさ》をかぶって、三味線をひく。恪二郎はというと——二人の勧めに従って、髷《まげ》を直し、村上と似た姿で、ただ三味線を菰《こも》でつつんで、肩にかついでいる。その菰の中に、仕込杖《しこみづえ》が二本いっしょに入っているのだ。

これで戦乱の長州を一年ちかく放浪して、しかも何とか無事であったのは——そんな変装のためではない。まったく村上とお西の肌合いのためだ。

村上は、たとえ侍姿でもとても侍とは見えなかったろう。相当あとになっても恪二郎は、これが山岡門下の四天王の一人だとは、どうしても眉に唾《つば》をつけずにはいられなかった。

「春雨の、眠ればそよと起されて、乱れそめにし浦里は、どうした縁であのひとに、逢《お》うた初手《しょて》から可愛《かわい》さが、身にしみじみと惚《ほ》れぬいて。……」

など流す悲調はほんもので、そういう情緒には無縁な恪二郎も、なんだか腸《はらわた》までしぼられるような思いがする。

しかもこの村上の顔がのっぺりして、とぼけていて、どこをついても幕府方の間《かん》諜《ちょう》であるなどという疑いを長州人に起させない。むろん、長州兵の哨戒《しょうかい》にひっかかるどころか、こっちからその戦線をたずねて歩くのだが、彼がこれをやると、屯《たむろ》している長州兵がみんなウットリ聞き惚れてしまう。

そしてまたこのお酉が、どう見ても根っからの芸人の女だ。三味線がうまいのは以前からであったが――彼女はしばらくぶりに恪二郎を見て、強そうに変った、といったが、彼から見ると、お酉のほうが変った。美しいことはもとから美しい女であったけれど、それがひどくなまめかしくなった。門付けの女芸人の姿のせいかも知れないが、くねくねとして、腰は蜂《はち》みたいにくびれて、父の好きな大きなお臀《しり》はいよいよ大きくなったようだ。

以上の点は、ありがたいどころか、そのおかげでこの仇討ちの旅が可能であったといえるのだが――それはそれとして、恪二郎は困った。

まず村上俊五郎だが、勝が「糸の切れた凧のような男」と心配していた通り、まさか飛んでいってしまいはしないけれど、いったいどういうつもりでこの旅に出て来たのか、わけのわからない男だ。

道中、ひっきりなしにお酉に冗談をいう。

「美《い》い女だなあ、お酉さん、見れば見るほどもったいねえ」

「何がもったいないの」

「そんな若い身空《みそら》でよ、死んだ旦那《だんな》のかたき討ちとァばかばかしくはねえかい」

「あんたはどうなのさ」

「おれには江戸に女房が待っていて、かたきを討ちゃよろこんでくれるが、おまえさんにはよろこんでくれる旦那はもういねえ」

「あたりまえですよ、その旦那のかたきを討ちに出て来たんだもの」

珍問答だ。――はじめからこうでもなかったろうが、東海道を来る途中しゃべり合っているうち、お酉もつい村上の調子に乗せられてこんな口調になってしまったらしい。

いわゆる徳川御家人《とくせんごけにん》にべらんめえ調の連中が少くないことは事実だが、ここまで崩れているのは珍らしい。

「あたしは旦那さまのかたきを討つだけで充分ですよ」

「感心だなあ、その旦那さまに可愛がられたのァほんのちょっぴりのあいだだったらしいのに……お順に、おどされたんだろう」

「奥さまにおどされたのは、あんたのほうでしょう」

「まったくだ。あれはおっかねえ女だよ。なにしろ象山先生のかたきを討たせるためにおれの女房になったんだと澄ましていうんだから」

聞きのがしがたい問答だが——それにしても、それでこんな命がけのかたき討ちの旅に出て来たというこの男も、相当に可笑《おか》しい、と考えると、にがい顔をして歩いている恪二郎もにが笑いに変らざるを得ない。

本人もさすがに妙だと自覚しているらしく——いよいよ聞き捨てにしがたいことをいう。

「まったくばかげた話さね、どうだお酉さん」

冗談ではないまじめな顔で、

「江戸にけえったら、いっそおれと夫婦になる気はねえかね？」

「そ、そんなことになったら、奥さまが大変よ」

「だってお順は、おれを亭主にしたじゃあねえか。同じこったよ、本妻は亭主を持ちながら、妾のほうには許さねえなんて、虫がよすぎるとア思わねえかね」

「奥さまとあたしはちがいますよ」

「おまえさんのほうが上等だよ。……いや、上等だろうと思う」

村上はにやにやして、お酉のむっちりしたお臀をなでる。

「何いってるのサ、奥さまがあんたを旦那にしたのは……」

「かたきを討たせるためさ。だから、かたきさえ討ちゃ、何でも許してくれるはずだよ。いや、それどころか、そもそもおれとおまえさんをいっしょに旅に出したってことァ、おれに飴玉《あめだま》をくれたつもりで。……」

お酉はさすがにきっとする。

「いいえ、あたしは奥さまにいいつけられたことがありますのさ」

「わかってるよ、おれの臀たたきだろう。その点は心得ておる、おれの臀はいくら叩《たた》いてもいいから、こっちにも叩かせてくんな」

村上はしゃあしゃあとして、もっときわどいことをいう。

「お順は終りの四年間ほどはさっぱりだったらしいが、おまえさんには英雄象山先生のしずくがちょっぴりまだ残ってるかも知れねえよ。それを味わわせてくれたら、おれも象山先生にあやかって少しは締《し》まるかも知れねえよ。……」

恪二郎が顔を赤くして立腹せざるを得ないのは、こんなことをいわれながら、お酉のほうが赤い顔をするだけで、格別立腹するようすもないことであった。

さて、そのお酉だが。――

「ほんとうに旦那さまを見るみたい」と、うれしそうに、なつかしそうに、いそいそと、かつうやうやしく恪二郎の世話をしているうちはよかったが、そのうち、

「若旦那、あのころから可愛かったけど、いまはほんとうに御立派になって……亡《な》くなられた旦那さま、いっちゃ悪いけどあんな変な顔から、どうしてこんな美《い》い男が出来たんでしょうね」

など、いい出した。さらに。――

「あたし、かたきが見つからないほうがいい。若旦那とこうしていっしょに旅が出来るんですもの」

などいって、熱い吐息をつくようになったのだ。

馬鹿《ばか》め、とんでもないことをいうやつだ。――と恪二郎は、こんどは自分のほうが怒ることが出来ないのに当惑した。それは彼女の眼つき、いいかたが実に純だからであった。

――しかし、純であればいっそう怖《おそ》るべきことだ。父の愛した女に愛されるなんて。

最初はお酉を追っかける村上から、次には自分を追っかけるお酉から、何度恪二郎は逃げ出そうと思ったかわからない。しかし、実際問題として逃げることの出来ない旅であった。事実、三人は同行旅《どうぎょうたび》をつづけたわけだが、その心象風景を絵にしたら、三味線の菰包みをひっかついで逃げる恪二郎を、鳥追い笠のお酉が追っかける。そのまたうしろから村上が——いや、こいつは新内の鼻唄《はなうた》まじりかも知れないが、とにかくどこまでもノコノコくっついて来るという図柄が出来上ったろう。

ここまではまだよかった。

意外なことになったというのは、恪二郎の心に一大変化の生じたことだ。

その最初は、彼のほうもまたお酉が好きになってしまったことだが——それも無理はない、もともと好意を持っていた女が、夜につけ、昼につけ、街道につけ、旅籠《はたご》につけ、絶えずそばにうごめいていて、その美しい肌や悩ましい息づかいや、黒髪や、唇や、はてはもっとなまなましい女の生態を、十九歳の青年の五感に触れさせているのだから。

これは不幸か、背徳か？　恪二郎は頭がぼうとするほど悩んだ。

その果てに彼は——かつて父がこの女を妾にしたとき、父の持論に反するではないか、と少年ながら口をとがらせたにもかかわらず——いや、あの偉大な父が愛したほどの女性である、自分が愛して何の不思議があろう？　かたきさえ討てば、どこへいってどうなるかわからない薄倖《はっこう》の女だ、それを愛することは父の子としての自分の義務ではないか？　という論理を組み立てた。人間は、自分に好都合なら、どんな論理でも組み立てる。

その女が。――

「助けて、若旦那。……」

と、ときどき必死のまなざしで訴える。

むろん、村上のことだ。村上の攻勢がいよいよ烈《はげ》しくなったのだ。――よし、少くともこのぬらりひょんとした化物侍からこの女を護《まも》ってやらなければならぬ、と彼は決意し、そのつもりで行動した。

もっとも、それで村上と争ったというのではない。ふしぎに腹を立たせないのが、このぬらりひょん男の人徳であった。村上はただニタニタと笑っていた。

夜の夢に、恪二郎は夢みた。いつの日にか、このお酉と世帯を持ったときのことを。――そのためには、自分があの新選組などにいてはどうにもならないことはたしかだ。それに、長州に来て天下の風雲を見ていればまざまざとわかることだが、近いうちたしかに時勢は変る。その潮にうまく乗らなければ。……

また夜の夢には——これこそ夢だけのことだが——血みどろになった村上俊五郎のそばに刀を持って立っている自分の姿や、もっと恐ろしい、もっと堕落した、裸のお酉ともつれ合っている自分の姿が現われた。

すべては多感な青年の妄想だ。

現実には彼は、この可笑しな助太刀の二人とともに、ほとんど一年長州を放浪している。

河上彦斎はたしかに長州にいる。さりげない、しかし執拗《しつよう》な探索の結果、それだけは確からしい。その男は長州にやって来て、肥後出身でありながら長州軍の一軍の隊長に任ぜられたというのに、なぜか自分で一兵たることを志願して、あちこち勝手に転戦しているらしい。時には高田源兵衛という変名も使っているという。

或《あ》るとき幕軍の大部隊を迎え、たった一人山上に姿を現わし後方をふりかえって大きく何度も手をふって見せたので、幕軍はそこにいる長州軍の前進を促したものと思って潰走《かいそう》したが、そのときそこにいたのは彼と数人の兵に過ぎなかったとか、自分を統率する長州の大立者桂小五郎《かつらこごろう》に煮え切らぬところがあると怒って、黙って立っていってぐいとその鼻をねじったとか——そんな勇猛な話はいくつか聞いたが、そのくせその凶々《まがまが》しい男は、逃げ水のように三人にはつかまらなかった。

そのうちに、その男が長州を脱して大胆にもまた京に潜入しているという情報があって、相当確実性のある話だったので、三人も京都にひき返して来たのが慶応三年二月のことである。

すると、近藤のところに、偶然だが十日ばかり前に江戸の勝から手紙が来ていた。

「たしかな知らせがあったので、もし連絡することが出来れば佐久間恪二郎にお伝え願いたい。めざす人間は、昨年の暮から肥後に帰って、しかも藩命違反の罪で牢《ろう》に入れられて死を待っているということだ。せめてそれを見たいと恪二郎が熊本に入ることを欲するならば、旧知の細川藩松井国老に紹介状を同封しておくから、それを渡していただきたい。ただし、決してよろこんで勧めることではない」

恪二郎は顔をあげた。

「九州へゆこう」

そして、お酉の顔を見た。こんどの旅にはまさかお酉をつれてゆくことも出来まいし、またその必要もない。

彼はお酉に、江戸へ帰って以上の経過を勝家に報告してくれといった。でも——と、ためらうお酉に、恪二郎は真情こめていった。

「いや、私があなたの分もかたきを討ちます」

そして、祈るような眼でお酉に見いった。

「それからのあなたの責任は、父に代って私が持ちます。私が江戸にゆくまで、どうか安心して待っていて下さい」

「あんたはどうする？」

なぜか顔をあからめて、どぎまぎしたようにお酉は村上俊五郎をふりかえった。

「そうだなあ。おれはやっぱり若旦那のお供をしなけりゃなるまいね。なにしろ、お順がおっかないからね」

村上はニヤニヤした。

「お酉さん、お前さんに対しては……いま若旦那がいったのと、おれもおんなじだよ」

六

河上彦斎《げんさい》は、少年時肥後細川藩のお掃除坊主《ぼうず》であった。彦斎という名はそのときつけられたものである。

若くして、熊本の国学者林桜園《おうえん》に学び、熱烈なその心酔者になった。林桜園は、後代でいえば頭山満《とうやまみつる》と平泉澄《ひらいずみきよし》をかね、それにさらに高い神性を帯びさせたような人物であった。

安政の大地震に際し、天地鳴動し、細川藩の江戸屋敷でも人々狼狽《ろうばい》して逃げまどう中に、一人水桶《みずおけ》と柄杓《ひしやく》を持って火鉢に水をかけてまわっていたのがこの彦斎二十一歳のときであったというから、そのころすでに彼は江戸に来ていたものであろう。

また万延元年桜田の変に際し、大老を殺害した水戸浪士の中、大関和七郎《わしちろう》ら四人が血まみれの姿で近くの大名小路の細川邸へ自訴して出たとき、邸臣一同躊躇《ちゆうちよ》してとっさに応ずる者がなかったのに、ひとり玄関に出てしずかに事情聴取してやったのは、二十七歳の彦斎であったという。

従って、彼が剣法を学んだとすればこの期間であったと思われるが、当時江戸にあった数々の大道場、千葉や斎藤や浅利や桃井その他の剣門に、坂本竜馬《りようま》とか桂小五郎とかの志士の名は残っているのに、河上彦斎の名はまったく出ていない。

しかるにそれにつづく文久年間には、薩摩《さつま》の田中新兵衛《しんべえ》、土佐の岡田以蔵《いぞう》とならんで世に「人斬《き》り彦斎」と呼ばれるほどの剣鬼として出現しているのはどういうわけか。

彦斎はふだん髪を総髪にし、長い朱鞘《しゆざや》をたばさんでいたという。

彼の凄味《すごみ》をいかんなく示した逸話がある。

一日、京の酒楼で同志数名と酒を飲んでいるうち、その一人が京都守護職麾下《きか》某の暴虐《ぼうぎゃく》ぶりを悲憤した。彦斎は柱にもたれてこれを聞いていたが、そのうちふっと姿が見えなくなった。厠《かわや》にでもいったのだろうと思っていると、間もなく帰って来て、いま話に出た幕吏の血だらけの首をごろりと転がして言った。

「この肴《さかな》で、もう少し飲もう」

またそのころ、人に語ったという。

「諸君は、業物《わざもの》業物といってしきりにいい刀を求めておるが、刀などは人の骨が斬れさえすればどんな刀だってよろしい」

「争闘は勝たねばならん。勝つためには、剣法兵学よりも、おれの体験によれば、何も知らないほうがいい。だからおれは無学の兵法をよしとする」

すなわち彼が、江戸の竹刀《しない》の剣法で名が現われず、実戦家として鬼神のごとき真価を現わしはじめたゆえんだ。ここにおいて、彼のいわゆる不知火流《しらぬい》――彼の珍らしい諧謔《かいぎゃく》だろう――右腕を前へ、左足をうしろへ、ただ右足だけを曲げて立ち、片手斬りないし片手突きをやるという、フェンシングのごとくバレーの或るポーズのごとき彼独特の、他に真似《まね》手のない剣法が編み出され、「毒蛇のごとく狙《ねら》ってこれを斬らざるはない」――友人古荘嘉門の評――という一大暗殺者が作り出された。

元治《げんじ》元年七月、彼が三十一のとき、英傑象山の肺部をつらぬいてとどめを刺したのはまさにこの手である。

海舟語録にいう。

「河上という男は、それはひどいやつさ。おれはこわくてこわくてならなかったよ。たとえばこう話していてさ、誰々は野心があるなどいう話が出ると、ははあそうですか、などとそうそぶいているが、その日、すぐに斬ってしまう。そしてあくる日は、例のごとくちゃんと澄まして来て少しも変らない。喜怒色に現われず、だよ。

或る日、わたしはそういった。

『あんたのように、人間をたくさん殺しては可哀《かわい》そうじゃありませんか』

すると『ははあ、御存知ですか』といって、落着き払って、

『あなた、畠《はたけ》に作った茄子《なす》や胡瓜《きゅうり》はいいかげんのときにちぎって沢庵《たくあん》にでもおつけなさるでしょう。人間も同じことです。どうせあれこれいって聞かせても無駄なことです。早くちぎってしまうことです』

と言うのよ。

そこでおれはいった。

『あんたはそう無造作に人を殺すんだから、或いはおれなども狙われることがあるだろうが、そんなときはそう言って下さい。黙って殺されては困るから』

と、いうとね、

『御冗談ばかり』

といって笑うのだ。始末にいけやしない」

蛤《はまぐり》御門の変に敗れるや彼は長州へ逃れ、象山を暗殺したあともう人は斬らないとか何とかいったというけれど、長州戦争では前に述べたように、不敵な示威で幕兵を潰走させたり、また単身幕軍の屯営に斬り込んだりして驍名《ぎょうめい》をとどろかせている。ただし彼は、みずから進んで一兵となり、一軍の将となることは固く辞した。

しかしこのとき、将の心得として彼のいったという言葉が残っている。

「大将たる者は喜怒によって賞罰するなというが、喜べば兵を賞し、怒れば罰してかまわない。それでこそ三軍の士は将の命に従うものだ。しょせん、戦争は人間のやることだ」

また。——

「世に、君、国家のために自愛せよ、などよくいうが、うぬぼれるのもいい加減にするがよい。豪傑が何人死んだって、なに、代りの豪傑はすぐに出て来る。死ぬときは、心配せんで死ぬがいい」

慶応二年の末であった。彼は翻然《ほんぜん》と悟るところがあって、脱藩同様になっている態本に帰ることにした。というのは、時はまさに幕府瓦解《がかい》必至の形勢にあるのに、なお佐幕の夢に沈んでいるどころか、小倉《こくら》に兵を出して幕府とともに長州と戦っている細川藩のありさまに、いても立ってもいられなくなったのである。

攘夷《じょうい》討幕の事に従っているのは彼とか池田屋で新選組に殺された宮部鼎蔵《ていぞう》とか一握りの急進派だけであって、細川藩にとって彼らは叛逆《はんぎゃく》の異分子に過ぎなかった。――それだから象山暗殺の下手人として、恪二郎らの頭になかなか肥後人ということが浮かんで来なかったのだ。

「戦わんか、敵は父母の国である。戦わざらんか、天下に叛《そむ》くことである。あえて帰って離国の罪を謝し、かつ天下の大勢を説こう」

こういい出した彦斎を、いまはまだ危ない、と桂らは必死でとめたが、その袖《そで》をふりはらい、二人の同志をつれて彼は舟で九州に渡り、八代《やつしろ》に上陸した。そのときの彼の歌にいう。

「浮き沈み君がみために不知火《しらぬい》の身を八代に焦《こ》がれ出《い》でけり」

八代は細川家の国老の一人松井の所領であった。松井は彦斎の訴えなどろくに聞かず、すぐに熊本に送って牢に放り込んでしまった。

ほしいままに藩から離れて京であばれまわったというのみならず、細川も参陣した長州との戦争に、敵側に加わっていたとは。――頑固な佐幕派であった松井は、すぐにも彼を斬ろうと思ったくらいであった。

ところが、さすがの彼もそうは踏み切れない或る力が、細川藩の内部にあった。林桜園を中心とする攘夷派――のちの神風連――である。これが桜園門の相弟子たる彦斎を殺すな、という動きを示した。彼はこれにひるんで、しばらく様子を見よう、ということになった。

そこへ、翌年の春になって、幕府の実力者、去年からまた軍艦奉行を再勤している勝安房からの紹介状を持って、二人の男がやって来たのである。逢《あ》って聞くと、自分たちは去る年、京で河上彦斎のために暗殺された佐久間修理の遺族であるが、願わくば彦斎に対し、仇討ちの望みをとげさせてもらいたいという。――

松井は考えた。

その結果、どうにも危険な彦斎は、こういう名目で他国人に斬らせれば、それで始末が出来て、かつそのシンパの口をも封じることも出来るだろう、と判断した。この両人が返り討ちになったら、それまでだ。

「勝どのの御依頼ならば是非もない。よろしかろう」

と、松井はいった。

「しかし、ただ斬首《ざんしゅ》させては藩中からとかくの批判が起ろう。彦斎にも刀を持たせるぞ。ただし、きゃつは相当に弱り果てておるはずじゃ」

佐久間恪二郎と村上俊五郎が、牢の前の庭につれてゆかれたのはそれから三日目の午後であった。

縛られたまま、彦斎もそこへ出て来た。彼は髪ぼうぼうとして、あきらかに憔悴《しょうすい》し切っていた。当時獄吏《ごくり》を勤めていた松山守衛《もりえ》の手記に、「その待遇甚だ惨酷《ざんこく》を極め、余は先生幽囚の状を目撃して痛嘆を禁じ得なかったのである」とあるくらいだから無理もない。

——ついにめぐり逢った！　これが？　これが英雄、父象山を殺戮《さつりく》した無知の鬼畜か？

恪二郎は燃える眼で彼をにらみつけた。

「小柄で、痩《や》せて、色白で、眼はくぼみ、頬骨高く、あごはとがり、吉田寅次郎に似ている」——と教えてくれた勝の手紙は——吉田寅次郎が父の弟子となったころは恪二郎はあまりに幼くて記憶はないが——そういわれれば、その通りにちがいない。

しかしいま恪二郎が見たのは、その蓬髪垢面《ほうはつこうめん》にもかかわらず、またいくども熱い頭で描いた凶像と異って、まるで学者みたいに静かな姿であった。ふしぎに清朗な感じさえあった。

役人から事情を告げられ、

——ほ？

というように彦斎はこちらを見たが、べつに勝の手紙にあったような閃々《せんせん》たる眼光でもなかった。

そして彼は、役人から縄を解かれ、刀を一本渡されても、首をふって、それを手に取ろうともしなかった。

「斬るがいい」

と、彼はいった。

「わしは、もう人を斬ることはやめたのだ」

「刀を取れ、彦斎。——」

と、恪二郎はさけんだ。

「相手に刀も抜かせずに斬るのはおまえのような暗殺者だけだ。おれは暗殺者ではないぞ。これは仇討ちだ！」

「せっかくだが、わしはかたき討ちとして斬られるつもりはない。佐久間修理は、神国日本のために斬らねばならぬ男であった」

と、彦斎はいった。

「おれはこの世に望みを絶ったから死にたいだけじゃ」

そのとき、すぐ向うの牢《ろう》の中から、凄《すさま》じいわめき声があがった。

「彦斎、そやつが佐久間の仇討ちに来たというのか。それでは、おれが相手になる」

「おれたちも象山に手をかけたぞ。それは、こっちにやらしてくれ！」

村上が恪二郎をふりかえり、

「あの下手人は三人あったといいやしたね？」

といった。恪二郎はうなずいて、そちらへ血走った眼をむけたが、村上は役人にいった。

「どうやら助太刀の出番が来たようで……もう一本刀を貸しておくんなさい。あの二人は、あっしにおまかせを願えやす」

侍姿でこんな言葉を使う男に、肥後藩の役人はめんくらった表情をしたが、彦斎がうすく笑ったのをどうとったか、「よし」とうなずいて、やがて牢から二人の男をひき出して来た。恪二郎たちの知るところではなかったが、それは彦斎が長州からつれて来た二人であった。

「若旦那《だんな》、ちょいとどいて――お江戸は山岡一門、中で特別誂《あつら》えの新内流というやつを聞かせてあげやしょう」

村上は唄《うた》い出した。

「いとしそなたを手にかけて、どうなるものぞ永らえて、わが亡《な》きあとで一遍の、回《え》向《こう》をたのむさらばやと。――」

あっけにとられていた二人が、たちまち激怒に顔を黒ずませて、まずその一人が刀をとって斬りつける。村上は身をひるがえして、鮮やかにこれを袈裟《けさ》がけに斬った。つづいてもう一人、獣のようなさけびをあげて躍りかかって来るのを、飛びちがって、

「どうせ死なんす覚悟なら、三途《さんず》の河もこれこのように。……」

と村上はこれもきれいに胴斬りにして、自分でいった。

「三味線のねえのが惜しいっ」

河上彦斎の眼が異様なひかりをはなち出していた。それから彼は、にっと笑った。

「これは……わしが相手になってもよい。――」

「えらそうにいうねえ、お前さんにははじめて逢《あ》ったわけじゃあねえんだ」

と、村上はいった。

「ずいぶん昔だが、お江戸の浅利道場でいっぺんお前さんとやったことがある。あの

一本足の空中で抜手を切ってるような可笑《おか》しな構えを、もういちど見せてくれるかね？」

「そうか。そんなことがあったか。……忘れた」

と、彦斎はいった。どこか恍惚《こうこつ》たる声で、声ばかりでなく、その全身に何やらウットリした、しかし凄い一種の気が――あきらかに剣気がふちどり出した。

酔ったように、朋輩《ほうばい》の投げ出した一本の刀を取りあげる。――

「村上さん」

と、茫然《ぼうぜん》としていた恪二郎は、われに返って進み出ようとした。

ちらっとそれを見て、彦斎がいった。

「そっちはあとで」

ひどく事務的にいった。

「こっちの人のあとで」

ちょっと嗄《か》れて、しかし恐ろしい声であった。しかも――そのあとで彦斎は、また驚くべき行動に出た。いったんとりあげた刀を、また地上に投げ出したのである。

「……いや、やはり、刀を使うのはもうよそう」

「なんだと？」

さすがの村上も、眼をむいた。彦斎はしずかにいった。

「手刀《しゅとう》を使う。……おぬしは、遠慮なく斬って来るがよい」

そして彼は、例の——右足一本立ち、左足をうしろへのばす——という構えを徐々にとりはじめたのである。そして、右手はスーイと前へのばして、指をそろえた掌をピンと立てた。

村上の下がり眉《まゆ》が、はじめて逆にあがった。

もう軽口はたたかず、一刀を以《もっ》て対して——しかし、それっきり毛ほども動かなくなり、面上から血の気《け》がひいていった。奇怪な構えをとった河上彦斎の姿は次第に透明になるように見えた。にもかかわらず、そこに鉄丸のごときものが存在しているという感覚がたしかにあった。第三者にも、そこから凄惨《せいさん》きわまる超人的な殺気が凝集し、空中にひろがって来るのが感じられた。

「ああ！　回る独楽《こま》だ！」

村上がうめいた。

そして目眩《めまい》したようにふらりとよろめきかけて、必死の力で飛びずさり、

「参ったっ、村上俊五郎政忠敗れたりっ」

と、絶叫して、どうと尻《しり》もちをつき、肩で大きな息をした。恪二郎は駈《か》け寄り、抜

刀した。

「村上さん、どうしたんだ、こんどは私がやる」

「よしなせえ、とんでもねえ！」

なかば喪神しかかっていたような眼を、かっとひらいて村上は悲鳴のようにさけんだ。

「あんたなんか、メじゃねえ。いけねえ、だめだ。あんたを殺しちゃ、おれのくっついて来た甲斐《かい》がねえ」

彼はよろよろと立ちあがった。地上に鮮血をまいている二つの屍骸《しがい》にうつろな眼をむけて、

「かたき討ちはやめた。半分ほどやっちまったようだが……こっちを引揚げさせてくれるかね？」

「――わしに、とやかくいう権利はない」

と、彦斎はいい、またどこかすねた口調でつぶやいた。

「わしは囚人だ」

役人もまた放心状態であった。

「帰ろう、恪二郎さん。……かたき討ちのほうはまあ悪い役廻りじゃあねえが、返り

討ちというのァどうもいただけねえよ」

　村上に肩を抱かれ、ひきずるようにして歩かせられながら、恪二郎はなぜとも知らずワナワナとふるえ出した。むろんくやしさもあったが、しかし彼は――彼もこのとき、河上彦斎という不知火のごときぶきみな剣客への恐怖に、ようやく憑《つ》かれ出したのである。

「待て」

　うしろから彦斎の声がした。二人はつんのめりそうになった。

「その若いほうが象山の子か。――それなら、いうことがある。象山は斬《き》らねばならぬ男であったが、斬ってしまえば他意はない。で、罪滅ぼしのためにわしの意見をいうが。――」

　彦斎の静かな声が聞こえた。

「もういちど修行してまたかたき討ちに来るか、象山のようにえらくなるか、どっちを選ぶのも自由だが――しかし、わしは間もなくこの牢で死ぬだろう――いずれにしても、修行するなら、薩摩《さつま》がよいな。出世するにも、これからは薩摩がよいな。素性をあかして、彦斎がいったといって、西郷か、西郷がいないなら中村半次郎を頼ってごらん」

七

これからあとの佐久間恪二郎の人生の軌跡こそ有為転変《ういてんぺん》を極めたものであった。

「私はこのままでは江戸にゆけない。またいったとしても何にもならない」

と、恪二郎は村上にいった。

「ただ、もう一年待ってくれ——と、お酉さんに伝えて下さい」

「ど、どこへゆくんだね？」

「薩摩へ。——いや、何も河上のいうことをきくわけじゃないけれど、いろいろ考えて、やはり修行するなら薩摩にゆくほかはあるまいと思うのです」

「そういわれて見れァ……河上に負けたおれなんざ、一言もねえがね。しかし、薩摩へいったって、一年くらいじゃ——百年たったって、彦斎はだめですぜ。ありゃ人間じゃねえんだから」

「とにかく、何にしても一年で目鼻をつけて、必ず私は江戸へゆく。そう、お酉さんに告げて。——」

思いつめた顔でそういって、彼は村上と別れた。

こうして彼は薩摩へ、西郷か中村半次郎かを訪ねていった。

彼は父とともに京都にいたころ、西郷や、西郷についていた中村半次郎に面識があった。そのとき父が或《あ》る人に笑いながら、「この大きな仁が西郷どんじゃ」と紹介し、西郷が「象山先生も大きなお人じゃごわせんか」と大笑した声がまだ耳に残っているほどであった。——薩摩へゆくのはむろん修行のためだが、しかし彼は長州にいたころから、天下をとるのは長州か薩摩か、従って人間出世するならこの両藩に身を寄せるに限るとは考えていたのである。

一年たつかたたないうちに、彼はほかの薩摩人とともに討幕のいくさに狩り出されることになる。「宮さん宮さん」の歌声とともに東海道を下りながら、彼は新選組はおろか、剣のことも河上彦斎のことももう忘れていた。昂揚《こうよう》した心で、洋々たる未来と——そして、江戸で待っているはずのお酉の顔を脳にけぶらせていた。

しかるに——江戸につくや、彼は意外なことを知って茫然と立ちつくしたのである。村上俊五郎がお順と離別していた。どうやら半分だけのかたき討ちではお順が不服で、村上を追い出してしまったらしい。それは村上に気の毒な話だが、その村上はお酉と手に手をとって、会津のほうへ駈《か》け落ちしたというのだ。

恪二郎は怒り狂った。

それから彼は、官軍とともに奥州《おうしゅう》へ進撃していったが、彼の激情は、この「姦夫姦《かんぷかん》婦《ぷ》」を見つけ出して討ち平げることだけにあった。

村上とお酉のゆくえは、ついにわからなかった。——少くとも恪二郎が生きていたあいだには。

——ずっとのちに、このうてんきな剣客？　は、またふらりと東京に山岡鉄舟を頼って現われたが、そのときはもう一人であったという。そして昔に変らぬでたらめで師匠を悩ましたあげく、明治二十一年鉄舟が死ぬと、三味線一さおをかかえて漂然とひとりまた奥州へ去り、ついにそのゆくえを知らずという。

若い佐久間恪二郎の運命の転変がいくらか滑稽味《こっけいみ》をおびているのに対し、河上彦斎のそれは沈痛にして凄惨である。

明治元年、御一新とともに彼は牢獄から解き放たれた。それどころか、天下一変を予言し、かつそのために働いた彼は、細川藩の救世主のごとく、その代表として官軍に派遣された。で、彼もまた官軍とともに信州や北越の鎮撫《ちんぶ》に従っている。たまたま彼は、松代藩に乗り込んだ。そのとき彼は官軍参謀高田源兵衛と名乗っていた。そのとき藩の重役がおべっかをもかねて、藩の先覚者佐久間象山を持ち出し、かついった。

「その後、象山先生を殺したのは肥後の河上彦斎とかいう男らしいということがわかり、遺児の恪二郎なる者がかたき討ちに出たはずでござるが、その首尾もゆくえもどうなったのやらいまだに知れ申さず。――」

彦斎はニコリともせずにいった。

「左様ですか。願わくばその孝子の本懐果たさせてやりたいものでござる喃《のう》」

彦斎の人をくった面魂《つらだましい》を物語るものとして、よく知られた話だが、決して彼は相手をからかったものではあるまい。しかし、どういう心境でこういう返事をしたのか、作者には見当もつかない。

彼の満足は、しかし一年にしか過ぎなかった。

明治二年二月から、彼はもう故郷の熊本へ――いや、藩からまた危険視されて、その飛び領である豊後《ぶんご》の鶴崎《つるさき》の屯所へ追いやられている。それは彼自身望んだことでもあった。

彦斎は天下を覆《くつが》えすために奔走した。そのために「人斬り彦斎」と呼ばれた。その目的はただ攘夷一途《じょういいちず》であった。外夷《がいい》と交われば神国の血が濁るという信念だけであった。しかるに、攘夷をてこにして幕府をひっくり返した明治政府の最高首脳が、たちまちけろりと一変して恥知らずに開国に転換しようとは。――

きゃつら、無数に死んだ草莽《そうもう》の志士たちの魂を裏切りおった！

不吉な石塊のように豊後の一角に転がっているこの「肥後のモッコス」を慕って、同じように新政府に不平をいだく連中が集まって来た。その中には新政府から指名手配されている長州の叛徒《はんと》もあった。彦斎は平気でこれを受け入れ、かくまってやる一方で、彼らの叛乱の謀議には応ずるようすはなかった。彼の絶望は、彼を虚無の世界にまで落していたのである。

「斬らずの彦斎」

仲間からそんな異名さえたてられた。

しかるに彼は、明治三年十一月、捕えられて東京へ送られ、小伝馬町《こでんまちよう》の牢獄に入れられて一年近く反政府の陰謀について審問を受けた。彼の容疑に佐久間象山事件は一切関係なかった。

秋になって、裁判官の玉乃《たまの》世履《せいり》が監房に来ていった。

「河上さん、あんたが陰謀に加担していたのではないことはよくわかりました。しかし、あんたの激烈な攘夷論は何としても困ります。そんな時代じゃありません。それさえ考え直してくれれば、罪は何等も減ぜられましょう」

「いやですたい」

と、彦斎は肥後言葉でにべもなくいった。

「或る旗じるしで天下をとった者が、天下をとるとその旗じるしをひき裂いて恥じぬなど、天下をとる資格はありませんたい。天道にもはずれております。しかし、わしのいうことはきかんでしょう、わしが邪魔になるでしょう。遠慮なく斬りなさい。わしは、鍋《なべ》が作られたのにどうしても鉉《つる》にはならん鉄の棒みたいな男ですたい」

——生かしておけば怖いやつだ、斬れ、と命じたのは、長州で同じ釜《かま》の飯をくった桂小五郎——いまは参議木戸孝允《たかよし》であったといわれる。

それもあるいは無理からぬ話であったかも知れない。

彦斎が裁判所にひき出された或る日、太政《だじょう》大臣三条実美《さねとみ》が所用あってやって来た。彦斎はそれを知るや、廊下を曳《ひ》かれてゆきながら、ドア越しにこの太政大臣を一蹴《け》りして、悠然として歩み去ったという。——むろん、たんなる反抗ではなく、公約を破った責任者としてそれに対する侮蔑《ぶべつ》を行為に現わしたものだが、その剽悍《ひょうかん》ぶりは手のつけられないものがある。

明治四年十二月四日、霜のおりた斬罪《ざんざい》の場にひき出された彦斎の背後に、斬手が立った。刀はふりあげられたまま小波《さざなみ》のようにゆれて、とみにはふり下ろされなかった。刀をとっているのは、佐久間恪二郎であった。

むろん特に志願してのことではない。むしろ彼はこの運命の皮肉に痛みを感じている。彼は維新のいくさ騒ぎが終ったあと、同じいくさに参加した多くの若者と同様、めまぐるしい希望と失望、焦燥と挫折《ざせつ》の波の幾うねりかを浴びたのち、新生の第一歩として司法省に入り、しかも旧幕の刑吏の多くが罪せられたり逃亡したりした時代のこととて、かつて人を斬ったことがあるという経験が買われて、臨時の刑手を命じられていたのである。

——今ぞ、父のかたき剣鬼河上彦斎を斬る。

そのよろこびは、ふしぎに彼の頭に浮かばなかった。彼はこの男に対してむしろ敬意をおぼえていた。

開化論者の象山の教えの庭から新選組へ——志士を狙《ねら》う仇討ちの旅へ——青雲と、愚かなる女との甘美な生活を夢みつつ官軍へ——そしてまた新政府の首斬り役人へ——まったく昏迷《こんめい》と混乱をきわめて変化して来た自分にくらべて、ただ攘夷一筋、てこでも動かぬこの男は？

彦斎が監房にいるあいだ、この男について恪二郎はいろいろ知った。この男は、豊後の屯所でも蚊帳《かや》が一帳しかないと知るや、それをしまわせて兵とともに蚊にくわれて寝たという。ほとんど家庭にいたことはなかったが、それでも貧しい妻とただ一人の女児を愛すること春風のごとく、外にあっても女色に対しては清僧のごとくであったという。――それにくらべて、斬られたわが父は如何《いかん》。斬ろうとした自分は如何？　いや、いま自分はこの男を斬ろうとしているのだ！　以上のことが、むろん秩序立って恪二郎の頭を流れたわけではない。ただ乱れに乱れる魂が、ふりあげた刀を吹きそよがせただけだ。

彦斎はふと顔をあげて恪二郎を見たが、表情に何の変化もなかった。まさに神色自若として首をもとに戻している。

回る独楽《こま》！

稲妻のごとく、その言葉が脳裡《のうり》にひらめいた。全速力で回転しつつ、錐《きり》一本を地の同じ一点にくいこませつつ、しーんと水のごとく動かぬ独楽。――目眩《めまい》をおぼえつつ、恪二郎の刀は、醇乎《じゅんこ》として醇なるこの不動の暗殺者を斬った。霜にきれいな血の花が咲いた。河上彦斎ときに三十八歳。

さて、この佐久間象山の子はどうなったのか。――象山があれほどまでに多くばらまきたがった英雄のたね、そのただ一粒たる恪二郎は、その後判事補に出世した。そしてさらに松山裁判所の判事として赴任中、明治十年二月、鰻《うなぎ》を食って、それに中《あた》って死んだという。英雄の血はかくて地上から消えた。人の世すべてかくのごとし。

一刀正伝無刀流　山岡鉄舟

五味康祐

『山岡鉄舟』

五味康祐（1921〜1980）

本作は、昭和三十八年に「小説新潮」で発表された。その後、六十二年にケイブンシャ文庫より刊行された短編集『国戸団左衛門の切腹』などに収録された。本書収録にあたっては、『人物日本史 江戸』（新潮文庫）を底本とした。

一

勝海舟は、山岡鉄太郎の邸《やしき》を化物屋敷と呼んだ。高等探偵が常時、付近を彷徨《ほうこう》して様子を窺《うかが》っていた。雑然たる種々の居候《いそうろう》が邸内に居たからである。

明治十五年五月、鉄舟は戊辰《ぼしん》解難録を乙夜《いつや》の覧に供したあとで、辞表を奉《たてまつ》って骸骨《がいこつ》を乞《こ》うた。そもそも鉄舟は明治元年から静岡藩の大参事を勤めたが、朝廷から御召《おめし》になったので、朝命を拝する時、それでは十年間御奉公を致そうと言って、鉄舟は東京へ来たのである。これが明治五年である。ちょうど、自ら誓った十年目になったから、辞表を奉呈したわけだ。自身では御奉公の満期と思ったのだろう。

その時分、賞勲局から二度呼び出しがあったが、病気を言い立てて鉄舟は出仕しなかった。そこで勅使が化物屋敷へやって来た。勅使は井上馨《かおる》で、井上は当時参議である。鉄舟は羽織袴《はかま》で勅使を迎えた。

井上は、鉄舟への勲三等の勲記と、従四位《じゅしい》の位記とを持参していた。鉄舟は一先《ひとま》ず

この勲記位記を拝受して、二階を下り、さて間もなく上って来て、

「只今《ただいま》家族にも頂かせ申した。一同に朝恩を拝し感激いたしておる。さて此《こ》の上は、勲記位記ともにお持ち帰りを願う。委細は明日御礼に参内の節、直々言上致す」と言った。

井上は聞いて顔色を変えた。

「持ち帰るべき筈《はず》のものではござるまい。怪《け》しからぬ言を承るものだ。一体何の訳で左様に申されるか」

「持って帰れぬことはない、勅使と申しても使者である。理由は明日直々に言上すると申しておるのだから、使いの足下がかれこれ言う筋合はあるまい」

「小僧の使いとでも思っておるのか」

「小僧の使いではないか」

井上は頗《すこぶ》る激昂《げきこう》し、音声も甚《はなは》だしく高いその声が階下まで聞えた。井上は、勲位を拝受せんのであれば違勅《いちょく》である、理由を述べられぬ筈はないと頻《しき》りに詰問《きつもん》した。鉄舟は違勅ならば謹しんで違勅の罪に服して、秋毫《しゅうごう》も憾《うら》みはないと言い放ち、容易に、勲位辞退の意を井上に洩《も》らさなかった。井上は、それでも辞退の意趣を聞こう、聞かねば帰らぬと動かない。

「それなら言うが、お前の懸けておるのは何等か」

「これは一等だ」

「お前のは勲一等で、おれのは勲三等か。そのわけをきこう」

すると井上は壮《わか》い頃から国事に奔走したこと、高杉晋作《たかすぎしんさく》、伊藤博文《ひろぶみ》らと回天の偉業に尽瘁《じんすい》したこの日迄《まで》の苦心を滔々《とうとう》と弁じた。随分この独白は長かった。聞き畢《おわ》って鉄舟は言った。

「お前の志はいかにも天《あ》っ晴《ぱ》れだった。だが勲章というものは志に呉《く》れるのか、功に呉れるのか。明治の泰平を致したのは西郷とおれとの二人だ。お前などはふんどし担《かつ》ぎではないか。大義名分に憚《はばか》らないならば、箱根の嶮《けん》を扼《やく》して一度や二度、西軍を追い返すことは鉄太郎の方寸にある。勲章が欲しくて言うのではない。賞罰が明らかでないと言うのだ。お前たちは何ぞと言えば陛下々々と言うが、内実はお前らの相談できめておる。他藩の話は措《お》いて、榎本武揚《えのもとたけあき》のことはどうだ、おれの申すことも肯《うなず》かず、おれを暗殺にさえ来た。それ程な決意かと思えば仕舞いには北海道へのこのこ出向いてあの通り。何の功を建てた。それが大給の勲二等を貰《もら》って居る。つまりお前らが勝手なことをしておる。ふんどし担ぎが一等で、年寄になったにもせよ関取に三等とは何の事だ。勲章が欲しいから申すのではない。賞罰を明らかにせよと言うておる」

井上は黙って聞いていたが、

「そんなことを言うて、お前、喰うに困りはせぬか」

「困れば坊主《ぼうず》になって托鉢《たくはつ》する」

「子供の養育をどうする？」

「惣領《そうりよう》は籠手田《こてだ》に預けておいた」

「あんな田舎へやってはいけまい」

「あれは馬鹿《ばか》だから、それで宜《よろ》しい」

「いったい大きくなって何にさすつもりだ」

「桶屋《おけや》にでもしよう。まだ当分はバケツばかりにもなるまいから」

とうとう井上は勲位を持ち帰らされた。その夕景に、三条公から手紙で呼び出しがあり、鉄舟は早速に条公の許《もと》へ出た。ここで大いに賞罰不明論を述べた。条公はしきりに穏やかにすますよう慰撫《いぶ》された。次の日に、参内して鉄舟は何を奏上したか、自身が明かさぬので分らない。帰途に岩倉邸へ回って親しく持論を陳述したという。

二

化物屋敷は四谷仲町三丁目にあった。曾《かつ》ての行きがかり上、新徴組の残物が居候していたが、他にも変った人間が多かった。中でも、徳島の大工で佐久間象山の門人になった村上俊五郎、武田耕雲斎《こううんさい》の参謀で、筑波《つくば》から逃げて来て以来、山岡に私淑した中野信成、松岡萬《つもる》を加えて鉄舟門下の三狂という。石坂周造を加えて四天王ともいった。

松岡萬はもと幕府の鷹匠《たかじょう》である。明治四年頃、水利官として製塩と開墾のことに関係し、のち警視庁の大警部を勤めて明治の大岡越前守《えちぜんのかみ》と称された。後年、地方へ下って郷村のために尽くすところ多く、池の水争いを裁いて生きながらにして神に祀《まつ》られた人物である。(静岡県下の於保《おほ》村に池主神社の名で遺《のこ》っている)

この松岡萬が、右の勲位記拝受の半歳《はんとし》後——明治十五年十二月に自殺をはかった。市ヶ谷濠端《ほりばた》の松の木屋敷に松岡の住宅があったが、只今松岡が自殺しましたと、弟子の一人が仲町の鉄舟のもとへ報《し》らせて来た。鉄舟が、後から往《い》く、先へ往っておれと命じたので弟子は一足先きへ松岡の宅に往き、二階の居間へ馳《は》せつけると、ランプの光でパッと明るい座敷の中央に、松岡が東向きに端座して、咽喉《のど》を突き切って流血淋《りん》漓《り》たる有様だった。

弟子が傷の応急処置をしようとしたが何としても松岡は寄せつけない。

「構うな」と言った。

そこへ鉄舟が医師をつれて駆け上がって来た。それを見ると、松岡は手を仕えて、悲痛な声で、国家の為《ため》に従容《しようよう》として斯《か》くの如《ごと》く……と、言わせも果てず、

「馬鹿め」

鉄舟が大喝《だいかつ》した。するとそれ迄、意気軒昂で肩臂《かたひじ》張っていた松岡が、「ハッ」と答えて其所《そこ》に突伏して、忽《たちま》ち態度が一変して素直に医療を受けた。

あとで松岡が告白するには、鉄舟が自ら満期と称して辞表を出したのは、これは政府の連中に含むところあるのを鉄舟が慊《あきた》らず思ったからに違いない。そう判断して、匕首《あいくち》を懐《ふとこ》ろに岩倉具視《ともみ》の許へ談判に出掛けた。岩倉公は松岡の様子を看《み》て取って、今は如何《いかん》とも致し様がない、薩長《さっちょう》の勢力には敵し難い、将来ともに協心戮力《りくりょく》して国家の為に謀《はか》ろうではないかと、巧みに松岡の機鋒《きほう》を転じた。乱暴な浪人を扱うことでは幕末維新以来、渾身胝《こんしんたこ》の出来ている岩倉公である。その方の名人である。その老練家を向うに廻して、松岡は純情一徹の無骨男だから、これは勝負にならなかった。一途《いちず》に思い込んで、山岡の如き人物を退かせては国家のお為にならぬ、何でも要処に鉄舟を引き据えて勢力を振う薩長を抑えなければならぬと主張したのである。それを岩倉は尤《もっと》もらしく聴き入って、

「あっぱれなる其許《そこもと》の所存、具視感心いたしたぞ」

芝居気たっぷりに合点して逆に松岡を煽動《おだ》てた。松岡の懐中した匕首をいなしたこの手際《てぎわ》は見事だったが、余り見事すぎたので、松岡は、おれが死ねばあれ程に思われる岩公《がんこう》だから何とかしてくれるだろうと、独り合点で自死を決意した次第であったという。

この自決失敗のあと、傷の療養をしている中《うち》にも三狂人の村上や中野信成が遣《や》って来ては論議する。松岡が憤激して、折角、医者の縫った創口《きずぐち》が破裂する。興に乗じてダラダラ血が流れるのに些少《すこし》も知らずに居る、幾度も創口を破裂させたので何時《いつ》までも全快しなかったがそれ位のことに頓着《とんちゃく》する様子はなかった。

松岡が鉄舟を知ったのは、剣術の試合を申込んだのが最初で、此の試合には松岡が負けた。しかし竹刀《しない》だから気乗りがせん、負けるのも気乗りがせん為だ。真の技倆《ぎりょう》は真剣でなければ相分らぬ。そう言って真剣試合を申込んだ。元来、松岡は調息術が自慢で、一杯に湛《たた》えた水盤を目の前に置き、暫《しばら》く息を調えると盤中の水が噴騰《ふんとう》する。それを見せて、此れ程の修養は武士なれば出来ておらねば物の用には立たんと言っていた男である。

鉄舟は承知して、短刀を把《と》って相手になった。松岡は大刀を振り翳《かざ》して対《むか》っていったが、直《す》ぐ、ガラリと刀を投げ出し、

「恐れ入った」

と叫んだ。それから向後弟子にして頂き度《た》いと申し出た。鉄舟は宜しかろうと応《こた》え、偶々《たまたま》中条金之助が来合せたので、三人で先ず一献と酒盛りを始めた。その酒の間に、松岡は、

「山岡先生は柔道はいかがですか」

と訊《き》いた。知らぬと答えると、然《しか》らば拙者が一手伝授しましょう、そう言ってヌッと起《た》って、鉄舟の背後へ廻り羽交締めにグンと締めた。この時には鉄舟も首の骨が折れたかと思ったという。怪力で締めたわけである。中条が見兼ねて、斬《き》って了《しま》うと意気まくのを宥《なだ》めて鉄舟は弟子にした。

ところが松岡の様子を見ると時折、様《ため》し切りに出掛ける。鉄舟が理由を糺《ただ》すと退屈で困るからと答えた。無聊《ぶりよう》とて様し切りとは不埒《ふらち》千万である。以後は毎日稽古《けいこ》に来い、何があっても決して休んではならんぞ。鉄舟は言って木刀を取り出して、

「若《も》し休めば、これで撃ち据えるぞ」

と堅い約束をした。

それから数年間、降っても照っても山岡の道場へ松岡が来ない日はなかった。ところが或《あ》る冬、松岡が来ない。夜になっても来ないので鉄舟が出掛けてみると松岡が自

宅で寝ている。暴瀉《ぼうしゃ》に罹《かか》ったのである。何があっても休まぬ約束であるのに、病気にもせよ違約するような奴《やつ》は以後破門だと言い捨てて鉄舟は帰宅した。少時《しばらく》すると、霜夜に、居間の窓の外で「先生、先生」と呼ぶ者がある。戸を開けてみると、寒天に浴衣《ゆかた》一枚を着て、足許も危げに松岡が立っていた。鉄舟は物も言わず戸を閉め、書生に吩《い》いつけて松岡を門外へ押し出させた。すると復来《また》て寒くて困る先生先生と言う。幾度門外へ押し出しても来る。衰弱した躰《からだ》を約束通り木剣で撃てば恐らく死んでしまう。何としても家へ送り届けよと鉄舟は書生を促したが、鉄舟の帰宅した跡をすぐ松岡はとび出して、寒いのも忘れて寝巻の儘《まま》で追って来たので、「木剣を頂戴《ちょうだい》する迄は動かぬ」と強情を言い張って立去らなかった。余程、松岡には自分の不覚が残念だったのである。渠《かれ》も又尋常の人物ではなかった。

三

村上俊五郎は徳島の生れで、太棹《ふとざお》が得意だった。維新後も毎晩近処の寄席《よせ》へ往って、タダで弾いてやる。素人《しろうと》ばなれしていたが、如何《いか》にも調子が高いので義太夫には語れない。併《しか》し相手は武士、一方は遊人稼業《かぎょう》だから文句は言わずに何とか唸《うな》った。ある時、井上参議の屋敷へ三味線で呼ばれた。そうすると義太夫語りと、同じ低い膳《ぜん》で御馳走《ごちそう》が出た。お客に呼ばれた人は膳が高い。おれを芸人扱いするかと大立腹で、膳を足蹴《あしげ》にして飛び出した。飲み直して酔いが増すといよいよ余憤がおさまらない。土足で井上邸の玄関へ怒鳴り込んだので井上も困《こう》じ果てて、漸《ようや》く巡査に押えさせて鉄舟のところへ送り付けたことがある。

この村上の女房は勝海舟の妹である。彼女はもと佐久間象山の妻だった。村上と海舟の妹が通じたのは、象山を暗殺した河上彦斎《げんさい》（人斬り彦斎）への仇討をさせる為に海舟が見込んだというから、それだけ腕の立った人物である。しかし晩年は名だけの夫婦で、村上には妾《めかけ》をあてがい、彼女自身も男妾を抱いていた。怜悧《れいり》な女性で、跡を晦《くら》ます算段もしていたと言える。それでも村上は夫だから海舟とは兄弟の訳である。

だいたい勝海舟は、幕末の忙《せわ》しい危険な場所に、常に出入りして身に隙《すき》のない間にも、時世に善処し、金を拵《こしら》えていた。時流に乗じた薩長の群雄でさえ新政府創立後の、幾年かを経て漸く財嚢《ざいのう》を膨らせたのに、勝はドサクサの間に銭を残した。世の中が平穏になれば財力が物を言うのは誰でも知っているが、大方は其処《そこ》までは手が廻らない。最も廻らなかったのが、江戸城明渡しの交渉に、賊臣慶喜の家来山岡鉄太郎と喚《よ》ばわりながら、大総督府へ汗馬一鞭駆け抜けた鉄舟居士《こじ》だったろう。勝は手が廻った。同じ幕臣で、徳川家が崩壊しようかという時にも手の出た処《ところ》に勝の只者《ただもの》でない一面が窺《うかが》える。

さてその勝と兄弟だから村上は小遣いが欲しくなると、土足で勝の玄関へ怒鳴り込んだ。さすがの海舟もこれには困った。或る日、鉄舟が弟子の籠手田《こてだ》安定（鳥取県令）が来合せたので話している所へ、村上は勝の手紙を持って来て、

「先生。これを」

と差出した。それをひらき見るや否《いな》や、鉄舟は、老人の処へ往って乱暴を働くとは不届千万だ、おれが相手になろうと、床の間の刀を抜き放って立った。村上は驚いて、先生是《これ》だ是だと手を合わせて中腰に跡下《あとじさ》りで逃げる。弟子になった者は終身、師に背中を見せないのが師弟の礼である。それがあるから斯《こ》うした場合にも背中が向けられない。籠手田が倖《さいわ》い止めに入ったが、鉄舟も手近になれば斬らぬわけにはゆかぬ。三人で座敷の中をぐるぐる回っている裡《うち》に書生や居候《いそうろう》が割って入ったので、籠手田も溜《ため》息《いき》をついた。村上はぐっしょり冷汗を掻《か》いていたという。——これは、勝が、此《こ》の手紙を山岡へ持って往け、さすれば貴様の言う通りに金を貰えようと言ったのを真《ま》に受けて、乱暴をして困るから充分懲《こ》らしめて頂き度いと書かれてある手紙を、当の村上が持参したのである。

渠《かれ》は駿河《するが》で大庄屋《しょうや》になっていた時分、三方ヶ原の開墾を始めたことがある。儒者某

が、村上は大勢の百姓を瞞《だま》して開墾させ、後は自分一人の者にする肚《はら》だと吹聴《ふいちょう》したので一揆《いっき》が起った。村上はむらがる農民を打ち払い、自分に従う者を率いて浜松へ押出して本陣に居を構えた。静岡藩では兵力で鎮撫《ちんぶ》しようと相談していると、鉄舟はそれに及ぶまい、わしに委《まか》せと単身、浜松の本陣へ出向いた。

なるほど本陣は殺気立っている。その中で村上は大元気で、儒者某の宅から運ばせた書物の上へ大勢に小便をさせ、儒者を庭先に引き出して、

「其方《そのほう》ことは従来痩《や》せ学問を致し、葱《ねぎ》の枯れッ葉のような見識を持ち居《お》り候《そうろう》を不憫《ふびん》と存じ、このたび書物へ丁寧に肥料を施しつかわし候間、向後は議論も太く相成るべく、依《よ》って有難く慈悲の沙汰《さた》と相心得うべき事」

などと申渡していた。そこへ鉄舟があらわれツカツカと村上の身へ近寄って、何事か告げたら、如何《いか》な大元気の村上も忽《たちま》ち項垂《うなだ》れ、一言もなく鎮静されてしまったという。

石坂周造は鉄舟の妻・英子の妹婿《いもうとむこ》である。石坂は勝海舟とは大の仲悪《なかわる》だった。それもその筈《はず》で勝が石坂を牢《ろう》に入れ、牢内で殺そうとしたことがある。それを鉄舟がもらい受けた。命の親ゆえ鉄舟を兄とよんで弟事したが、腹の中では何かあればやり込めて鉄舟に勝ってやろうという気が絶えない。

石坂が駿府《すんぷ》から帰りがけに箱根の戦争があった。江戸の彰義隊と策応して、小田原藩士が官軍に敵対した戦《いくさ》である。砲声を聞いて石坂は駕籠《かご》をやとい素っ飛ばせた。いのちがけの道中だ。駕籠が峠へかかると砲声は盛んに耳近く聞こえる。豆をいるような音。そのうちドンと一発、弾丸が駕籠の中を抜けた。ホイ胆試《きもだめ》しはここだと、平生愛誦《あいしょう》する出師表《すいしのひょう》を懐中から出して声高に読んでみた。渋滞しない。一字も誤らずにスラスラ読めたので心ひそかに沈勇を誇った。

東帰するや早速に鉄舟に逢《あ》った。道中、箱根で戦争に遭遇したことから話は弾丸の駕籠抜けに及び、石坂がどんなものだと言わんばかりに出師表朗読の一条を話すと、鉄舟は「ソレは偉い。平素のように涙が出たか」と言った。言われて石坂はハッと心づいた。読みは読んだが口に付いている文句を読んだ迄で、何の感興があったか、と反省し深く心に慚《は》じた。慥《たし》かに俺と鉄舟とは人物が違う。到底及ぶものではないと、爾《じ》来《らい》鉄舟に勝とうという気を抛棄《ほうき》した。しかし勝のことは、あれは狸爺《たぬきじじい》だと人には言った。勝は自分などが使いに往くと、お前の師匠は馬鹿《ばか》だ、鉄太郎はドウだコウだと言う。併《しか》し二人が顔を合せた時は鉄舟のことを真面目《まじめ》に先生と呼ぶ。決してお前とか山岡とか言わない、勝は甚しく表裏のある男であると石坂は親しい者に洩《も》らし、勝を悪《にく》んでいた。

四

山岡鉄太郎には様々な逸話が残っている。禅に参じて三十七年、遂《つい》に浅利又七郎の剣を超克した咄《はなし》、鬼鉄と異称された激しい「突き」、底抜けの貧乏物語、西郷隆盛《たかもり》との膝詰《ひざづめ》談判など有名である。

鉄舟の実父は小野朝右衛門高福《たかよし》といって六百石取の旗本だった。大御番から浅草御蔵奉行を経て飛驒《ひだ》代官を勤めた。しかし女色を好んだらしく六人の妻妾《さいしょう》に十男三女を産ませた。このうち三男と四男の母は母娘《おやこ》であった。母に三男を生ませ、その娘に手をつけて四男を孕《はら》ませたのである。鉄太郎は五男である。彼の母は鹿島《かしま》神宮の神官の娘であった。名を磯子《いそこ》と言った。さすがに磯子に手を出すときには朝右衛門は女にヨワい点を詰《なじ》られてか『貰《もら》い受け証文』を書かされた。

曰《いわ》く――

其許《そこもと》娘おいそ事貰《う》い請け継室致し候こと実正也《じっしょうなり》。然る上は生涯我等引受け聊《いささ》か不自由が間敷《まし》き儀は致さず。勿論《もちろん》当人身分の儀に付ては何様の事出来《しゅったい》候共、其許へ難渋は相掛け申すまじく、末々悴《せがれ》の代に相成り候共、粗略コレ無き様申渡し置候。依って後証の為一札相渡し置候処件《くだん》の如《ごと》し。

天保六乙未《きのとひつじ》年五月　小野朝右衛門

塚原石見殿

この磯子に鉄太郎以下六人の男子が生れた。鉄太郎が一番目の子である。生まれたのが天保七年六月十日だから、右の証文を書いて一年目に早くも鉄太郎が出来ている。ところで此《こ》の証文を後年、鉄舟が妻の山岡英子に見せたら英子は読めなかった。文盲だった。英子の兄山岡静山は槍《やり》を把《と》らせば日本一の達人だったが山岡家は二人扶持《ぶち》金一両という、話にならぬ軽輩の家柄で、静山の弟高橋泥舟《でいしゅう》も槍術《そうじゅつ》は天下無双だったが貧乏のため高橋家に幼にして養子にやられた。そんな家庭に英子は育った。武家の娘とは言っても文字も習えなかったのである。

その山岡家に、鉄舟ははじめ静山に就いて槍を修業していて、人物を見込まれ、六百石の大身《たいしん》の旗本の五男が、二人扶持金一両の山岡家に養子になった。静山は僅《わず》か二十七歳で死んだが、死ぬ前に鉄太郎の人物を激称していたと聞いて、意気に感じ山岡家に入ったのである。時に鉄太郎二十歳、花嫁英子は十五歳の少女だった。鉄太郎には最初の剣術の師、井上八郎清虎がこの祝言《しゅうげん》の媒酌《ばいしゃく》をした。

明治大帝を鉄舟が角力《すもう》で投げとばしたという伝説がある。怪《け》しからぬ間違いである。当時、大帝は御年も若く、御立派な体格であらせられただけに御力量も常人の比でなかった。それに御晩饌《ごばんせん》には随分と御酒をあがった。御食後には当直の侍従を御相手に角力が始まる。御遠慮申上げる為ばかりではなく、実際、陛下とは体力が違うから御相手の侍従では物にならない。終《つい》に侍従以外の者へも御相手を命ぜられる。さて御相手に出れば、痣《あざ》が出来る、擦過傷《すりきず》が出来る。それはまだ手軽な方で、もっと念入りな怪我もする。角力の御相手と聞くと孰《いず》れも閉口していた。内々には斉《ひと》しく迷惑しているが陛下の角力は、一向にお罷《や》めになりそうもなく却《かえ》って興ぜらるる御様子に見えた。

ところが一夕、鉄舟が当直の時、

「山岡、相撲はどうじゃ」

と御声が掛かった。鉄舟は少年の頃より聊《いささ》か剣道は心掛けましたが角力と申すは生《しょう》来《らい》試みたことがございません、是《これ》は御免を願いますと鉄舟が言った。イヤその体軀《たいく》で、いかんという筈はない、いざ一番と頻《しき》りにおすすめになる。それでも覚えのない技ゆえ御免を願いまするとと鉄舟は動じなかった。

陛下は、日常弱いものばかりで御不満だったから鉄舟ならば面白かろうと、お薦めになるのに一向動じないのを悖《もど》かしく思召《おぼしめ》してか、

「ヤヤッ」

と御声を発し驀地《まっしぐら》に山岡へ突き掛けてお出《い》でになった。山岡がサッと体を開いたか

ら玉体は彼方《かなた》へ流れた。陛下は、立ち直られざまに竜顔笑を含ませられて、山岡の頭をピシャリとお敲《たた》きになった。すると山岡がその御手を執《と》った。左右から、不敬である不敬であると声が起ったが山岡は御手を放さず、不敬の段は畏《おそ》れ入るが、至尊の御身にて斯様《かよう》の御戯《おたわむ》れはお宜《よろ》しくない、今後必ず角力はお罷《や》め遊ばされるように、鉄太郎が尊厳を犯し奉《たてまつ》る、大罪は斧鉞《ふえつ》に伏して慊《あきた》らず、謹しんで御命を有司に待ち奉ると言上して、直ちに御前を退《さが》った。そうして仲町の化物屋敷の門を閉じて謹慎していると、三四日してから岩倉具視がやって来て、呈出してあった辞表を差し戻し、決して角力はせぬとの優旨もあったから出府したが宜しかろうと伝えた。鉄舟は何分にも恐れ多いと固辞して容易に恩命を拝さない。けれども内々に岩倉を差遣された叡慮《えいりょ》のほどを具視から聞くと、即当に畏《かしこま》り、時を移さず岩倉に附いて登省して恩命を拝受した。

その前後のことだろうか、漢学者で大帝の侍講をつとめ、帝国憲法、皇室典範の成案に参劃《さんかく》した元田永孚《えいふ》が宮嬪《きゅうひん》に就いての意見書を岩倉公に呈したことがある。同じ頃、一夜、鉄舟が当直した時に、出入のある筈のない処に人影を見た。直ちに組み留めて燈火《とうか》を呼んだ。燈火が来てみると、その組み留めたのが大帝だったから山岡は御前に伏して御詫《おわ》び申上げ、「暗中とは申しながら心外の不敬を働き、麁相《そそう》とも軽率とも言語道断の仕合い、早速辞表を奉呈いたし、明日の厳命を待ち奉る」と言上した。

陛下はお立ちなされた儘《まま》で黙って居られる。山岡は更に言葉を改めて、さりながら斯《かか》る夜深に何《いず》れへ渡らせられんとて此の辺を通御あそばされ候や、殊《こと》に燭をも提《かか》げ給《たま》わず、宮中とは申せ尊き御身御一人の出御には万一のことも候わん、鉄太郎のみならず、粗忽者《そこつもの》が何様の不敬を働こうも知れ申さねば向後は御やめ遊ばしたが宜しゅうござりましょう、また畏《おそ》れ多き申し条なれど、斯る事によって或《ある》いは君恩を誇る女官も出《い》で申さんも測られず、万一にも外聞に洩《も》れ如何の沙汰《さた》もあらば百弊千害の起らんは遠からずと諫言《かんげん》した。

陛下は漸々《ようよう》に耳を傾けさせられて、

「よう分かった、今次《このたび》の事は沙汰なしにせよ」

と仰《おお》せられて匆々《そうそう》入御になった。御意のあった上は辞表を出しては相済まぬので、山岡もこの時はその儘に御奉公申上げたが、実は予《かね》てより、鉄舟は宮嬪に関して陛下に諫諍《かんそう》の機会を待っていたかと想像される。

五

杉孫七郎が、鉄舟の許《もと》に来て宮中顧問になれと勧めたことがある。鉄舟はお役にも立たぬ者が、飯《めし》が喰えぬからとて給金の為《ため》に仕官することなど出来るものかと、承知しなかった。すると杉は実はこうして勧めに来たのは御内旨を受けて来たのである。承知しなければ表向きに勅使を立てるが、勅使に対しても左様なことを言うかと言った。聞くなり鉄舟は大声で、お前が勅使を立てるとは何事だ、怪しからぬことを申すな、と叱《しか》りつけたので杉はほうほうの態《てい》で帰った。この後、何としても鉄舟は再び出仕しなかった。有難い思召しがあって、御手許から毎月三百円ずつ死ぬ迄《まで》、鉄舟は頂《ちょう》戴《だい》した。世間でも山岡は陛下のお気に入りだと噂《うわさ》をしたが、さかんに苦諫を呈する無骨者の山岡を御寵愛《ごちょうあい》なされた大帝の御宸意《ごしんい》は、明治という歴史を見る時かかせぬ最重要のことだろう。

鉄舟は幕臣である。錦《にしき》の御旗《みはた》や尊王思想をふりかざした何処《どこ》ぞの田舎侍ではない。しかも陛下はいたく御信任遊ばされ、御座所には、玉体の守護刀にと鉄舟の佩刀《はいとう》が置かれてあった。

「鉄舟がおるからよい」

とか、

「鉄舟に任せておいてよい」

と常々おもらしになるのを側近は洩れ承った。

鉄舟の道場は春風館といった。実に稽古《けいこ》の烈《はげ》しい道場で、一死を誓って稽古を請願する意味で門人には『誓願』ということをさせた。これが三期に分れた。

先《ま》ず第一期は、誓願の門人は一日の怠りなく満三カ年の稽古をつむ。それが終る日に、一日中、立切《たちきり》二百面の試合をさせる。これが無事にあがれば初等科卒業である。次が第二期。同じように数カ年の稽古がつづき、最後の日に、三日間立切六百面の試合をさせた。終ると十二箇条の目録の許しを受けるのが中等科である。第三期は更に数年の研鑽《けんさん》を経て、いよいよ一人前という時に、七日間立切千四百面の試合をさせた。これをあげると初めて目録皆伝の許可を与え、青垂《あおだれ》の稽古道具一組を授けた。

この誓願の立切試合は、一日の午後三時頃が最も妙だったという。この頃になると立切者は、朝からやっているので心身を打失《だしつ》して至誠一片となり、その活動が無想境に入る。併し第三期七日間、立切千四百面の試合となると難事中の難事で、これをやり了《おお》せた者は籠手田《こてだ》県令ら二、三人にすぎなかった。

この立切試合は、七日間一切の外出を禁じ、三食とも粥《かゆ》と梅干である。相手は猛者《もさ》をえらんでどんどん立合わせるので、たまったものではない。ヘトヘトになる。四肢《しし》五体はみな腫《は》れ上って往々血尿を排出した。さて立切が無事にあがると、鉄舟の前へ来て挨拶《あいさつ》を述べるが、如何な者も完全に両膝《ひざ》を折って坐《すわ》ることはかなわなかったという。それ程の荒稽古で門下を率いた位なので、鉄舟自身、試合の時は友人であれ知人

であれ、余程烈しく遣った。中条金之助などは幕臣では勇名の立った遣い手だったが、鉄舟が禅機に悟達して妙境を獲《え》たと聞いて、

「ひとつ試してやるか」

と試合を挑んだ時に、鉄舟の英気当るべからず、突如一撃を蒙《こうむ》って其の場に昏倒《こんとう》した。

これ程の鉄舟にも解脱《げだつ》出来ぬものがあった。腰間《ようかん》の一物ばかりは扱いかねたのである。若い時から、生死関頭に立っては困らなかったが、女に対しては四十九まで自由を得なかったと自身でも人に話した。晩年は枯木寒巌《こぼくかんがん》で艶聞《えんぶん》も情話もなくなったが、若い頃は色男でずいぶん惚《ほ》れられ、自らも亦《また》、情欲海に飛込んで色欲に徹した。この辺、五妾《しょう》を蓄えた実父の血はあらそえない。一番しまいが、新橋のおいくで、まるまる三年通い詰めている。五十代の頃に、英子夫人が外出のお供の書生に、

「先生は惚《ほ》れっぽいから気をつけて下さいましね」

と冗談にして告げている。或年の節分に『妻は四十六、私は五十、ならば手柄にお出で鬼さん』と書いて、こう言うものが出来てしまうたと夫人に示したこともあった。

もともと英子は大いに鉄舟に傾倒した。夫として仕えるのは彼《か》の人に限る、身を以《もっ》て許すべきは鉄舟の他にはないと、恐しい覚悟で惚れ込んだ。十五、六の少女の時で

ある。初恋である。飛驒代官六百石の大身の忰が、二人扶持金一両の英子の家に、婿《むこ》に入ってくれると決まった時にはだから英子は声をつまらせて感動した。歓喜した。彼女は恋婿を得た。鉄舟の妻たることは畢生《ひっせい》の誇りであった。しかし貧乏には言語に絶する苦労を重ねた。

浅利又七郎の剣にまだ鉄舟が打ち克《か》てず惨憺《さんたん》して修業中の頃、英子は玉蜀黍《とうもろこし》や稗《ひえ》の粥を食べていた。夫を修業させたい一心で、米や麦は思いも寄らず、牛馬さえ喜ばぬ稗を粥にして咽《のど》を通したのである。むろん内職はやめたことがない。ひび、あかぎれだらけの手で、春になって近くの野原に蒲公英《たんぽぽ》や野芹《のせり》が出ると英子はそれを摘み歩いた。食べられそうな草や木の芽は悉《ことごと》く彼女の手に摘まれたので、「山岡家の近くには青い草一本ない」と近所の者は呆《あき》れた。化物屋敷の異名はこういう所からも出た。

或る日、知人が鉄舟宅を訪ねたら、英子は半襦袢《はんじゅばん》と腰巻だけしかしていなかった。たった一枚の着物は久しぶりに洗濯して、物干竿《ものほしざお》にかけてあったので、英子は破れ屛《びょう》風《ぶ》の陰に隠れ、其所《そこ》から対応したともいう。

鉄舟とて寝具といっては古びた木綿の格子《こうし》縞《じま》の布団《ふとん》きりしか無く、いつも足が出ていた。門人が毎晩、揮毫《きごう》の時に敷く古毛布を掛けに行った。退官後のことである。夫人が紬《つむぎ》の反物を出して、布団の改造をしようとしたら、それを見た鉄舟が、誰が着るのか立派なものだと、言った。夫人は、先生のに致しますと言うと、まっぴら御免だ、あなたのにしたらよかろうと却々《なかなか》拵《こしら》えさせなかった。鉄舟は昔を忘れてはならない、二人して破れた蚊帳《かや》を着て寝たことは忘れられまい、今は朝恩の有難さで喰うに困らぬ、布団なぞはこれで充分だ、若い者の前では言いにくいが、寒くて堪《たま》らぬから二人抱き付いて寝たことがあった、あの中で、不思議なのは蚊帳が残っておったことだが、余り破れたボロ蚊帳なので質屋でも取らなかったのであろうと言った。

斯《か》く三国一の花婿を迎えて、英子夫人は大得意だったろうが山岡家の貧窮は想像の外だったのである。まだ小石川の高橋泥舟の邸《やしき》の裏にいた頃、長男は乳の出ぬ為に餓死している。夫人は嬰児《えいじ》を餓死させるほど栄養不足だった。次女の誕生の時に、石坂周造が、姉さんモウ寒中に綿入れが着られますね、と言ったのでも貧窮は察しられよう。英子が文盲なので鉄舟が手本を書いて「いろは」から手習いを始めたのもこの小石川時代であった。字といえば、鉄舟は手紙をしたためるのに下書きなしには書かなかった。必ず草稿をつくり、清書して一読、封筒に収めて、復《また》出して読む。初めから三度読まねば差出すことがなかった。それから草稿の方は丁寧に切って、悉《ことごと》く紙縒《こより》にして机の上に置くのが例であったという。豪胆のようでも平生はこれだけ細心な人だった。

六

いったん斯《こ》うと意思すると断じて後へひかなかった鉄舟の性格は終生変らなかった。嘗《かつ》て友人と会談の時に、茹《ゆで》玉子は十個は喰えまいと誰かが言った。鉄舟は五十や百は何でもなかろうとつい口にした。屹度《きっと》喰うか、友人は迫った。必ず喰う。乗りかけた船だから引込みがつかない。それならばと買って来た鶏卵百個、間もなく盆に載せて目の前へ出された。噛《か》んでは到底埒《らち》明かないので鉄舟は塩を附けては鵜呑《うの》みにする。強情我慢で、兎《と》も角《かく》も百個を嚥《の》み込んでしまった。それから苦しい腹を怺《こら》えて大手を振って帰宅したが、家へ戻るなりその足で便所へ飛び込んで吐いた。さあそれから三日間は吐き続け、漸《ようや》く四日目に食気が出たという。貧乏で空《す》き腹だと、つまらぬことを口走るものであると、後で夫人に詫《わ》びたそうである。

百個の卵には勝てたが、其の後、鉄舟が生涯に一度の不覚を取った。剣客某と会飲した時に、一升又一升が三升五升と買って来るようになって、都合一斗四升の酒を二人で飲んだ。その間蕎麦《そば》の方は蒸籠《せいろ》五十、これは綺麗《きれい》に喰ってしまった。帰宅した鉄舟は頭が痛い、吐き気もある。併《しか》しわしが苦しいなら彼も必ず悩んで居《お》ろうと、夜中鉢巻をして見舞いに往った。戸外に洩れる細君との話し声に偖《さて》はと思って這入《はい》ってみると、床の上で鉢巻をして細君が頭を揉《も》んでいる。揉まれながら剣客は言った。イヤよい処《ところ》へ来た、余り気分が悪いので今迎い酒の燗《かん》をさせておった処だ、一杯のめと、茶碗《ちゃわん》を突きつけられた。さあ鉄舟も一杯ばかりが何としても飲めなかった。これが一生一度の不覚だったと言う。

鉄舟の剣道は初め飛騨で、英子との月下氷人となった井上八郎に学び、のち江戸に出て浅利又七郎に習ったが、「他人の弱点を突くな、人を殺すな」此《こ》の二句を生涯の自戒とした。鉄舟ほどの無双の達人にして、人はおろか動物一匹殺さなかった。然《しか》も幕末期、刺客に襲われたのは一再でない。刺客をも斬《き》らず、自らをも傷つけず窮地を脱した大剣客なのである。

鉄舟の有名なものに書《しょ》がある。飛騨の少年時代には一亭という人に習った。楷書《かいしょ》は顔真卿《がんしんけい》、晩年に孫過庭《そんかてい》を学んだ。法帖《ほうじょう》もずいぶん所持していたが、一切経を写していた時に、伊藤博文が経など写してどうするのかと聞いた。鉄舟は笑って相手にならなかった。後で伊藤らに理解のゆくことではないと言ったそうである。それでも博文から絖《ぬめ》が届けられて、何ぞ書いて貰《もら》いたいと使者が来たとき、鉄舟はそれへ蝙蝠《こうもり》を画《か》いて、

此の里に鳥は居ないが蝙蝠が

髯《ひげ》をのばして我儘《わがまま》をする
と書いて遣わした。
鉄舟が盛んに揮毫《きごう》をしていた時分、書画屋の松雲堂が長三洲《ちょうさんしゅう》の処へ鉄舟の書を持参して見せると、三洲が、これ程の達者とは思わなかった、草書では三百年来の書き手であると感嘆した。
禅では有名な話が幾らもある。三遊亭円朝を召《よ》んで、わしは子供の時、母から桃太郎の昔話を聞いて大層面白く感じたが、お前、ここで桃太郎を一席語り聴かせよと命じた。円朝は得意の弁に一層の捻《より》をかけて之《これ》を演じた。鉄舟は不興げに、汝《なんじ》は舌で語るから肝心の桃太郎が死んでおると言った。円朝は沈思して、禅機に思い到《いた》り、自分も坐禅《ざぜん》を組ませて頂けまいかと願い出た。それが真剣なので、宜《よろ》しかろう、二階へ上れと、それから屛風囲いの中に円朝を坐《すわ》らせ、鉄舟は趙州無字の公案を授けた。その裡《うち》暮れ方となり、寄席《よせ》の出があるので円朝の弟子が迎えに来た。鉄舟は当人は今坐禅を致しておると弟子を押し返した。円朝がこれを聞いて、寄席が困りましょう、出直して坐禅を致しましょうと言うと、左様な商売根性で禅はやれん、トットと帰れと一喝《かつ》した。流石《さすが》は円朝である。「分りました」とそれから一週間とどまって終《つい》に見性《けんしょう》した。鉄舟が大往生を遂げる前日に、この円朝が病床を見舞った。鉄舟は何ぞ面白い咄《はなし》を聞かせて貰い度《た》いと言った。臨終の大病人を前にして、さすがの円朝も言葉が出なかった。この時ほど苦しい思いをしたことはないという。それでも鉄舟の懇望もだし難《がた》くて円朝は一席演じた。鉄舟は、ありがとうよ、と言い、禅をやるには知恵や学問は必要ない、汝は芸人ゆえ芸を貫け、その道の名人になれば、自ら禅機に徹澄《てっちょう》する、ただ、根気よくやれば宜しいのだ、と言った。その翌日、鉄舟は死んだ。

天然理心流　近藤勇

『敗れし人々』

子母沢　寛

子母沢寛（1892〜1968）

本作は、昭和十年に改造社より刊行された「維新歴史小説全集」の第七巻・『新選組』に「新選組」と題して収録された。その後、四十七年に桃源社より刊行された短編集『幕末ものがたり』などに「敗れし人々」と題して収録された。現在は、『新選組物語』（中公文庫）に「新選組」の題名で所収されている。本書収録にあたっては、『子母沢寛全集　第十六巻』（講談社）所収の「敗れし人々」を底本とした。

流る水

その日は、夜の明け切らぬ中《うち》から、不動堂村堀川東の新選組本陣は大混雑をしていた。京近くには薩長《さっちょう》の兵が一ぱいに繰り込んで、七条方面には、何時、戦《いく》さになるかも知れない雲行であった。

会津藩の公用方から伏見《ふしみ》鎮撫《ちんぶ》を命ぜられて、今日は大阪に移らねばならぬ。慶応三年十二月十二日。

近藤勇《こんどういさみ》は、局中の騒ぎを外に、さッきから、自室前の磨きぬいた縁廊下に立って、じッと冬枯れの庭を眺めていた。築山《つきやま》の手前の大きな石燈籠《いしどうろう》の傍らの南天が真ッ赤になって、午後の陽ざしが、緩《ゆるや》かに流れていた。

将軍家には、王城の地に、流血の事あっては恐多いと仰《おお》せられて、すでに二条城をお出ましになり、大阪城へお移り遊ばされた。われわれも、恐らく京はこれが最後であろう。そう思うと、近藤は、ただ夢を見ているような心地がした。

眼の底を、木曾路《きそじ》の風に吹かれて、京をさして上る五年前の自分の姿が通った。黒木綿のぶッ裂き羽織に、草鞋《わらじ》をはいて、自分も土方《ひじかた》もほんの身軽るな一剣客に過ぎなかった。

「あれから五年、思えば感慨無量の京の街」

近藤は、何となく瞼《まぶた》が熱くなって来た。

駒《こま》のいななきが聞こえた。

「おお、竜神だな」

はッと、われに返った眼の前に、小具足をつけてすっかり戦さの用意をした土方歳《とし》三《ぞう》が笑い乍《なが》ら大股《おおまた》に歩いて来た。

「出発は、七ツ半刻《どき》としたよ。藩の林権助さんの三百、竹中丹後守《たんごのかみ》の仏蘭西《フランス》伝習隊五百と一緒ですがな。林さんの方は今直《す》ぐにも発《た》てるんだが、伝習隊が、竹中さんと、松平豊後守《ぶんごのかみ》さんと何か意見の相違があるとかで延びている。此期《このご》に臨んで尚《な》お、格式がどうの、先鋒《せんぽう》がどうのと云《い》っているんだから困ったものさ」

「ふむ」

「とにかく、用意をされたらどうだ」

「われわれは、一旦《いったん》、北野天満宮へ落着いて、それから伏見奉行所を本陣に宛《あ》てられるそうだよ」

「何？」

と、近藤の眼が、はじめて、はッと、生々として来た。

「直ちに大阪城に入るのではないのか」

「そうは、行かんらしい」

「怪《け》しからん」

「まア怒るな、所詮《しょせん》は、身を以《もっ》て将軍家をお守護申すはわれわれの外にはないのだ。黙っていても、すぐにお城へ入る事になるよ」

「だが――」

土方は、近藤へ押しかぶせるように、

「出陣の覚悟で出発という意味が、局中に徹底して居《お》らん気味がある。服装を改めて一つ訓示をしていただくかな」

「よろしい」

「広間へ集めて置くよ」

「うむ」

土方は、にっこりして、また足早に戻りかけた。そして、一二間行ってから、ふと振返って、

「おい、お互に、愉快な五年間だったなア」

といった。

「男児の本懐」

と、近藤もはっきり云った。

「それにしても、大阪の募兵の様子はどうだ」

土方は、

「昔日《せきじつ》の面影はないが、百位は集まると、さッき、山崎蒸《すすむ》からの報告があった。新選組生残り六十六名、併せて百五十か」

「ふーむ」

近藤は、土方の顔から眼をそらして、また、じッと庭を見た。

燈籠の台石をひたす池があって、珠《たま》の様な綺麗《きれい》な水がさらさらと小石を洗って、落ちて行く。

近藤は、自分で自分の心に微吟じた。

「人生。流水、これ地一度別れて為《な》す、孤蓬《こほう》万里に征《ゆ》く、浮雲遊子の意、落日故人の

情、手を揮って茲《ここ》より去る、蕭々《しょうしょう》として斑馬《はんば》鳴く——か」

　土方が命じたのであろう、丁々と隊士を集める太鼓の音が響いて来た。どかどかと広間へ集まって行く人達の足音が、何処《どこ》からとなく聞えた。

　それから暫《しば》らくして、びろうど縁《べり》の馬乗り袴《ばかま》に、真白ななめし革のぶっ裂き羽織を着た近藤が、悠々として大広間に現れた時は、隊士たちは、みんな興奮して、

「局長！　局長！」

と、すがりつきもしたい気持で口々に叫んだ。

　土方は、

「静粛にッ！」

　と叫んで、近藤の前に、叮嚀《ていねい》に礼をした。

「局中六十六名」

近藤は、一段高いところに立って、ただ、じッと隊士達の顔を見た。

　　黄昏《たそが》れ近く

出発の時刻が迫まっても、近藤は、自室を出なかった。

病気のため、無理に江戸へかえした沖田総司《そうじ》を送って行った森平八が、折りも折、たった今戻って来たので、まるで、大阪行きなどは忘れたように、その話を聞いていた。

「平五郎が必らずおかくまいすると申したとな？」

「は。どのような事があっても、沖田先生の身辺には、何者にも一指もそめさせぬようと申しましたところ、如何《いか》にも腑《ふ》に落ちぬ気でござりましたが御時勢を申しさとしましたところ、それでは近藤先生にお酬《むく》いするためこの一命にかえてもお守護申しますと健気《けなげ》に申しました」

「うむ。して、旅をつづけて後の沖田の容体は？」

「余り、およろしくは御座りませぬ。道中も二度程、血をお吐きなされましたが、江戸へお着きと共に、大層元気が出られまして、この位ならば、何と云われても、先生の御言葉に従って江戸へ下るのではなかったなどと申されて」

「それア、よかった。わしは、また逢《あ》えるような気がしているが」

「はっ、――平五郎と申す植木職はなかなか義俠《ぎきよう》の様子、沖田先生は、何処からも見えぬ植木《うえき》溜《だめ》の中の納屋《なや》を改築して、ここを御病室になど申し居りました」

「そうか」

廊下の外で足音がした。

「土方か?」

土方は、

「は」

といって、

「開けましてもよろしゅうございますかな」

「よろしい」

障子を開けた。森の礼を、

「おお」

と受けて、

「先生、江戸の話も然《さ》る事ながら、もう黄昏近い、出発しましょう」

「うむ」

と近藤は、まだゆっくりと火鉢へ手をかざしながら、

「さっき原田左之助が見えんようだったが」

「は、もう戻りました」

土方は森へ、

「江戸の話は、大阪へ行ってから、わしもゆっくりと聞きたい。さ、お前も、疲れてはいようが急いで出発の仕度をするがいいぞ。出陣のつもりでな」

「は」

森は、二人へ叮嚀にお辞儀をして退いて行った。

土方は、

「原田奴《め》、もう死ぬる覚悟で、女房へ暇乞《いとまご》いに行って来たのだそうだ」

「ふーむ。あ奴らしい」

「軍用金の配分副長助勤一人二百両ずつ、勘定が面倒だから二分金を箕《み》で計って渡してやった、それを引っつかむと、女房のところへ飛んで行ったという訳さ。あ奴も二人目の子が今日明日生れるというところだそうだ」

「そうか。それア気の毒だなア」

「気の毒と云えば、永倉新八のところへも誰か女が別れに来たそうだ。前の八百屋《やおや》に待っていて呼出しをかけたらしいが、あれも何時《いつ》の間にか、子供をこしらえていたそうだ」

「ふーむ」

「はッはッはッ。新選組も、さて、いろいろな物語を残して京を去るなア」

近藤はすッと立った。

「ああ、新選組が京を去る——」

土方は、

「同志僅《わず》かに六十六名。壮士泣いて京を去るさ」

それから間もなく、新選組は、本陣を出た。みんな、同じ思いで、幾度も幾度も、その広大な表門を振返った。

近藤は、陣笠《じんがさ》をして、愛馬竜神に跨《またが》っていた。土方も馬であった。みんなの勇ましく足並を揃《そろ》えて走り行く後姿を、二人は少し遅くれて、じッと見送っていた。

うッすらと黄昏れて、凍るような夕靄《ゆうもや》が、低く地を逼《は》って漂っている。

「近藤！」

「土方！」

二人は、涙を一ぱい溜《た》めていた。

笑《え》　窪《くぼ》

「危ないな」

土方は、然様《そう》云った。

「何故？」

近藤は、別に気にも留めぬように、伏見奉行所の奥座敷で、着物を着かえていた。いいお天気で、障子越しに、まぶしい位の朝の陽が当って、煤《すす》ぼけた畳さえ照返すようであった。

奉行所は、高く築いた石垣の上に、真ッ白な土塀があって、その内は、竹藪《たけやぶ》が沢山あった。その竹藪を、鶯《うぐいす》がかさこそと渡っていた。

「やっつけた伊東甲子太郎《かしたろう》の残党が、頻《しき》りにうろうろしているという事をきいているが」

「はッはッ。そんなものが危ないなら、この奉行所から一歩も出られないじゃアないか。薩長の兵が、今にも鉄砲をうち放そうと、うじょうじょしている。京から伏見へかけて、間違って、針をころがした奴《やつ》でもあったら、それで戦さがはじまるかも知れんという気構えではないか」

「それは然《そ》うだが、われわれ戦さで死にたいよ。詰まらぬ奴の狙《ねら》い撃ちでも喰っちゃアつまらんよ」

「それは運。運だよ土方。考えて見ればお前も俺も、ずいぶん危ない瀬戸を歩いて来ている。後で考えてもぞッとする事ばかりではないか。しかし、今日まで身に微傷だも負わないのだ。今日までのわれわれの歩いた道を、後世の史家は、或《あるい》は、先方がじッとしている奴を、われわれだけが刀をもって斬《き》ったように云うかも知れんが、そんなものではないのだからな。今日まで運がよかった。運だよ、運だよ土方」

「その運にだけ任せて、ぼんやりもしていられまい。着物の下に鎖でも着てはどうだ」

「お前にも似合わん事をいうなア。痩《や》せても枯れても、新選組の近藤勇だよ。真逆《まさか》そんな真似《まね》は出来ん。もし間違って殺されでもして見ろ、屍《しかばね》を路上に晒《さ》らして、近藤が鎖を着ていたとなったら――大笑いだ」

「それも然様だが。今日は七条へ寄るか?」

「さア」

近藤は、一寸《ちょっと》、てれ臭そうな顔をした。

「お幸も心配してよう、寄ってやれ、しかし、日のある中に帰らなくては本当に危ないよ」

「よろし」

やがて土方は、近藤の先に立って座敷を出て行った。

「局長は、永井玄蕃頭様《げんばのかみ》よりの招きにより、軍議の為《ため》二条城へ参られる。供方二十名ッ。供頭伍長《ごちょう》島田魁《かい》君」

大きな声で、隊士部屋へ命じた。

近藤は、馬であった。跨りながら、馬丁の久吉に、

「きょうは、竜神は偉く張っているなア」

「は、ここ二三日はお乗りこなし遊ばされませんので」

「それにしても張り過ぎている」

「は、何時御出陣やも知れぬとの仰せで、充分飼料《かいば》を与えて居りますから」

「そうか。偉い偉い」

竜神は、近藤に手綱をしぼられて、激しく嘶《いな》いて、足掻きをした。近藤は、平首をぴしゃぴしゃ叩《たた》いて、

「おうよ、おうよ」

といった。

隊士二十名は、馬の前後を取囲むようにして歩き出した。近藤は馬上で、

「いいお天気だなア、われわれは伏見へ来てもう七日になるなア」

と、半分ひとり言のように云った。

二条城の軍議は、お昼の九ツ半頃には済んで終った。

近藤は、馬も供廻りも、そのまま置いてけぼりを喰わせて、ただ、供頭の島田へ、流石《さすが》に気まり悪そうに、

「七条へ立寄る。時刻を見計って、馬をあッちへ廻してくれ」

と耳打ちした。

島田は、

「は」

といって、

「おかえりの道は?」

「本街道にしよう」

「それでは、お供廻りはそのつもりに」

「よろしく」

近藤は、草履ばきのまま、供一人をもつれず、そっとお城の脇口《わきぐち》から、七条の愛《あい》妾《しょう》お幸のところへやって行った。

お幸は、美しい頰をほてらして近藤を迎えた。

「伏見へお越しなされてからは、とんとお姿もお見せなされませぬが」

瞼が涙にうるんでいた。

離れた小座敷。すす竹の小窓の障子に陽が砕けて、竹の葉が、くっきりと影をうつしている。

友禅模様の小蒲団《こぶとん》をかけた炬燵《こたつ》へ、近藤は、無造作に入って、

「女子は呑《の》ン気でいいなア。俺はお前に逢って、俺は矢張り生きているのだなアと沁々《しみじみ》感じたよ」

「え？」

「俺は、京を去る日、もう、お前にも、この京にも逢えぬような気がしていたが」

「まア」

「美しいお前を見ると、また、この世に未練が出るなア」

「まア」

「俺は、いつ死ぬも口惜《くや》しくはないが、ただ、俺が死んだら、その美しいお前が、誰の手枕《てまくら》をするかと思えば、誠に極楽へは行けんよ」

「憎らしいッ！　あたしが、そんな女に見えますの」

「でも、真逆に尼にも成れまい」

「尼どころか——。おお、忌《い》や忌や、そのような縁起でもない話。何んで、あなたが

死ぬでしょう。千年も万年も生きられるあなたが」

「武士という奴は、何時、殺されるかわからんもんでなア」

「忌や、忌や、その話もう止《よ》して下され」

「そうか。それでは止そう」

小女《こおんな》が、酒の膳《ぜん》をもって来た。

「どうした──いつものように寝相を悪くして風邪をひいてはならんぞ」

「いやな先生ッ」

「おや、顔を紅《あか》くしたな。これア色気がついたな」

「まア」

お幸は手を上げて、打《ぶ》つ真似をした。

「お止しなされ。おからかいは──あのように恥かしがって居りますものを」

「許せ、許せ」

お幸は、盃《さかずき》をさした。

「いや、酒は止そう、真ッ昼間、真ッ赤な顔で、京の街を通るでもあるまい」

「え？」

と、お幸は、眼を見開らいて、

「では、今宵は、こちらへ、お泊り下さらぬのでござりますかえ」

「泊りたいさ。しかし泊られん。泊るどころか一刻もゆっくりはして居れん御時勢だよ」

「まア」

「壬生《みぶ》、本願寺太鼓堂、堀川と隊の屯所は三度変ったが、お前も何時も変らずこの武骨者を慰めてくれた。一介の浪士近藤に対した時も、今日のこの近藤に対した時も、変らぬ愛情を捧《ささ》げてくれたのはお前ばかりだ。な、お幸、一と頃は、三百に余った新選組も、今ではたった六十足らず、近藤の不徳の致すところとは申せ、さてさて世の中は薄情な人が多いなア」

　お幸は、

「いいえ」

　と強くかぶりを振った。

「あなたの不徳と申すでは御座りませぬ。何事も御時勢でござります。あなた程のお方を離れる侍のあろうとは思われませぬが、それも御時勢、これも御時勢」

「うむ」

「でも、このお幸だけは、いつ迄《まで》もいつ迄もあなたと――お幸だけは、決して、斬られても殺されても、お側《そば》を離れませぬ」

近藤は、黙っていた。

「離れずも、矢張りその時勢が、俺達二人を引離して終《しま》うだろう」

そう思って、淋《さび》しそうに、にっこりした。

近藤の頰には、ぽっつりと笑窪があった。

吟声

馬の迎えを受けて、近藤が、妾宅を出たのはまだ八ツ刻《どき》前であった。

それから間もなくお幸の家へ、どかどかと踏み込んで来た逞《たく》ましそうな三人の侍があった。みんな腕をまくり上げて、土足のまま、座敷へ上って来た。

「近藤勇がいる筈《はず》だ。出せ、出せ、出せッ」

小女は、真ッ青になって、奥へ逃込んだ。それと引き違えに、お幸がしずかに出て来た。

「いらっしゃいまし」

と、畳へ三つ指をついて、

「どなた様？」

優しい眼でじろりと、土足を見て、それからじッと三人の顔を見上げた。

「われわれは元の御陵衛士《ごりようえじ》阿部十郎、佐原太郎」

というと、

「おや、お亡《な》くなりの伊東先生のお弟子内海二郎さんもいらっしゃいますねえ」

といった。

「お、ほ、ほ、ほ。油小路一件のお仕返しでございますか。それはまア御奇特な――でも、近藤は居《お》りませぬ」

阿部は、大きな声で、刀の柄《つか》を叩きながら、

「いいや、わしは寺町の道具屋で買物をしていて近藤の通るのを見て来たのだ」

「おや、それでは、その時に、すぐにお断り遊ばせばよろしゅう御座りましたに、惜しい事を致されましたこと。ほ、ほ、ほ、ほ」

「うむーッ。つべこべ云うな、何んでもいいから、近藤を出せ」

「居りませぬ」

「家さがしをするぞ」

「どうぞ御自由に――でも、その土足はお断りでございますよ」

三人は、お幸の口ぶりから、すでに近藤のいない事を察した。

「近藤は何処《どこ》へ行った？」

と、佐原も刀の柄を叩いた。

「さア、それは存じませぬ」

「知らぬ？」

「でも、新選組のものでいながら、薩摩《さつま》へ内通して、中村半次郎から沢山の黄金を喰わされた犬どもが薩摩屋敷に、隠くれている――」

「え？」

「などと申して居りましたから、そちらへ斬込んだのでは御座りますまいか――あの人は、何よりも、二股侍《ふたまたざむらい》がお嫌い、まして、近頃は、腕が鳴って困るなどと――」

「止しゃアがれッ」

と、佐原が怒鳴って、

「薩摩屋敷にいるものは、金の為《ため》に眼がくらんだのではない、大義名分の何者であるかを知ったから、志を翻《ひるがえ》しただけの事だ」

「然様《さよう》でござりますか。それは、ただ、近藤の申される事。あたくし共、女子にはとんとわからぬことでござります」

佐原太郎は、

「こんな莫蓮女《ばくれんおんな》と問答していても詰らん。どうせ近藤は本街道を伏見へかえるに定まっているのだ。寸刻も早く、薩邸の同志につたえて――」

「そうだそうだ」

と内海も合槌《あいづち》をうって、そのまま、三人はどかどかと出て行って終った。

「縁起でもない。一寸、お塩を持ってお出《い》でな――何んですねえ、立てないのかいお前さんは――」

お幸は、そこへべったりと坐《すわ》ったきりで、眼ばかりぱちぱちやっている小女へ、笑い顔でそういうと、そのまま自分で勝手へ行って塩を持って来た。

「お前さんたちに歯の立つ近藤さんじゃアござんせんよ」

外の方を見てばらばらと塩をまいて、お幸は、忌々しそうに、舌打ちをした。

近藤は、伏見への本街道を、東洞院《ひがしのとういん》から竹田街道に出て、馬をうたせていた。

京をめぐって、東から南への山々が眼の前に見えて、寺の屋根、黒い森、それを掩《おお》うように青い晴れた空。

近藤は、どう思ったのか、

「島田、詩を吟じろ」

といった。

「は」

島田は不思議そうに眉《まゆ》を寄せた。

本陣の休息時刻の外、街路等に於《おい》ては、一切放歌高声を厳禁している近藤が、如何《いか》に京を出はずれたといっても、まだまだ、人の往来もあり、気を詰めた薩長《さっちょう》の兵が、何処にも此処《ここ》にも満ちて居そうな中を、詩を吟ずるのはおかしいと思ったので、何かの聞き違いではあるまいかと、

「は」

も一度、きき返した。

「いい、眺めではないか——詩を吟じろ。お主の十八番《おはこ》の乱ヲ避ケテ舟ヲ江州湖上ニ泛《うか》ブあれがいいぞ」

「はッ」

「声高く——」

島田魁は、肥《ふと》った大きなからだを揺《ゆす》って、朗々と吟じ出した。

江湖に落魄《らくはく》して独り愁を結ぶ
孤舟の一夜思い悠々

天公亦吾生《またわが》を愴《いた》むや否《いな》や
月白く蘆花《ろか》浅水《せんすい》の秋

島田は吟じながら、何んとなく悲しくなった。詩は、将軍足利義昭《よしあき》が、京の乱を避けて、諸方を逃げ歩く中に、一夜、舟を琵琶湖《びわこ》に泛べて、この世の栄枯盛衰の感に堪えかねて作ったもの――

馬を囲む二十人も、しんみりとうなだれて終った。近藤は、しずかに眼を拭《ぬぐ》った。

一行は、いま、墨染へかかって来る。

墨　染

阿部十郎は、薩摩屋敷から、同志富山弥兵衛は篠原泰之進《たいのしん》と加納道之助の二人を誘って、一味六人、間道を走って、伏見の町へ入って来た。

鉄砲を二梃《ちょうかつ》担いでいた。

「空家を探して姿をかくそう」

こう阿部が云《い》った。

「そうだ。空家の中から狙い撃ちにするのだ」

篠原も同意した。

篠原は、空家の障子の蔭《かげ》にかくれ、障子の桟へ鉄砲をかけて、片眼つぶりに、呼吸をこらしていた。並んで富山も狙いをつけた。阿部と加納は槍《やり》を持ち、内海と佐原は、抜刀して待った。

「鉄砲でやり損ったら、槍で突いて出るのだぞ」

篠原は、こう声をかけた。

ごたごたという足音に交って、馬の蹄《ひづめ》が、かちかちと石に鳴った。

近藤は、悠々としていた。

「来たッ！」

富山が云った。

「まだまだ」

篠原が小さく叫んだ。

もう七ツ刻であった。

冬の日射は、四辺を薄暗く見せていた。

「射《う》つぞッ！」

と富山。

「待てッ」

篠原が叫んだ時は、もう、白い煙がぱッと立って、轟然《ごうぜん》たる砲声は、家の中を震動した。

近藤は、

「あッ！」

馬上に、のッけ反った。

しかし、すぐに、俯伏《うつぶ》して、しっかと、鞍壺《くらつぼ》に手をかけながら、じろりと、空家の方を見た。

島田は、ぴったり馬腹に添って、

「先生ッ！」

と叫んだ。

「大丈夫」

「お引き揚げ下さい。後は私共が――」

その島田の頬へ、ぽつりぽつりと血が散って来る。

「先生、やられましたな」

「何アに」

「お引揚げを――えッ」

島田は、刀を抜うちに、馬の尻《しり》を峰で叩いた。

更でだに張り切っていた竜神は、ひひーんと一声嘶《いなな》いて、宙を飛ぶように駈《か》け出した。

「先生ッ！」

島田の声に近藤は、振返って、

「大丈夫だッ」

強い大きな声で叫んだ。

近藤は左の肩を射ぬかれていた。泉のように流れ出る血を右手で押さえて、左手綱に馬を御して、薄闇《うすやみ》の中を飛び去った。竹藪があって、その奥から、夕の煙が、ゆらゆらと立ち登っていた。

島田には、近藤の羽織が、次第に血に染《にじ》んで行くのが、はっきりと見えるようであった。

近藤の姿が見えなくなって、島田の心が我れにかえった時、そこには、近藤の馬丁久吉が、すでに斬られて倒れていたし、隊士石井清之進が、今、阿部十郎富山弥兵衛に挟撃《きょうげき》されて、肩に一太刀入れられたところであった。

「うぬッ！」

島田は立向って行った。

しかし——

「こんな奴を斬るよりは、早く先生のお後へ——」

と、そんな事を思いついて、

「みんな、退《ひ》け、退けッ！　先生のお身の上が大切だぞッ」

そう云い乍《なが》ら、刀を振って、狙撃《そげき》組を退けると、いきなり、左手で、石井を抱いて、

「誰か久吉を背負えッ」

誰か、

「はい」

と答えた。

二十名は一団となって、二人の死骸《しがい》を背負って近藤の後を追って退去した。

島田は、殿《しんがり》に、しかも石井を背負ったまま悠々と、敵を振返り振返り退いた。

近藤は、ややもすれば、脚がゆるんで、馬から自分の離れそうになるのを、努力しながら、真一文字に馬を飛ばした。

「近藤勇とも謂《い》われるものが、路上に死屍《しし》を晒《さら》してなるものか」

近藤の心は、それだけで、一ぱいであった。

近藤の馬は、伏見奉行所の門を潜《くぐ》った時は、まるで川から上ったように、びっしょりと汗をかいて、口からは泡を吹いていた。

近藤は、大玄関に立って、

「誰か居《お》らんか、誰か」

と叫んだ。

だが、奥の方から隊士達が出て来るのを待ちかねたように、とッとッと上って行った。

奉行所の大廊下には、点々と血が散った。しかし近藤は、苦しそうな顔もせず、大手をふって奥の方へ歩いて行った。

敗れて

世は——

今にも爆発しそうな危機を孕《はら》んで年を越した。

ここに慶応四年戊辰《つちのえたつ》の正月。

遂々《とうとう》三日から火蓋《ひぶた》を切った鳥羽《とば》伏見の戦。幕軍は泣いても喚《わめ》いても取返しのつかぬ実に惨憺《さんたん》たる敗《ま》けであった。

だが、まだまだ将軍家は大阪城にいられるから、ここでもう一と踏張りするであろう。然《そ》うなったら天下の堅城大阪城、ここで持ちこたえていられたら、大名達はみんなお先まッ暗なのだから、またどんな事になるかも知れないと、討幕派を背負って立っている薩摩の西郷、長州の木戸が頻《しき》りに心配しているが、その中にも、四日五日と幕軍はまるで他愛もなく総崩れになって行った。

六日。

木戸は西郷の肩を叩《たた》いて、

「西郷先生、淀城《よどじょう》の幕軍が八幡へ逃げ込むのを見て、いよいよ将軍は天保山沖から開陽丸に投じて江戸へ逃げたそうですな。大切な例の金扇の馬印を忘れる程に狼狽《ろうばい》しているから、はッはッは、もう、これでいい、これでいいですなア」

西郷は、ただ、うなずいて、にやりとした。

七日には慶喜《よしのぶ》追討の大号令。

十日には官位褫奪《ちだつ》。領地没収。

新選組はこの戦で、御香宮《ごこうのみや》の山の上から、本陣の奉行所へ、釣瓶《つるべ》撃《う》ちに、薩軍の大砲を浴びせられた。全く面を向ける隙《すき》さえなかった。

土方歳三は、煙の中に突立っていた。

「こっちは大砲がたった一門、これを低地から山へ向って撃上げたところで、どうなるものか、われわれは、ただ、死を待つだけだ」

小具足のあちこちは、弾丸傷でさんざんであった。頰の辺りをかすった一発で、こめかみから血がにじみ出ている。

永倉新八がやって来た。

「土方さん、今夜、決死隊で斬込《きりこ》みをかけよう」

「斬込み？」

「大砲の撃合いでは、これアてんで戦《いく》さにならん、刀だ、刀だ」

土方は考えていた。唇を破れる程に嚙《か》みしめて――。

「永倉さん、こんな有様を、わしは生きて局長へ報告出来ん。よろしいッ。決行しよう」

砲煙の中に、太鼓が鳴った。

新選組の人達は、何処からともなく、広庭へ集まった。みんな大なり小なり負傷していた。

その煙の中から、土方歳三の甲高い澄み切った声が聞えた。

「今夜、夜襲を決行する。それ迄《まで》、休息ッ！」

しかし、その夜襲も無駄であった。三度、兵を進めたが、遂《つい》に、敵の大砲近くへさえ近寄る事が出来なかった。

永倉は、きりきり歯がみをして、

「駄目だッ、駄目だッ！」

と声を上げて泣いた。

土方は、ただ、じッとして立っていた。

「いかん。もう槍《やり》や剣では戦さは出来なくなった。一人一人の力では、戦さをどうする事も出来なくなった」

涙が、ぽたりぽたりと落ちた。

夜明けに、奉行所へ引揚げた隊士達は敗戦の中にも、幸、敵の攻撃が止《や》んでいるので、飯を喰いながら、大声で話合っていた。

島田魁は、

「何んとしても永倉さんが、引揚げにあすこの土塀を上れんのだ。あのように鉄固めの重い武装だからなア」

と永倉を指さした。永倉はにやにやして、

「俺は、助けてくれーっといったよ。敵に向っては、首をとられても云えん一と言だが、味方には、平気で云えるものさ。それで、上から島田君が鉄砲を下げてくれる。俺がそれにとっつかまる。するすると引ッ張り上げられたには、俺も吃驚《びっくり》した。いや島田君の力は大したものだ」

誰か横から、

「誰がそれを見ていたのか、もう島田さんの怪力が陣中の評判になって居りますよ」

「そうか」

と永倉。

「あれだけの力があれア、角力《すもう》取りになっても飯が喰える。わッはッはッ。しかし、もうこれで懲々《こりごり》だ、戦さは身軽るに限るぞ」

永倉は真面目《まじめ》にいった。

「相手はだんぶくろに鉄砲、こっちは甲冑《かっちゅう》に陣羽織、槍で鉄砲へ向うんだから戦さにならんさ。お負けに一々名乗りを上げて敵を討止めると首を斬って腰へぶら下げる、二つも斬るとこッちが動けん。それを狙《ねら》いうちにぽんぽんやられるのだからどうにもならんよ」

六日。将軍が江戸へ逃げ帰った日は、新選組は、淀堤の千本松に陣を張って、猛烈な長州軍の迫撃を、身を以《もっ》て守っていた。

土方は、今、泣きながら、隊士の報告を受けている。

「会津藩の大将林さんが、討死をなされました。見廻組の佐々木只三郎《たださぶろう》さんも、ひどい負傷で一先《ひとま》ず戦線を退いて、何処ぞへ落ちられました」

「そうか、あの佐々木さんも」

「は、それから、周平さんが見えません」

「何？　周平さんが――戦死か」

「いいえ、それはわかりません。しかし、見えない事は事実です」

「真逆《まさか》に脱走ではあるまいな」

「は――しかし」

「しかし？　かねてそんな気配があったか。あの周平さんに」

「京で、先生のお叱《しか》りを受けた日に、俺はもう新選組はいやになったなどと申して居られた事がありますが」

「うむ――」

と土方は、思い当るようにうなずいて、

「よろしいッ。それだけか」

「は」

「行けッ」

と云った。

砲煙の中に走り廻る人達を、夢のように見ていた。

「近藤の養子周平までが敗軍に見切りをつけて脱走したか――いよいよ新選組も終りが近いなア」

大阪城

空家のように、がらんとした大阪城の一室に、近藤勇は寝たままであった。真っ青な顔をして、仰向《あおむ》いていた。枕元《まくらもと》には看護の若侍一人いなかった。

そこへ、土方がたった一人あわてて入って来た。まだ血だらけの、破れたままの、戦さの姿であった。近藤は、ちらりとこれを見ただけであった。

「からだの調子はどうだ」

「それより、戦さはどうだ。御苦労だったなア。ふッふッ敗けたな」

土方は、どかどかと崩れるように坐《すわ》って、

「残念ながら」

「味方の戦死は？」

近藤の声は、引締った。

「うむ」

「幾名だ？」

近藤は、起き上ろうとして、

「あッ、ちッちッ」

と眉を寄せた。

「起きるか」

と土方。

「うむ、起こしてくれ。そして、味方の戦死は？」

「うむ」

土方には一寸言葉が出なかった。

「真逆、皆殺しにされた訳でもなかろう」

近藤は、淋《さび》しそうに笑った。

「副長助勤では、井上源三郎がやられた。山崎はひどい怪我《けが》だ。恐らく駄目だろう」

「うむ? 井上と山崎。山崎には充分手当をしてあるだろうなア」

「うむ、それはしてある。副長助勤も、これで遂々、残るところ江戸の沖田を数えて四人さ」

「うーむ」

近藤の眼には、本願寺の太鼓堂に張出した当時の副長助勤の掲示札の模様がちらりとした。

「本当に、あの頃は、十名居った」

つぶやいて、

「伍長《ごちょう》は?」

「伊藤鉄五郎」

「伊藤? 隊の為《ため》にはよく働いた人物だが」

「惜しい事をしたよ」

「平同士では?」

「池田小太郎、小林峰三郎、林小三郎、今井裕三郎、水口市松、永田十郎、三品三郎。それに会計方の青柳牧太夫」

「こっちへ来てから新徴の者は？」

「うむ。挙げて数うべからず。近藤ッ、口惜《くや》しいが、われらの同志残るところ僅《わず》かに五十だ」

「え？ それでは討死百名？」

「うむ。世の中が変っている。戦さが変っている。一剣すでに頼むに足らずだ」

近藤は暫《しばら》く黙っていた。そして、深かい溜息《ためいき》と共に、

「そうかア」

といった。しーんとした城内の何処《どこ》かで、

「じいーん、じいーん」

と、重苦しい時計の音がした。

「あれは和蘭《オランダ》時計ではないか。何処で鳴っているのだ？」

「将軍のお居間だろう。時計も主の無いところで、淋しゅう刻《とき》を告げているな」

近藤は力なく云って、

「せがれはどうした？」

ときいた。

「周平か？」

と土方は、

「あ奴ア、矢張りいかんかった」

「え？」

「脱走したよ」

「周平が脱走したか？」

「そうだ——だから、大体俺が、お主があれを養子にしようという時から反対だったのだ。俺は谷三十郎が頻りに、周平を養子にしてくれと、お主へごまをすっているのを苦々しく思っていたのだ。尤《もっと》も、後には、大阪の伯父の谷万太郎を動かして、富豪との連絡を計るため政策的に、俺も、あれを養子にした方がいいかとも考えた事はあったが」

「勝手な事を云うな。あれは女のことで俺が叱りつけたのが悪かったのだろう」

「そうだ。あ奴が女に迷って隊の公金までも持出そうとしたのを、あんなに、ひどく叱ったので、気を腐らしていたのは事実だ。それに、軍《いく》さは敗けてくるし、女が恋しくて命は惜しくなるし、脱走も無理はない。何《な》アに、討死したと思えば諦《あきら》められるさ」

「いいや、別にあれが脱走したとて隊の上には影響はないが、ただ、あ奴迄が、新選組を見限ったかと思うと残念のようでもある」

「人生、女さ、女には引かれるよ」

「うむ」

と、近藤は、じッと眼を閉じて、

「迫《せ》めて、最後まで近藤周平で置いてやりたかったが」

「仕方がないさ」

と土方は、

「この三四日逢《あ》わなかったが、だいぶ元気が出たねえ」

「どうせ、新選組も江戸へ逃げるだろう。その時に置いてけ堀を喰ってはならんからなア」

「そうだ。将軍家は、こッちを置いて行っても、こッちは御後をお慕い申すのだ。実は、これから藩の方々とその相談にあがるのだ」

「よろしく頼む」

と近藤は、

「土方、どうせ死ぬんなら、お互、江戸で死にたいなア」

土方は、

「そうだ」

　と云ったが、

「しかし、まだまだ死ねんよ。これから本当のわれわれの仕事があるんだ。近藤勇、土方歳三、武州壮士の名を永久に残す仕事はこれからだよ」

「うむ――そうだ。まだまだわれわれには仕事があった如何《いか》にも武州人らしい死方をするという大きな仕事があったなア」

　若い侍が一人、この座敷へ入って来た。

「申上げます」

「何んだね」

　と土方。

「近藤先生へ、お逢わせ願いたいと、京からおたずねの方がございます」

「誰だね？」

「お幸どのと申される女子の方でござります」

　近藤はいった。

「また来たか――いかん、いかん、俺は逢わん」

　土方は、お辞儀をする若侍を見ていたが、

「先生、どうしてお逢いなさらんのでございますな」

と近藤へいった。

「女の参るところではないと云《い》って追い返せ」

「はッ」

若侍は礼をして、引き下がろうとした。

土方は、

「待て」

と止めたが、すぐに、

「いや」

と考えて、

「そうです。お逢いなさらんがよろしいでしょう」

と云った。

そして、自分の顔をじッと見ている若侍へ、

「先生のおッしゃる通りに、追い返しなさい」

と半ばひとり言のように低く云った。

近藤は、眼を閉じたままだった。

紀州沖

十二日。

幕艦富士山丸は、将軍座乗の開陽丸の後を追って大阪を出た。

近藤を初め新選組生残り四十名がこれに乗っていた。勇は、ただ、船室にねたッきりであった。

勇は、うつらうつらと夢を見ていた。

小さな窓からさし込む日が斜めにその寝顔へさしていた。ひどくやつれて、疲れている。

自分は、駕《かご》にのって、大阪城から艦へ行った途中、いろいろな人間が悲しんだり、さげすんだり、いろいろな表情で、江戸へ逃げる新選組を見送っていた。その中にお幸がいた。

「お幸」

近藤は思わず叫んで終《しま》った。

「あい」

お幸は、何時《いつ》の間にか駕の中へ入っていた。

「いよいよお別れだよ」

「いいえ。あたくしは、江戸まで一緒にお供を申します」

お幸は泣いている。

「そんな無理をいうな。近藤は戦さ人だ。敗《ま》けて逃げるのだ。女はつれられん」

「敗けて逃げるとおっしゃりますか。それはお間違いではござりませぬか」

「どう間違っている」

「逃げるのでは御座りますまい。これから鉄砲疵《きず》を、すっかりお癒《いや》しなされて、みっちりとお仕事をなさるために江戸へお下りなさるので御座りましょう」

「うむ、然《そう》様かも知れん。しかし、近藤と云えども、時の流れというものを知っているのだ。この流れにさからって、近藤がどんなに力んで見たところで、どうなるものでもない」

「でも、あなた方のお生れなされたお処《ところ》、江戸へおかえりなされば、また、新しいお力がふえましょう」

「いいや違う。お幸、はっきり云うがなア、泣いてくれるなよ。近藤勇は、江戸へ死に戻るのだよ」

「まア、あなたが死に？　あなたのような気のお強いお方が？」

「これ迄は強う見えていたろう――が、近藤は、本当は女子のように弱いのだよ」

近藤は、苦しそうに唸《うな》った。

「おい、おい」

枕元で呼んだ。

近藤ははッとして漸《ようや》く微《か》すかに眼を開いて、

「おお、土方か」

「何かうなされていたな？」

「うむ、詰まらぬ夢を見ていた――ここはどの辺だ？」

「紀州沖へかかっている」

「そうか」

「近藤、山崎蒸《すすむ》が遂々《とうとう》死んだよ」

「え、山崎が？」

「可哀《かわい》そうに、この艦の中では、碌《ろく》な手当も出来んでなア。先生によろしく、先生によろしくと、俺の手をにぎって、云いつづけ乍《なが》ら死んだよ」

土方の眼には涙があった。

近藤も、泣いた。そして、

「みんな死ぬなア」

と沁々《しみじみ》云った。

「最後に一目逢いたかったなア」

「俺も、然様思ったが、ただ、お互に泣くばかりだ。お主も俺も、隊のものの、将来というものを預っている身だ。今、ただ、悲しみ泣いていても仕方がないと思って、止めた」

「隊のものの将来？」

「うむ、生残り四十名。みな、おぬし一人を、親とも兄とも思っているのだよ。元気を出して――池田屋へ先頭を切った頃のお主になってくれ」

「ああ」

と近藤は長い嘆きの声で、

「隊のものの将来？」

「近藤。まだまだ、われわれの働く天地はある。仙台、会津――はッはッはッ、われわれ元々百姓の子だ、何処で死んだって残り惜しくはないさ」

近藤は、涙の眼で、じッと、土方を見た。

「土方、俺は、墨染で、射《う》たれたあの時に、あすこで死んで終《しま》った方がよかったかも知れんなア」

舷側《げんそく》には、ざアーっ、ざアーっと、激しい浪《なみ》の音がしていた。急がしそうな輪声は、ややともすれば、静かな二人の会話を破った。

室の外で、扉を叩《たた》く音がした。

「土方先生」

「うむ？　お入り」

若い侍が入って来た。

「用意が出来ました。これから告別の式を行います。榎本対馬守《えのもとつしまのかみ》様も御臨席との事で御座ります」

「そうか。今、すぐに行くから」

「はッ」

若侍は戻って行った。

「近藤、山崎を水葬する告別の式だ」

「うむ、聞いていた。俺も参列するよ」

「え？　お主が――？　そのからだで」

「いや参列する。起こしてくれ」

「そうか」

やがて、甲板で、山崎蒸の告別式が行われた。山崎の死骸《しがい》は、大蒲団《おおぶとん》に包んで、白木綿でぐるぐるに巻き、右舷に台をこしらえて、その上に安置して、香花《こうげ》が手向けてあった。

近藤は、土方に抱かれるようにして、甲板へ上って来た。殆《ほと》んど生きた色のない顔、紋服に仙台平《せんだいひら》の袴《はかま》をつけ、白足袋、白緒の草履であった。

「先生ッ！」

隊士達が口々に叫んだ。

「おお」

と、近藤は、みんなを見廻して、また、

「おお」

といった。後は口が利《き》けなかった。

山崎は蒲団包みの両端へ大砲の弾丸を四つつけて、それを太い麻縄で上甲板から、波の上へ下げてやった。

晴れ渡った空、海もしずかだが、艦の進むにつれて、艦には白い波が砕けていた。

近藤は、

「山崎君！」

と叫んだ。そして、

「君と盟約して公私相交る茲《ここ》に六星霜。今や」

悲痛な声で、弔辞を述べた。

ふらふらとしたようであった。それを見て土方は、

「切れ」

と命じた。

死体を釣った縄の端を、伍長《ごちょう》林信太郎が脇差《わきざし》を抜いて、パッと切った。ざざーッという響がして、林が、下をのぞいた時は、もうただ、ぶくぶくと泡つぶのようなものが白く浮んで、蒲団の姿は見えなかった。

近藤は、いつ迄《まで》もじッとしていた。

傍にいた幕府勘定奉行榎本対馬守が小さな声で、

「その後、御容体は？」

ときいた。

「は、お蔭様《かげさま》で」

「それはよろしい。江戸へ戻れば、また馴《な》れた水、御元気になるのも早いでしょう」

「は——生れ故郷に生恥をさらすのも残念ですが」

「はッはッはッ、お互にねえ」

対馬守は、朗らかに笑って見せたが、矢張り燃るような口惜しさを隠す事は出来なかった。

江戸の春

十五日未明、品川沖へかかり、新選組だけは、品川宿の釜屋《かまや》という小さな旅籠《はたご》へ落ついたが、この家の前には、新しい関門が出来て、取調べが、ひどく厳しくなっていた。

近藤は、小舟で、すぐに神田和泉橋《いずみばし》の医学所へ入った。

あの時の鉄砲弾丸は直《す》ぐに抜き出したが何分にも、混雑の際の仮の手当で、ここで、幕府典医頭松本良順の充分の治療を受ける事になった。

二十日に、組の人達は、品川から改めて丸の内大名小路鳥居丹後守《たんごのかみ》役宅を宿舎に当てられて引越した。

土方は、この日の夕方、医学所へやって来た。

「どうやら、これで落ついた。人員は、お主を入れて四十四名」

「そうか」

と近藤は、

「沖田は見舞ってくれたろうな」

「そうそう。今朝早く行って来たよ。すっかり衰えているが、相変らず軽口を叩いて元気だけはある」

「万一の事があっても、安全だろうか」

「それは心配がない。まるで森のような植木溜《だめ》の中の一軒屋でな。それでいて母屋《おもや》からは、真ッ正面に見えている。平五郎はよく面倒を見ているよ。ばばアが一人ついている」

「そうか。それアいい」

「しかし、それでも念の為《ため》と思って、万々一の際は、例の中野本郷村の成願寺へ逃げるように、平五郎にだけは云っておいた。平五郎も、是非、お主にお目通り願いたいと云っていたが、その中《うち》に、コッチから行くと断っておいた」

「うむ。有難う」

「ところで、お主が、あのように頑固に云うものだから、お常さんには逢わずにいたが、いつ迄も、そうして居《お》れんし、どうする気だよ」

「女房には逢いたくもないが、娘には逢いたいなア」

「おたまちゃんも、大きくなっていようなア」

「江戸へかえって、たった一人の娘にも逢えん。ふッふッ、不思議な話さ」

　土方は少し黙って、

「それよりも、今日、丸の内の屯所へ見えたのは、勇五郎らしく思うんだが」

「甥《おい》の勇五郎が訪ねて来た？」

「近藤勇が江戸へかえっているそうだが逢わせて下さいといったそうだ。せがれだと名乗っていたそうだから、きッと勇五郎さんだろう」

「そうかも知れん。まア当分誰にも逢わんさ」

「しかし、どうだ、お常さんとおたまちゃんだけを呼んだら、おたまちゃんは喜ぶよ」

「まア、いい、それよりも一目逢いたい沖田にさえ逢えんこのからだだ。女房子などは後だ」

「それはまア気の向くようにするがいい」

「うむ。しかし、京へ上る時は、二度と妻子には逢えまいと思って行ったのだが、こうして、かえって来て見ると、何もかも懐《なつか》しくなるなア」

「それア人間だよ。お主だってこの土方だって、真逆《まさか》鬼神ではないからな」

「うむ」

近藤は小さく笑った。

「隊士達はどうしているな」

「はッはッはッ。久しぶりの江戸だ。みんなよく遊んでいるよ。深川の仮宅品川楼というを宿陣に、永倉などは、毎夜のように出かけて行く。生き残った嬉《うれ》しさだ。大目に見ておいてやる」

「うむ。それはいいが、軽い身ではない。充分注意をするように」

「それは承知している」

それでも、近藤の創《きず》は手当のいい為か一日一日、薄紙をはぐように良くなって行った。

慶喜《よしのぶ》公が、江戸城を出て、上野寛永寺の大慈院へ移ったのが二月十一日。

もう、桜の噂《うわさ》がちらほらと——。近藤はすっかり元気になっていた。左の肩が少し下り気味であったが、疵《きず》もすっかりよくなったし、もう、全く昔日《せきじつ》の近藤であった。

鍛冶橋《かじばし》内の屯所の一と間で、土方はひどく上機嫌であった。

「いよいよ、お主は若年寄格、俺は寄合席格となった。立派な大名だ」

「ふむ」

近藤は別にうれしそうな顔もしていなかった。

「大名で死ねるなア」

低くぶっつり云った。

「何んだ、近頃は、お主は死ぬ事ばかり云ってるなア」

「近頃ではあるまい。俺は江戸を出る時から、死ぬ事を考えていた」

「はッはッはッ。そんな事は今更どうでもいいさ。しかし、いよいよ甲州鎮撫《ちんぶ》の命は、新選組へ来そうだなア」

「そうか、来るか」

「きょう、お城で、内々できいたんだが」

「砲は？」

「大砲は二門乃至《ないし》三門、小銃は五百梃《ちょう》位は渡りそうだ。金はお手許《てもと》からだそうだ」

近藤は、淋しそうな顔をした。

「しかし、四十四名では仕方あるまい」

「何アに、いざとなれば、なんとかなるさ」

「いよいよ、あの手を用いるか」

「仕方がない」

その内に――。

土方の云った通り、甲州鎮撫の命が出た。お手許金五千両。出発は三月一日。

そう決まった日は、朝から、冷めたい雨がしょぼしょぼと降っていた。

近藤は、黄昏時《たそがれどき》、若侍一人をもつれず、たった一人で屯所を出た。

土方は、早くもこれを発見して、後を追って門まで――。

「何んだ？」

と近藤は振返った。

土方は、つと、近藤の蛇の目の傘の下に入っていた。

「俺にたのみがある」

「珍らしいな」

「お主は、今、沖田のところへ行くのだろう」

「え？」

と近藤は一寸《ちょっと》驚いて、

「ふッふッ、或《あるい》は然様《そう》かも知れん」

「その帰りにだ。その帰りに牛込へ廻ってくれんか」

「牛込？」

「二十騎町の、お主の家で、今夜は、お常さんやおたまちゃんと語り明してもらいたいのだ」

「――――」

「近藤、強情をいうばかりが能でもあるまい。勇五郎君も一緒にいるし――俺は、お常さんに泣かれて困ったのだ。お常さんが泣くのが本当だ」

「うむ？」

「自分は何時《いつ》になっても昔のままの町道場の主の女房です。――それなのに夫だけがぐんぐん進んで立身をなされて今はお大名、振向いて下さらぬも御無理ではありませぬが、せめてたま子にだけでも父らしい優しい言葉をかけてやっていただきたいのですと――俺は、全く尤《もっとも》だと思った」

「――――」

「お主は、大名になった気で、昔の女房に、そんなに情《つれ》なくするのではない事は、俺はよく知っている。沖田に逢《あ》うと同じ心で、お常さんに逢ってくれ。長い間貧乏して、あの柳町の道場を繰廻したお前にはたった一人の女房ではないか」

　近藤は、しずかに歩いていた。

「俺は、あれの俺へ尽くしてくれた長い間の親切を沁々《しみじみ》うれしく思っている。それだけに逢っては——この近藤の心が、どう迷わぬものとも限らんので、逢い度《た》い、逢い度いが、わざと逢わんのだ」

　土方は、

「それはいかん。それはお主一人の気持だ。お主の気持を、誰もがよくわかって呉《く》れるとも限らんではないか——それよりも、真逆に、天下に鳴った近藤勇が、どう妻子を前に気迷ったところでもう、俺はこれで御免蒙《こうむ》る後はみんなでよろしくやってくれとも云《い》うまい」

「いいや——俺は、云うかも知れん、俺はもう、実は」

　と云いかけたが、急に気づいて、

「いや、俺一人、安逸、隠退を望む訳はない。俺は、何処までもみんなと一緒だよ」

「だからさ。妻子にも逢って、潔《いさぎ》よく別れて来るがいいではないか」

「うむ。そうだ——沖田を訪ねると同じ気持でなア」

「おたまちゃんはお主に生うつし、七つというから可愛《かわい》い盛りだ。俺は、ゆうべ、久々でお常さんの手打蕎麦《そば》を御馳走《ごちそう》になって来たよ」

近藤は、

「そうか」

「あの、去年の秋、隊士募集の時の、大勢集めたあの建増の座敷の真ん中で、俺は御馳走になりながら、不思議に涙が出てなア。はッはッはッ——兎《と》に角《かく》俺が頼むんだ。今夜は、二十騎町へ泊ってお常さんの、あの手打蕎麦を喰べて来てくれ」

「うむ」

土方は、傘を出して、

「じゃア頼むよ」

近藤は、振返って、コックリと頷《うなず》いた。

土方は、雨に打たれるに任せて、薄闇《うすやみ》に消えて行く近藤の後姿を、いつ迄も、じいーっと見送っていた。

そして、小さくつぶやいた。

「近藤は、ただ、ひたすらに静かに死ぬ事を希願《こい》っているんだなア」

春雨

屯所では、珍らしく、永倉新八も、原田左之助も、斎藤一も、仮宅通いを休んで、大きな丸火鉢を囲んで、雑談に花を咲かせていた。

行燈《あんどん》を二つつけて、その外に燭台《しょくだい》を二つ立てていた。

そこへ土方が笑い乍ら入って来た。

「いよう、遊びつかれたという恰好《かっこう》だな」

「はア」

と、みんなは流石《さすが》に居ずまいを正して、

「少し飲み疲れました。もうこの辺で遊びも打切りです」

原田が云った。

「何アに遊びはいつになっても飽きんが銭が無いからさ」

と永倉が冷やかした。

「それも事実だが」

と斎藤も笑って、

「土方さん、あの寄せ集め兵の訓練をやっていると、全く夜だけでも綺麗《きれい》な女でも相手に遊びでもしなくてはやり切れませんよ。あれでいざとなって物の役に立ちますかな」

「然《そ》う云わずにまア辛抱して教えてやってくれ給《たま》えよ。みんな純朴な人達だから、きっと物になると思う」

「そうかしら、何しろいくら教えても刀の抜き方もわからんので」

斎藤は、その寄せ集め兵には本当に困っているようであった。

「それは仕方がない。そこを教えるのですよ——時に、耳よりなお知らせで来たんだが」

「何んですか？」

原田が、土方の方へしゃしゃり出た。

「局長が、誰方《どなた》からかきかれた由《よし》だし、わたしも、確かな筋から耳打されたのだが、甲州城なア」

「うむ」

永倉も進んだ。

「あれをわれわれの手で占めたなら——」

と声を低くめて、

「京都永年の勤功により賞として平同士一千石、伍長級五千石、調役一万石」

と切った。

「調役一万石、大名だな」

みんな、ごくりと喉《のど》を鳴らして、

「われわれはどうなるんです」

異口同音であった。

「副長助勤三万石」

「え!?　三万石」

「そうです。私と局長は、目下詮衡《せんこう》中だという事だが、私はまア諸君と大差無しとしても局長には十万石いただかせたいと思っているが」

「それは然うだ、局長の功は十万石二十万石も尚《な》お安い」

みんな頬がほてるようであった。

「三万石」

そう口の中で繰返した。

「お互に、もう一と踏張りやりましょう——局長は今日も板倉周防守《すおうのかみ》殿のお屋敷へ内談に行って居る。世の中が、また面白くなりそうですな」

しゃアしゃアと雨の音がしている。平同士溜《だま》りの方で誰か、漢書の朗読をしているようであったが、やがて、それが吟声に変った。

「島田が、また始め居る。六年この方聴き馴《な》れた彼の吟声だ。われわれは死ぬ時にも、彼の吟声をきいて往生せねばならぬかも知れんな」

と原田がいった。

「しかし、諸君は、また振舞いでもあるように、馬鹿《ばか》に、灯をつけているね」

と土方は少し皮肉にいった。

「はッはッはッ」

斎藤は笑いながら、

「淋《さび》しいんですよ。京を去って以来、われわれの見る事、聞く事、すべて淋しい。われわれは何かこう穴の中へでも引込まれて行くようでならんのです。だから、何処を見ても暗い淋しい――灯をつけろ灯をつけろというんですよ。しかし」

というのを、原田左之助が、いきなり、切腹の痕《あと》のある腹を出して、ぺたぺたと叩《たた》き乍《なが》ら、

「三万石だ。もう何が暗いものか。灯を消せよ、消して真ッ暗な中でも、われわれは明るいぞ。はッはッはッ」

原田は立ち上ると、自分で、燭台を一つ、ふッと消した。

土方は、

「はッはッはッ。そうですか——それじゃアこの先は原田さん、得意の剣舞にでもなるんでしょう。あれには度々、脅かされているから、私はこの辺で」

云いながら、その座を出て行って終《しま》った。

永倉は、土方の後姿を見送って不愉快そうな顔をしていた。

「天下の事、そんなにうまく行くもんなら、新選組が、たった四十人になりゃしないや。三万石だの、十万石だのと、夢見たような話。あの人は、自分でも信じない癖に、誠しやかに人に話して、うれしがらせる悪い癖がある。煽《おだ》てるというのか、嘘《うそ》をつくというのか——策士は可《い》かん。そこへ行くと、近藤さんはあれでまだ純情だなア。ただ、一筋に死処を求めていられるんだから」

土方の云った通り、原田左之助の荒っぽい剣舞がはじまった。

「島田——島田」

舞い乍ら、大きな声で島田をよんで、

「あ奴の詩でなくては、どうもうまく舞えん」

その頃――。

近藤勇は、真っ暗な中を、わざと平五郎の母屋へも行かず、植木溜の中の、沖田総司の隠れ家を求めていた。

ぽっちりと、有るか無しかの灯影が見えた。傘を萎《すぼ》めて、びっしょりぬれた近藤は、にっこりして、その灯影へ近寄って行った。春雨といっても、近藤の鬢《びん》からは、一滴二滴――。

暫《しば》らくじっと戸の外に立っていた。

沖田の弱々しい咳《せき》が聞こえた。

近藤は堪《たま》りかねたように、

「総司、総司」

と呼んだ。

「えっ？」

小さな声がしたようであったが、何か刀でも引寄せるような、しずかな音がしてから、皺《しわが》枯れた声で、

「誰だ？」

といった。

「むむ、総司だな。近藤だよ」

「何？」

「近藤だ」

しずかに戸を開けた。

黒い猫

沖田総司は、全く痩《や》せ切っていた。

土のような顔色ではあったが、瞳《ひとみ》だけは、昔のようにすがすがしく澄み切って、近藤の顔を見ると、言葉も出せなかった。

「痩せたなア」

「は。先生も、おやつれなさいました」

「うむ。俺は、心も身体《からだ》も空蟬《うつせみ》のようになっている。ただ土方歳三に引廻されて、辛じて生きているというものだ」

「は、土方先生は相変らず御元気でしょう」

「うむ、あれは、疲れというものを知らんからな。疲れは知っていても心の疲れを知らんから、幸福だ」

話はいつ迄《まで》しても尽きなかった。

沖田は、急に、にこにこッと笑い出して、

「先生、猫というものは斬《き》れぬものですなア」

といった。

「何」

「いいえ、私は、この程、私のすぐ前の植木溜の梅の木の根方に、黒い猫が一匹、横向きにしゃがんでいるのを見て、こ奴を斬ろうとしたんですが、三度やって三度とも失敗しました」

「どうしたのだ？」

「二尺と迄寄らぬ中に、猫は逃げて終うのです。どうしても逃げて終うのです」

「はッはッはッはッ。猫も命は惜しいからなア。斬る気で近寄ったら逃げるだろう」

「斬る気で近寄ったら？」

「そうさ。はッはッはッは。しかし、何も猫などを斬らんでもよかろう」

「いい。斬らなくてもいいんですが、どうにも癪《しゃく》にさわる面《つら》なんです。そして、斬れまい斬れまいと、私を罵《ののし》っているようなのです」

「は、は。罵ったら罵らせて置くさ。猫なんか、どうだっていいさ」

「え？」

「われわれが、命を投出してあれ程、天下泰平のために戦っても、事は志と、こんなにも違って来る。後世の史家は、俺たちのやった事を徒《いたず》らな暴力のようにのみ解するかも知れん。要するに、われわれの潔癖心が、他人にはわからん。斬らでものものを斬るに及ばん、まして猫など。ワッはッはッ。沖田、お前も、いい加減、斬り飽きている筈《はず》ではないか」

「しかし、逃げるとなると斬り度くなる。斬れぬとなると斬り度くなる」

「いい、いい。然《そ》ういう事で気を張るのが、お前には一番毒だ」

と近藤は慰めて、

「あ、沖田、もう、夜も更《ふ》けた。俺はまたこれから外へ廻らなければならん。これで別れるぞ」

「はっ、もうおかえりですか。と云って、おとどめ申したところで、先生が、ここに何時迄もお出《い》で下さる訳ではなし――」

「いいか。そんな訳で甲州へ行って来る。帰って来たら、ゆっくりと、また京の話でもしようなア」

「は」

「だが——もし敗《ま》け戦《いくさ》になれば、自然、近藤の身もどうなるか解《わか》らん。その時はその時の話。いいか、云った通り、中野の成願寺へ行くんだぞ」

「は」

近藤は、内ぶところから、金を出した。

「沖田、恥しいが、たった三両だ」

「え？」

「お前が俺に尽くしてくれた心、勲功、それに対して、今、近藤がお前に酬《むく》ゆるは三両だ。俺は死ぬ——いや遅かれ早かれ死ぬからいいが、残ったお前が、その病身で——たった三両、俺に百万の金があれば、一文も残さずお前にやりたい。同じ理心流の人となり、寝るも起るも、止まるも行くも、本日迄何一つ別々の事はなかった。そのお前に、俺は僅《わず》かにこれだけの金より贈ることが出来んのだ。近藤も、京で費《つこ》うたあの金が、今、ここにあったらなアと、沁々思い出す程に貧乏をしている。許してくれよ沖田」

「要りませぬ、要りませぬ。先生、沖田はお金などは要りませぬ。先生が、この雨の中を、このお忙しい中を、お出で下さっただけで、沖田は喜んで死ねるのです。沖田は、何時死んでも、笑って、喜んで行けるでしょう」

近藤は、涙を拭《ぬぐ》った。

「はッはッはッ。沖田」

と、ぐッと傍へ寄って、

「俺もお前も女々《めめ》しくなったなア。お前は隊中一の軽口の面白い明るい男であったんだぞ」

「先生、これ迄は、決して、そのように涙などをお見せなさらぬお方でした」

「お互に——本当に女々しくなった」

近藤は、この隠れ家を出る事は、京の堀川の本陣に、最後の別れをするよりも辛《つら》かった。ぐッと後髪を引かれるような思いで、また雨の中を外へ出た。

沖田は、戸口まで送り出して、

「先生」

といった。だが、その声は涙で近藤にはきこえなかった。

更けていた——。

近藤は、その夜、土方に云われた通り、牛込二十騎町の自宅に、江戸へ戻って、はじめて帰って来た。

娘の瓊子《たまこ》は、もう床へ入っていた。

妻のお常と相対したのは、文久三年二月八日、幕徴《ばくちょう》に応じて江戸を発してこの方足掛七年ぶりの対面であった。

勇は床へついてから沁々とした声で云った。

「お常、俺は今夜こそ、本当に安心してぐッすりと眠られるのだ。上洛《じょうらく》この方、俺は一夜と云えども本当に心をゆるし、身をやすめて眠る事は出来なかったのだ。俺は、俺を守ってくれている人々にさえ安心する事は出来なかった。血をわけた弟よりも親しい土方にさえ油断はならなかった。全く、自分の刃が、何時自分に向って来るか知れぬ危険の中に身を晒《さら》して来たのだ。今夜こそしみじみと、自分の家のうれしさを知った――お常、俺は、矢張りお前の夫として、貧乏道場の先生で、江戸で粥《かゆ》を啜《すす》って暮していた方が、仕合せであったような気がするんだ。天下、名を為《な》して何んになるものぞ、近藤は平凡な一個の夫、一個の父に過ぎんのではないか」

まだ雨の音がしている。

それに交って、お常の忍び泣く声がしている。お常の涙は、七年の間思いに余ったうれし泣きの声であった。

青年たち

三月一日。

甲陽鎮撫隊《ちんぶたい》は屯所の前に勢揃《せいぞろ》いをして堂々と江戸を出発した。隊長近藤勇は、長柄引戸の駕《かご》、乗替の馬を曳《ひ》かせた。土方は馬上、洋服の上に陣羽織であった。一軍二百名。

第一の泊りが新宿。女郎屋全部を買切って隊士を泊めた。次の日からは甲州街道を進んで行く。

見渡す武蔵野の森、何処《どこ》にも此処《ここ》にも桜が咲いて、畑は菜の花盛りである。雲雀《ひばり》が鳴いている。陽炎《かげろう》が立っている。おおらかに芽を吹いたすべての樹々《きぎ》は、踊るような若々しい匂《にお》いを送って、鎮撫隊を、迎え送った。

二日目。五宿へかかった。晴れた日であった。上石原《かみいしはら》から、少し上りになって飛田給《とびたきゅう》。青々とした遠くの峰、林も森も、近藤にも土方にも、ただ懐《なつか》しいものであった。

道の左手に薬師堂があった。

ここから右へ、入って、竹藪《たけやぶ》の間の細道を突抜けると、程なく生れ故郷である。恐らく馬上へ立ち上ったならば、林を越して、近藤の生家の屋根位は見えるかも知れぬ。

土方は、首を延ばして、頻《しき》りに見た。

道の両側には、この辺りの人々が、みんな土下座をして平伏していた。知った顔、あの人も、この人も知った顔。

土方は、一々会釈《えしやく》をした。会釈をされた人々は、涙ぐんで、いよいよ土へ額をすりつけた。

近藤の実家の人達も、土方の実家の人達も、みんな出ていた。そして、誰かが、

「土方様」

と叫んだ。

土方は馬上からじッと見た。宿の名主であった、土方は、

「やア」

といって、

「御機嫌よう」

と言葉をかけた。

「はい。宿の者一同が心をこめました御出陣のお祝いにござります。どうぞ一盞《いっさん》お盃《さかずき》をお手に願わしゅう存じます」

「うむ」

と、土方はこれには鷹揚《おうよう》に答えて、パッと馬を近藤の駕傍へ進めた。

駕傍には、いつものように副長助勤の斎藤一が、眼を光らして付いていた。

「斎藤君、お駕を」

といっておいて、ひらりと馬を下りた。

駕は止まった。土方はすぐに駕の側で、

「薬師堂のところです。お下りになられては如何《いかが》ですか。故郷の人達も大勢見えている」

近藤は、駕の中に、拝領の小さな葵《あおい》の五つ紋の羽織の腕を組んでいた。

「このままやってくれ。わしは故郷の人々に合わせる顔がないのだ」

「どうしてですか？」

「わしが村から連れて行った井上源三郎も死んでいる、わしの従弟《いとこ》の宮川信吉も死んでいる。それから、藤岐五郎も、山瀬吉太郎も——、わしは、村の人々の子弟を殺し、しかも、村の為《ため》に一の為《な》すあるは無い」

「しかし」

「御国の為の御奉公というのであろう。が、わしは、故郷を思い出し、故郷の人々に逢うて一個の近藤となる事を恐れる。わしは、静かに一個人近藤となる時の苦しさには堪えられぬのだ。わしは、最後迄、隊長近藤勇として、虚勢を張って、その虚勢の中に終りたいのだ」

まるでひとり言のように低いが、土方には、よくわかった。

「わしは、村の人々に顔を見られたくはない」

そう云《い》って、心の中では、

「落ち目の近藤、この顔を、兄や故郷の人々に晒したくはない。家の人達や故郷の人達には、近藤が新選組の隊長として、京に威を振っている勇ましい噂《うわさ》の中の人として、いつ迄も生かしておいて貰《もら》いたいのだ。今日は、若年寄格として雲の上にあり、明日は恐らく敗軍の将として、地下に墜《お》ちる。哀れな近藤、この姿を故郷にだけは見せたくはない」

だが、近藤は、引戸の間から、人々の顔を見た。青い空を見た。絵のような森を見た。

「ああ、故郷だ」

小さな声。

土方は、黙って駕を離れた。

「隊長は少し不快でしてなア。私が代って御無礼申します」

土方は、故郷の人々の盃を次々に受けた。そして、故郷への細路にある古い石地蔵へ、残りの一盃《いっぱい》をしずかに注いで、

「地蔵様、御すこやかに」

そう云って、ひらりと馬へ乗った。

隊は進んだ。故郷の人達は、まるで狐《きつね》につままれたように不思議な顔で見送った。

「偉《えろ》う出世したので、近藤さんは村の者へ顔を見せんよ」

と、少し不平そうに云った者があった。

「いや、然様《そう》ではなかろう。矢張り土方さんが云った通り、近藤さんの家来になった村の若いものが、大勢京の戦で死んでいる。その親共や兄弟へ、自分だけが、立派になってのめのめと顔を合わされんというのが本当だろう。察しられるよ。偉い人になると心掛けが違うなア」

と誰かが応じた。

「石田村から行った下男の久吉は墨染で近藤さんが鉄砲でやられた時に、働いて死んだというので、お神さんへ十両御自分のお金を下さったそうですね」

「あの人は、若い時から下の者をよく可愛《かわい》がったからなア」

鎮撫隊は、間もなく街道を曲って、彼方《かなた》の雑木林のうしろにかくれて終《しま》った。

しかし、五宿界隈《かいわい》の若い者たちは、みんな旅の仕度をして、刀を背負ったり、差したりしてこの隊列のうしろへ、ぞろぞろと従ったり、ひょッこりひょッこりと道傍から飛び出しては、

「近藤先生、土方先生、どうぞ私共をお供におつれ下さいお供におつれ下さい」

と叫んだ。小具足迄もつけているものもあったし、撃剣の革胴《かわどう》をつけているものもあった。

大抵土方の知った顔であった。しかも、何時《いつ》か一度は、手にとって、剣術を教えてやった若者ばかりであった。

土方は時々大声で叱《しか》った。

「みんな戦争へ行って終ってどうするのだ。戦争は勝つとばかり定まってはいないのですぞ。村の子弟が、悉《ことごと》く、侍になり、戦《いく》さに出て、一体、その村はどうなると思いますか。戦争は一時的のもの、村は永遠です。血気にはやってはいけません」

だが、青年達は、何処《どこ》までも、何処までもぞろぞろとついて行った。

ただ一人

四日。

勝沼の宿へ、鎮撫隊の先鋒《せんぽう》がついた時は、もう乗取りを目的とした甲府城には、前夜すでに官軍東山道先鋒支隊三千名が入城していて、どうにも手も足も出なくなっていた。

鎮撫隊内には、俄《にわ》かに絶望と焦慮の色が湧《わ》いて出た。

原田左之助は、永倉新八へ、

「三万石はどうなるんだえ？」

と、がっかりしたようにいった。

「知れた事さ。こうけちのついている新選組に、今更、うまい事があって堪《たま》るもんか。三万石なんぞア最初《はな》ッから眉唾《まゆつば》ものよ」

「真逆《まさか》、土方さんが俺たちを許した訳でもあるまい」

「そ奴ア知らん。が、俺は然様ではないとも云えんな」

「一体これアどうすればいいのだ？」

「黙っていても、今に、何か命令が出るよ」

二人は、篝火《かがりび》を焚《た》いた本陣の前に突立っていた。

先方の闇《やみ》の中を、逼《は》うような人影がこそこそと走って行くのが、ちらりと目についた。永倉は指さして、

「あれを見たか――新徴の兵がまた脱走だよ」

「え？」

「脱走につぐまた脱走さ。寄せ集め兵などに戦さが出来て堪るかってんだ。もう駄目となったらそれ切りのもんだ。もう脱走一方さ」

「さッき、斎藤が点呼をしたら、全員すでに百二十名に減っているそうだ」

「一戦もせずしてすでにそれだ。ああ、いよいよ俺達も、ここで死ぬか」

と原田は、如何《いか》にもがっかりしたように云った。

「いや、死なんでもいい、俺たちも逃げ出すさ。いや俺達ばかりではない。明日か明後日は、全軍総崩れで逃げるのだ。それ迄、両脚だけは大切にして置く必要があるよ」

「情ねえ」

原田は、また腹を出そうとしたが、其先をつけていたので、出来なかった。

「わッはッはッ」

二人は声を揃《そろ》えて笑った。

奥庭で、土方は急がしそうに近藤へ談じていた。近藤はまだ羽織袴《はかま》の姿であった。土方は陣羽織を着て、銀色にぴかぴか光る鞭《むち》を持っていた。

「嘘《うそ》も方便だ。然様《そう》云って呉《く》れろよ。然うして、永倉と原田が宣伝をしている中に、俺は神奈川迄馬を飛ばして、あすこにいる菜ッ葉隊をつれて来る。千六百はいる筈《はず》だから——」

近藤は、にやにやとした。

「ふッふッ。そう足掻《あが》くなよ。もう、いよいよいかんよ。城の中に立籠《たてこも》っている三千を、烏合連《うごうれん》千や二千が攻めたてたとてどうなる。永倉や原田に、いい加減な事を云わせたとて、今更仕方あるまい。もう、諦めて、土方、どうだ、ここで死のう」

「いいや、忌《いや》だ、俺はまだ死なん。まだまだ死に場所は沢山ある。仙台、会津、こんなところでへたへたと死んで堪るか」

土方は、

「頼む、頼む」

といって、門の外へ出ると、すぐに馬を飛ばせて、夜道を土煙を立てて飛んで行った。

近藤は、じっと腕を組んで考え込んでいた。永倉が入って来た。

「隊長、これア、一体どうなるんですか」

「すまん、敗《ま》け戦さだなア」

「しかし、じっとして敗けるという事も出来ないでしょう」

「痩せても枯れても新選組だからなア」

「はア」

「だが、君に相談するが、此期《このご》に臨んで、その新選組が、じたばたする方がいいか。黙って敵の軍門に降《くだ》るがいいか――然《さ》もなくば退却か」

「は。土方さんの御意見は？」

「土方は、君と原田君に、会津の援兵三百がすでに猿橋《えんきょう》まで応援に出たと云いふらして、今夜の脱走を防いで貰っていて、その中に、神奈川から菜ッ葉隊をつれて来て、城を攻めるというのだ」

永倉は、暫《しばら》く口をつぐんでいたが、

「隊長、仕方がない。それをやりましょう。われわれここ迄《まで》出て来て、一戦もやらずに、江戸へ戻るという事も出来ないでしょう」

「やるか」

近藤は、力ない様子であった。

翌日は、敵から味方へ向ってひどい風が吹いた。乾いた土ぼこりが煙のように吹きつけて、鎮撫隊の二門の大砲は、敵を見定めて射《う》つ事が出来なかった。

会津の援兵も嘘《うそ》。

菜ッ葉隊の応援も嘘。

食糧も渡らない。

新徴の兵たちの間には、不平の声が、嵐《あらし》のように拡《ひろ》がった。

「笹子《ささご》峠を越して駒飼《こまかい》へ入った時からもう隊長達は甲府のいけない事を知っていたのに、ここ迄わざわざ俺たちを引ッ張って来たんだ」

「俺達を敵の前におッぽり出して置いて、自分達は江戸へ逃げ戻る気なんだろう」

「そんな事をされて堪るもんか。向うがそうならこっちだって覚悟はあるんだ。さ、みんな江戸へかえろう、江戸へ逃げるんだよ」

逃げる逃げる——敵から吹くひどい土ぼこりに追われるように、みんな笹子峠の方へ逃げ落ちて行った。

近藤は、ただ、じッと、みんなのするに任せていた。

だが、

「俺達だけを敵の前へ出しておいて自分達は江戸へ逃げる気だろう」

という噂をきくと、サッと顔色が変った。

腰かけていた床几《しょうぎ》から、ぐッと立ち上ると、

「近藤勇が、それ程に云われるようになったか。うむッ」

歯をかんだ。久しぶりに、拳《こぶし》を固めて、眼のふちが、ぽうっと紅をさした。

「森、森、森は居《お》らんか」

「は」

すぐに森平八の声がした。

「馬を」

「は」

忽《たちま》ち馬の蹄《ひづめ》が響いた。

近藤は、

「土方は、まだ神奈川から戻らんな」

「は。まだです」

「よろしいッ、戻ったら俺が単騎甲府へ行ったと云え！」

「は？」

近藤は、心の中で叫んだ。

「きょうは斬《き》る」

と。

馬は、殆《ほと》んど、他の隊士さえ知らぬ間に、幕を張ったような黄色い地煙をついて敵陣へ走って行った。

大砲が響く。

小銃が鳴る。

その頃から、この土けむりに、毛をむしって投《なぐ》りつけるような粉雪が交った。

もう江戸は桜が咲いて春。

故郷には菜の花が真ッ黄色だというのに――。

またも敗れて

近藤は、馬上で――島田魁の外五六名の隊士と共に、笹子を越えて江戸への道を戻っていた。二日余り一睡もせず、疲れ切っていた。からだが燃えるようにほてっていた。森平八は、頬を敵弾にうち抜かれて、よろよろになっていた。

峠を越えると、近藤は馬から降りた。

「森、乗れ」

「は」

「乗れ」

森は充血した眼をしばたたいた。

「勿体《もったい》のう御座ります」

「いい。乗れ」

近藤は森を抱くようにして、自分の馬へ乗せてやった。自分の陣羽織も、刀の柄《つか》も、血でべとべとになっていた。

「先生ッ」

森は鞍壺《くらつぼ》につかまって、うつぶして泣いた。

近藤は、

「悲しむな。人間は、仲々、思うところで死ねぬものだ。近藤も、遂々《とうとう》、この戦さで死ぬ事が出来なかった。一体、何時になったら死ねる。この疲れた心が、いつになったら安らかになる」

峠の下は、矢張り春であった。あの土煙に交った粉雪は、夢では無かったろうかと思うように、ぽかぽかと暖かい陽が当っていた。

永倉も、原田も、もう傍にはいなかった。

「みんな落ちたろう。土方は先に江戸へ入って、また後途を策していよう」

近藤は、馬上の森へ、

「森、俺は、このまま、この辺の山へかくれて、仙人にでも成って終《しま》い度《た》いなア」

久しぶりの笑顔であった。

島田も疲れ切った顔をほころばして笑った。

「どうだ。島田、また詩でも吟ぜんか」

「は」

「みんな足が土について居らん。すっかり疲れているなア」

「は」

「何処《どこ》で休もう」

「でも追手が」

「まア、いいさ。追手が来たらば来た時の話だ」

近藤は、道ばたを見た。

南の陽が、ぱッと当った崖下《がけした》の暖かそうなところがあった。小さな花が、ところどころに咲いて草がみどり色に延びていた。

「いいところだ」

近藤は、先に立って、どんどんそこへ入って行った。行って見ると、それにつづいてその横に実にいい場所があった。

「森、下りて――」

島田が森を抱いて下ろしてやった。

「ここなら一切道からは見えん崖のうしろになっているし、それに、そこに、ちょろちょろした流れがある。お誂《あつら》いではないか。みんな迫《せ》めて血だけは洗おう」

「は」

島田は血を洗うどころか余ッ程喉《のど》が涸《か》れていたと見えて、すぐに、その流れに腹ン這《ば》いになると、ごくりごくりと喉を鳴らして水を飲んだ。

森も這うようにして水のところへ行った。他の隊士達も、ぞろぞろ行った。

近藤、

「どれ、わしも――」

と笑い乍《なが》ら、

「甘露の味というものだ」

陣羽織に血がこびりついて、かさかさと、妙な音がした。

みんな手を洗って、刀を洗って、足についた血を洗って、それから、自分達のいくらかずつの疵《きず》手当をした。

近藤は、

「さア、みんなで、じゃんけんをして、敗けたものが一人、寝ずの番をするのだ」

島田は、

「は。承知いたしました。どうぞ隊長おやすみ下さい」

「いや、それアいかん。わしもじゃん拳《けん》をやるよ」

「いいえ。どう致しまして」

「よろしいよろしい、さ、一刻も早く休んで、また歩かにゃアならんのだから」

みんな、じゃん拳をはじめた。

まるで戦さに敗けて落ちているのだということを忘れてでもいるように、大きな声で笑いながら幾度も幾度も、じゃん拳をやった。

段々と敗け残って行った。そして、最後に近藤と島田が残って終った。

島田は、

「私がやります」

「いや、いかん。それではじゃん拳の意味がない。さ、もう一丁だ」

島田は敗ける事に苦しんだ。だが、結局、敗けは近藤勇であった。

「さ、わしが寝ずの番だ。みんな寝るがいいぞ。わしが、こうして起きていれば大丈夫。みんな、少しの不安もなく、安心して、ぐっすりと眠るのだよ」

近藤は、子守唄《うた》でも唄ってやりたい気持であった。

森は、

「先生。そのお役は私に勤めさせて下さいまし。私は、先生をお起こししていて眠る事は出来ません。どうぞ私を——」

「いかん」

「さ、みんな寝ぬか」

近藤は、見向きもしなかった。

「は」

誰一人、横になるものもなかった。

「みんな何故寝ぬのだ」

「でも」

異口同音に——。

「敗けたものは仕方がないではないか。敗けたものに課せられた責は、例えどんな人間であろうと必らず果さねばならぬのだ。その代り勝ったものもまた、勝っただけの責はある筈《はず》。それも必らず果さねばならぬのだ。みんな、わしは敗けた事を悲しんではいないよ。丁度、今のじゃん拳のようなものだ。何ア《な》に、与えられた責だけを果せばいいのだ」

みんなは、ただ、じッとしていた。

「みんなが寝ぬということは、この近藤に与えられた責を果させぬということだ。責を果さぬ事は苦しい。さ、寝て呉《く》れ、寝て呉れ」

「は」

暫《しば》らく沈黙がつづいていた。

何処かで、名も知らぬ小鳥が囀《さえず》っていた。草の匂《にお》いと、若葉の匂いが、ゆるやかに漂って来る。

一人、二人と、次第に、そこの草原へ横になった。

最初は、みんな、横になっても決して眠らぬつもりだったが、いつの間にか、眼を閉じて行った。すやすやと誰か寝息を立てた。

森は、ただ、近藤の顔をまじまじと見守っていた。

「先生は、新選組がこうした事になった何を御自分の責任とおっしゃるのだろう。先生の負うべき責は一つもない、これから先生の果すべき責は一つもない。新選組の隊長として、先生程によく御職務をつとめられたお方が、果して何んの責を負うべきであろうか――時の勢、時勢の流れ、如何《いか》に先生のお力を以《も》ってしても、これだけはどうにもなさる事は出来なかったであろう」

森は近藤の青い頬を見ると泣けて来てならなかった。

その声を近藤にさとられまいとして、はッとうつ伏して終った。

近藤は、背を赫土《あかつち》のぼろぼろと崩れる崖に持たせて、刀を抱き寄せながら、眼ばたきもせずに、崖と谿《たに》との間に拡がっている青い春の空を見上げていた。

血の陽に乾いて行く不思議な匂いがした。

空を輪をかいて黒い鳥が飛んで行く。

鳶《とび》であろう。

近藤の瞳《ひとみ》は、子供のように無邪気に、その鳥の姿を追っていた。

直心影流　榊原鍵吉

『大きな迷子』

杉本苑子

杉本苑子（1925〜）

本作は、昭和五十五年に読売新聞社より刊行された短編集『開化乗合馬車』の一篇として書き下ろされた作品である。本書収録にあたっては、『杉本苑子全集　第二十二巻』（中央公論社）を底本とした。

一

新鮮なさよりの造りが、湯あがりの目にいかにも涼しい。腹側の銀、背側の紺青《こんじよう》……。硝子《ビードロ》の小片さながら肉身《にくみ》は透明な輝きを放って、口に入れると、コリッと緊《しま》った歯ごたえと一緒に、ほのかな甘みが舌に拡《ひろ》がる。辰之助《たつのすけ》は思わず、

「うまいッ」

声に出して言ってしまった。

「お燗《かん》の具合はいかが?」

また、ひと品《しな》、勝手もとから小鉢物を運んできた波津《はつ》が、夫の口と箸《はし》の動きをうれしそうに見ながら膳《ぜん》の前に坐《すわ》った。

「人肌ってやつだ。一つ飲まないか、お前も……」

「いただきますわ」

と猪口《ちょく》を受ける手つきが、ぎごちない。嫁にきてから辰之助に強いられて、つとめ

るようになった晩酌の相手である。酒の味など、まだ判《わか》らないし、小盃《こさかずき》に一、二杯でもう耳朶《たぶ》を赤くする。胸の動悸《どうき》も激しくなるらしく、

「いやッ、堪忍《かんにん》……」

喘《あえ》いで拒む唇の濡《ぬ》れが、たまらなく辰之助にはなまめいて見える。酔わせようと企《たくら》んで注ぎつづけたりしようものなら、しまいには半泣きになって、

「お肴《さかな》、こしらえてさしあげませんよ」

睨《にら》む目許《めもと》までが愛らしかった。

蜜月《みつげつ》のまっただなか。――つまりお波津のやることなら何ごとによらず今、辰之助には魅力的に感じられる最中《さいちゅう》なのである。

料理を放棄する、と宣言されるのは恐慌《きょうこう》だった。お波津は風呂《ふろ》屋《や》の娘だが、母方の親戚《しんせき》に大茂《だいも》という高級料亭があり、しばらくそこに預けられていたあいだに、見よう見真似《みまね》で板場の包丁捌《さば》きをおぼえたらしい。もともと器用なたちだったのだろう、夫婦かけ向かいの、ままごとじみた食事ではあっても、それなりに工夫を凝らして惣菜《そうざい》にしろ酒の肴にしろ、小気転のきいたものを作ってくれる。そんなことまで期待していなかっただけに、拾い物でもしたように辰之助はありがたがって、祝言《しゅうげん》以来、ぷっつり外で飲むのをやめてしまった。

肴を作らないなどと脅《おど》かされると、だからあわてて、

「ごめん、ごめん」

平あやまりに、たちまちあやまってしまう。蟇《がま》みたいに両腕を突っ張ったその恰好《かっこう》を可笑《おか》しがって波津が吹き出し、辰之助も笑いころげるといった他愛《たわい》なさなのであった。

「や、赤貝だな」

と次に膳に乗った小鉢を見て、辰之助は相好《そうごう》を崩した。これもさよりの造りに劣らぬ好物である。つつくと動きそうなむきたての赤貝は、柿《かき》の表皮を思わせるつややかな身の色が、ぬめりを帯びて光って、噛《か》むとぷりぷり口の中で躍る。短冊《たんざく》に揃《そろ》えて切った走りの独活《うど》の、目に沁《し》みそうな純白と付け合わせて二杯酢にしてあるのだが、青磁の鉢の色ともよく映えて、春浅い今の季節を、そのまま盛り込みでもしたような爽《さわ》やかな彩《いろど》りだし、歯ざわりでもあった。

二合を適量ときめている辰之助が、やがて切りあげて飯にすると、波津もいそいそ箸を取った。薄味ながら、こっくりと芯《しん》まで柔かく煮ふくめた常節《とこぶし》が、こんどは錦手《にしきで》の深皿に湯気を立てて出てくる。小型の鮑《あわび》だ。でも鮑より味がこまやかだし、うまみも濃い。磯《いそ》の香りがただよって、熱々《あつあつ》の炊《た》きたて飯に煮汁をかけると、それだけでも

一、二ぜん、余計に掻《か》きこみたくなるほど食欲が湧《わ》く。清汁《すまし》は豆腐と白魚……。青菜の浸《ひた》し物に新香を添えて、世間話に興じながら水入らずで食べる夕餉《ゆうげ》のたのしさに、辰之助は一日の疲れを忘れる。
「あなた、中村座の評判お聞きになって？」

「芝翫《しかん》の浮世戸平《うきよとへい》だろ」

「芙雀《ふじやく》も、とってもきれいだそうよ」

「菊五郎は二丁目の山村座と掛け持ちで出てるらしいじゃないか」

「だもんで、中村座の『吉備《きび》大臣』で玄宗皇帝の出番に間に合わないんですって……。仕方なく、安禄山《あんろくざん》と碁を打つ場だけは仲蔵が代役で勤めているんですってよ」

「そうまでして稼がなくても、よさそうなものだろうに……」

「大立者《おおだてもの》だから、両座で引っぱり凧《だこ》なんでしょう。——ね、つれてって……」

「どっちがいい？」

「どっちも見たいの」

「こいつ、欲ばってるな。中村座の出し物は何だい？」

「ですから『吉備大臣』よ。それに『岸姫松《きしのひめまつ》』の三段目と『俠客姿錦絵《きおいくらべすがたのにしきえ》』。山村座は『酒井の太鼓』ですって……」

「よし、こんどの休みに中村座、つぎの休診日に山村座だ」

「指切り、げんまん!」

と、たいていは、そんなやりとりに終始するのだが、この晩に限ってお波津は嫌な話題を持ち出した。他意があってのことではない。夫の胸中にわだかまる旧怨《きゆうえん》を知らないからこそのお喋《しやべ》りなのだ。

「神田の左衛門《さえもん》河岸《がし》で、小屋掛けの撃剣興行が評判を呼んでるようね」

無邪気に切り出されたときは、

「げっけん? なんだね? いったい……」

辰之助の機嫌も上々だった。大根の浅漬けで食後の焙《ほう》じ茶を啜《すす》りながら、

「熊《くま》娘、ろくろっ首のたぐいかね?」

のんきな顔で問い返した。

「いやねえ、剣術よ。やっとうですよ」

「ああ、竹刀《しない》で叩《たた》き合う撃剣かあ。そんなものを小屋掛けして見せてるのか?」

「面白くもなさそうなものなのに、毎日毎日押すな押すなの大入りなんですってさ」

「もの好きなやつがいるもんだ。演じているのは……まさか侍じゃあるまい」

「それがお侍なのよ。本物のやっとうですもの、町人の見よう見真似では客を呼べな

いでしょ」

「驚いたな。だれの企てだい？」

「車坂の先生よ」

「榊原鍵吉《さかきばらけんきち》か？」

こころよい酔いが、急に醒《さ》めた。顔色に出すまいとすると、不快さは知らず知らず声《こわ》つきの辛辣《しんらつ》さとなって現れる……。

「きのどくになあ、榊原大先生も、ついに見世物の親方に堕《お》ちたか」

「うちのお父っつぁんなども、その口なの。先生に相談されたとき、のっけから首を横に振ったらしいわ。剣技は武士の表芸でしょう？　いくら御時世だからって、小屋掛けで見せるものとはわけが違う、銭儲《ぜにもう》けの手だてなら何かほかにもあるはずだと口をすっぱくして止めたそうよ」

お波津の父の塚谷佐兵衛は、下谷《したや》車坂の榊原道場の近くで風呂屋をいとなんでいた。屋号は越前屋という。

徳川幕府が瓦解《がかい》する以前から、先生、佐兵衛どんと呼び合ってきた親しみを、いまなお持続させていて、つき合いは親類と変らない。お波津も幼少から木の根っ瘤《こぶ》みたいな鍵吉の腕に抱かれたり、やはり樫《かし》の一枚板さながらなその背におぶわれて大きくなったので、自分たち父娘《おやこ》が鍵吉に抱いていると同じ親しみを、辰之助もまた、抱いてくれているものと、ごく自然に信じきっていた。

ところが辰之助の内奥《ないおう》は、まったくあべこべだった。彼は鍵吉を好いていない。むしろ、はなはだしく憎悪《ぞうお》していた。口下手《べた》である以上に世渡り下手な、朴直な剣客だとは思う。ご一新《いっしん》などという未曾有《みぞう》の変革期にぶつかったら最後、すかさず時流に乗り切れるような巧者《こうしゃ》な人物でないとも、承知している。佐兵衛やお波津が心を寄せ、なにかにつけて力になってやろうとする心情も、そこに由来するのだろうが、辰之助には榊原鍵吉の名に絡《から》んで、忘れようにも忘れがたい屈辱の思い出があったのだ。

人によっては、何ほどの痛手でもなかったかもしれない。榊原道場の門弟たちに打《ちょう》擲《ちゃく》された――それだけのことなのだが、恥に対して敏感な辰之助は、ひどく傷ついた。十三歳のときである。

現在も辰之助の生家は、日本橋の本石町《ほんこくちょう》で手広く漆器をあきなっている。旧幕時代から五代つづいた蛍泉堂《けいせんどう》という老舗《しにせ》だ。当主の譲り名が加賀屋善之助なので、椀善《わんぜん》の通称でも知られた店だった。

いまは長兄が家督を継ぎ、芝新網《しんあみ》の支店は次兄が預って、どちらも繁盛《はんじょう》しているから、三男坊の辰之助ひとりが医業などという横道に逸《そ》れても、格別どこからも苦情は

出ない。それどころか、

「医学を修《おさ》めたい。それも蘭法《らんぽう》を……」

と申し出た辰之助の希望通り、伝手《つて》を頼み百方奔走して、当時すでに公儀の奥医師を勤めていた松本良順の門下の端《はし》に押し込んでくれたのも、二人の兄なのである。良順が法眼《ほうげん》に任ぜられてまもない元治《げんじ》元年秋の初めであった。

小さいころから本を読むのが好きだったし、生薬《しょうやく》に興味を持って、裏庭の一隅に薏苡《よくい》だの枸杞《くこ》・山帰来《さんきらい》・鬱金《うこん》などさまざまな薬草を植えたりしていた辰之助ではあったけれど、医術の世界で頭角を現そうと決意したそもそものきっかけは、肉体にも増して、心に加えられた理不尽な暴力への怒りからだった。

この日、友だち二、三人と浅草へ遊びに出かけた辰之助は、帰路、うちの一人に誘われてその家へ寄ることにした。オランダ通辞の倅《せがれ》で、先ごろ帰府した父親が珍しい長崎土産をいろいろ持ってもどった。それを見せるという言葉に、つい、魅惑されたのである。その子の家の近くまで来たとき、道の右側に直心影流《じきしんかげりゅう》の剣術指南所を見かけた。これが榊原鍵吉の主宰する道場だったのだ。

二

獣の咆哮《ほうこう》じみた掛け声が交錯していた。ぶつかり合う竹刀の音もすさまじい。少年ならだれしも好奇心に駆られる。爪先《つまさき》立って、二人は武者窓から覗《のぞ》いてみた。中は熱気の坩堝《るつぼ》であった。入り乱れて稽古《けいこ》している。窓ぎわに近く、肥満した髭《ひげ》男《おとこ》とうらなりの胡瓜《きゅうり》さながら痩《や》せてひょろ高い男が試合っていた。組み合せが何とも滑稽《こっけい》な上に、見かけの強そうな髭男のほうが、ぶざまに面《めん》を取られて負けたので、思わず、

「へたくそ!」

友だちが笑った。

「なにッ?」

まっ赤な顔をして髭が振り向いた。

「いけねえ、聞こえちまった」

身を翻《ひるがえ》して通辞の倅は逃げ出し、たちまち我が家の方角へ消え去った。辰之助も当然、ついてくると思っての遁走《とんそう》にちがいない。しかし彼は窓の下から動かなかった。嘲笑《ちょうしょう》したのは自分ではない、だから逃げる必要はないと考えたのだ。

血相を変えて飛び出して来た髭やうらなり、そのほかの門弟たちにも、

「わたしは何も申しません」

辰之助は臆《おく》せずに釈明した。

「じゃ、だれだ。生意気な雑言を吐きおったやつは……」

「友だちです」

「名を言え。どうせ近所の腕白だろう。親どもに捻《ね》じ込んでやる」

「なぜ名の穿鑿《せんさく》までして捻じ込まなければならないのですか？　試合に負けたからこそ年少の者などに嗤《わら》われることにもなったのでしょう。騒ぐだけ恥の上塗りではありませんか？」

やりこめられて髭は詰まり、

「こいつ……。言わない気なら身体《からだ》に訊《き》くぞ」

猿臂《えんぴ》を伸ばして辰之助の衿《えり》がみを摑《つか》みあげた。

「素《す》町人の小倅のくせに、武士に向かって慮外な舌を叩きおる。性根《しょうね》を入れ替えてやれ」

と、うらなりはじめ周りにいた門弟どもも雷同し、道場の玄関先へ辰之助を曳《ひ》きずりこんで撲《なぐ》る蹴《け》るの暴行を加えた。友だちの姓名を白状させる、というのが表向きの理由だが、内実は面白半分のひまつぶしである。

身なりがよく、目鼻だちも凜《りん》としている辰之助を、どこか富裕な商家の息子と見て取って、小面憎《こづら》さと加虐《かぎやく》の快味を、いっそうそそられたのだろう。

幕末の江戸市中には、剣術道場がやたら多かった。神道無念流《しんとう》の斎藤弥九郎《やくろう》が創始した練兵館、北辰《ほくしん》一刀流千葉周作の玄武館、鏡新明智流《きようしんめいち》の桃井春蔵が構えた蜊河岸《あさりがし》道場あたりが、なかでも三大道場の名声をほしいままにしていたが、このほか男谷精一郎の本所亀沢町《かめざわちよう》の道場も島田虎之助《とらのすけ》や勝麟太郎《りんたろう》など、俊才を養成して勢いがさかんだった。

以下、群小の町道場はかぞえきれないほどあるけれども、榊原鍵吉は元来が、男谷精一郎の高弟で、数年前、一人立ちし、ここ、上野東叡山《とうえいざん》下の車坂町に、自身の道場を開いたわけなのである。

物情は騒然としていた。佐幕、尊王、攘夷《じようい》、開国……。さまざまな論や主張の飛び交う中で、個々の激情にうながされて人々は工作し行動し、しばしばそれは暗殺や集団を組んでの殺傷沙汰《ざた》といった血なまぐさい手段にまで昇りつめた。

町道場は、いわゆる志士たちの溜《た》まり場であり、時によれば隠れ家の役を果たしさえした。比較的自由な議論もここでは戦わすことができた。剣技の修得などそっちのけにして、国事を論ずる風景も珍しくない。

桃井道場には、のちに人斬《き》り以蔵《いぞう》の異名を奉《たてまつ》られた岡田以蔵や武市《たけち》半平太、千葉道場には坂本竜馬《りょうま》、清河八郎、おりおりは山岡鉄舟も顔を出したし、斎藤弥九郎の練兵館には高杉晋作《しんさく》、桂小五郎《かつらこごろう》、品川弥次郎がたむろしていた。

彼らは多かれ少なかれ、時勢の流れに何らかの爪跡《つめあと》を残した連中だが、もちろん十束《ぱ》ひとからげの小者のほうが数にすれば増さっている。地方から脱藩潜入してきた浪人者などまだよいほうで、中には混迷の世相に乗じ、にわか侍に化けて、斬り取り強盗などを働く無頼の徒までまぎれこんだ。

寄ってたかって辰之助を痛めつけた榊原道場の門弟なども、大方《おおかた》はそのたぐいだったかもわからない。しかし十三歳の子供ごころにも、辰之助が許しがたく思ったのは、このときの榊原鍵吉の態度だった。

さわぎのさいちゅう彼は外出先からもどって来た。町駕籠《かご》がとまったのを見て、

「先生のお帰りだぞ」

門弟たちはあわてたが、とっさのことなので糊塗《こと》はできない。

「小童《こわっぱ》の分際で、われわれの稽古に小癪《こしゃく》な悪口を浴びせました。ちと懲《こ》らしめてやったところです」

しどろもどろ髭が弁明するのを、無雑作に聞き流して、

「大人《おとな》げない。とっととおっ放《ぱな》せ」

言い捨てたきり、式台を踏み鳴らして鍵吉は奥へ入ってしまった。したたかに酔っているらしく、濃密な酒の匂《にお》いがあたりに散った。

辰之助は口惜《くや》しかった。たとえ前髪の少年でも、人ひとり半死半生の目に遇《あ》わされて、玄関の三和土《たたき》にころがされているのである。道場主としての責任からも詳しく事情を聴き、公正な裁断と事後処理の指示をくだすのが至当ではないか。野良犬《のらいぬ》の仔《こ》か、ごみ屑《くず》でも棄《す》てるように、

「おっ放せ」

とは何たる言い草か。

（これも、おれが町人の倅だからだ。両刀を帯している者の子なら、こうはすまい。残念だ。せめて脇差《わきざし》一本でもあったら、かなわないまでも立ち向かって斬り死してやったのに……）

そう思うと、くいしばった歯の根から、こらえようもなく嗚咽《おえつ》が洩《も》れた。

門外へ突き出され、

「おととい こい」

唾《つば》を吐きかけられても、路上に打っ伏したきりしばらくは起き上れなかった。

逃げた友だちが、こわごわ様子を見に引き返して来て、

「大丈夫か辰さん、とんだ目に遭ったねえ」

介抱しかける手を、辰之助は振り払ってよろめき立った。髪は乱れ、着物は破れて、目尻《めじり》からも唇からも血が流れている。顔面は膨《は》れ、露出している部分は手足といわず首すじといわず、痣《あざ》だらけだった。

みじめな、そんなざまを、友人に目撃されるのは嫌だし、いたわられるのはなお、誇りが許さなかった。寺子屋で辰之助は、いつも師に褒められていた。ほかの子がひと月かかっても覚えられない本を五日十日で暗《そら》んじたから、またたくまに童子訓や国尽《づく》し町尽し大名尽しなど初等の科目はあげてしまい、孝経・論語もやがて終えて、菩提《ぼだい》寺《じ》の住職から本格的に漢籍をまなぶころには、店での注文品の入《い》り日記・在庫目録、受取りや納品書はすらすら手伝って書くほどになった。筆跡がうまく算盤《そろばん》も達者だったから、番頭だの手代だのにへたな字をのたくらせるよりも、

「辰のほうがよい。弟を呼んでこい」

長兄に重宝がられて、帳場に坐《すわ》らされることが多かったのである。

気性が勝っている上に、小遣いも潤沢だ。子供仲間からはしぜん、立てられ、遊びにも町内の催しごとにも、中心になって采配《さいはい》をふるうのは、きまって辰之助であった。気位《きぐらい》は知らず知らず高くなる。周囲も辰之助自身もが、それを当り前と見て怪まなか

ったこれまでだけに、非がないのに打ち叩かれ足蹴にまでされて、ボロ屑さながら摘《つま》み出された無念は、骨髄に徹した。

（みていろ）

そのとき辰之助は誓った。

（いまにかならず見返してやる。侍ばかりが人間面《づら》するご時勢ではなくなったんだ。棒振り剣術なんぞ束になってかかっても、歯が立たないほどおのれを鍛《きた》えて、きっと今日の恥辱を雪《そそ》いでやるぞ）

それには学問だ。もっともっと勉強して……。そうだッ、医師になろう。商人《あきうど》ではどんな豪商でも、表向き身分の壁は破れない。士農工商の枠組みから躍り出るためには、学者か医者になることだ。

（それも、蘭法がいい。夷狄《いてき》扱いしているけれども、ヨーロッパの学問技術に、ことにも医学は、いずれ随従せざるを得なくなるにちがいないのだから……）

そう着眼したあたり、十三、四の少年にしては慧敏《けいびん》だったといえよう。

松本良順に師事したといっても、その直弟子になったわけではない。当時、良順が頭取《とうどり》をしていた官立の西洋医学所の、辰之助は所生の一人として入学を許されたのである。

取締は伊東貫斎――。

松本、伊東両先生ばかりでなく、教授たちはだれもが厳格だし、語学の習得と並行しておこなわれる蘭法医学そのものもむずかしかったが、最年少にもかかわらず懸命に辰之助はがんばった。科目は七科に分かれ、講義のあと七日目ごとに試験がある。勉強勉強で息もつけない毎日を、遮二《しゃに》無二《むに》切りぬけられたのも、榊原道場での痛恨を支えにしていたからだった。

西洋医学所は辰之助が入所してまもなく西洋の二字を取りさり、単に医学所と称することとなった。

一方、松本良順は、そのころ公儀の海軍操練所を主管していた勝麟太郎とはかって海軍病院の設置を建議……。さいわいこれが許可され、幕府の大政奉還後も東京大病院の名で残った。昌平坂《しょうへいざか》大学に所属した大学東校である。病院の機能を果たすかたわら、後進育成のための医学校として再出発したのだ。

辰之助もこの大学東校に移って学びつづけた。数学・天文・地理・化学・動植物学・鉱物学を予科で教える。本科に進むと解剖学・生理学・薬物学・毒物学・病理学・病理解剖、それに治療学の臨床が加わった。

外科と眼科、さらに軍務医事を、辰之助が専門の学科として選んだのは、ドイツ人医師のミュルレルに目をかけられたからである。

旧幕時代の海軍病院を、維新後、近代的な病院と教育機関に建て直したのは、長崎の精得館で教鞭《きょうべん》を取っていたオランダ医師のボードインだが、おととし、明治四年八月に至って新たにドイツからミュルレル、ホフマンの両教授が招聘《しょうへい》されてきたのだ。

この年、大学東校は文部省の所管に移り、翌年には第一大学区医学校と改称……。今年――明治七年になって、さらに東京医学校と名をあらためた。

ミュルレルは、故国のドイツで陸軍一等軍医正の地位にあった人物で、東京医学校では学頭に就任した。

外科と眼科を得意とし、患者の治療に当ると同時に、学生には解剖学と生理学を講じている。宮中侍医局の職員も兼務して、天皇、皇后はじめ皇族たちの医務に参画もする日常は、ほとんど眠る時間もない忙しさだ。そのミュルレルが、辰之助の素質を愛して、

「サクマ、サクマ」

と、かたわらから離さない。佐久間は辰之助の本姓である。

したがって現在、辰之助はミュルレル教授の助手として附属病院に勤務する気鋭の医師であり、医学校では本科で薬物学を講義する教師でもあった。

二十五歳という年のわりには重すぎる責任を負わされているけれども、勉強を始めたのが早かったたし、成績も良かったため、努力の成果もそれだけ早く認められたことになる。

しかし忙しさは、ミュルレル教授に劣らない。若いだけに、酷使のされ方は輪をかけていたといえる。

去年の秋、お波津を娶《めと》った。恋女房だった。くたくたにくたびれて帰っても、その笑顔と手料理で一杯やれば、現金に心身は軽くなる。働きざかりの生理には、多忙も快適な張り合いとなって疲労など翌日まで残らなかった。

三

芝居へつれてゆく約束をさせられた。

左衛門河岸の撃剣会へは、でも辰之助は波津に黙って、こっそり一人で出かけてみるつもりでいた。

宿直明《あ》けで、珍しく午後から身体があいた日、いつもなら講義がなくても学校へ回るところを中止して、辰之助は神田へ足を向けた。連日、大入満員の賑《にぎわ》いだと波津は話していたけれども、なるほど一、二丁先から人の浪《なみ》が突っかけて来ている。

（こんなものの、どこが面白いのか）

いまさら木戸銭を払ってまで時代遅れな剣術試合などを見にくる人々の気が知れない。閑古鳥が鳴いてでもいるのなら少しは溜飲《りゅういん》がさがるのに、あべこべに盛況なのが辰之助には気に入らない。

小屋は粗末きわまる蓆《むしろ》張りで、景気づけの幟《のぼり》が埃《ほこり》っぽい春風に十本近くはためいている。べたべた貼《は》りちらしてある紙には、剣士らの名が墨痕《ぼっこん》あざやかに書かれ、呼び込みの男は、これは辰之助も顔に見おぼえのある講釈師の宝井馬琴《ばきん》であった。うしろ鉢巻に日の丸の軍扇、袴《はかま》の股立《ももだ》ちを高く取り、紋服の両袖《そで》を白羽二重の襷《たすき》でくくしあげるという剣舞でも始めそうな勇ましい恰好《かっこう》で、

「さあさあ、これからが免許皆伝同士の白熱戦だお立ち合い、入った入った」

と馬琴は煽《あお》り立てている。さすがに商売がら張りのある大声だ。

その声に調子を合せて、木戸口に据えた大太鼓を叩《たた》く。陣鉦《じんがね》を鳴らし、ぼぼう、ぼぼうと法螺《ほら》の貝まで吹き立てている。いずれ、どこかの下ッ端《したっぱ》門弟であろう。太鼓と鉦の二人は木綿の袴に刺子《さしこ》の筒《つつ》っぽだが、法螺貝を受け持つ中年者は胴丸に籠手《こて》・脛当《すねあて》、色の褪《あ》せた緋《ひ》ラシャの陣羽織という古風な武者いでたちで、頭上には竜頭《たつがしら》の兜《かぶと》まで いただいていた。

大まじめなだけに、辰之助にはばかばかしい。よほど帰ってしまおうかと思ったが、せっかく出かけて来たのだし、覗《のぞ》いてだけみようと小銭を出しかけたとき、木戸口近くでごたごたが起こった。一見して警保寮の役人とわかる八文字髭の男が、邏卒《らそつ》を二人ひきつれてやってきて、

「法螺貝を吹いてはいかん」

甲冑武者《かつちゆう》に喰ってかかったのだ。

撃剣試合よりこのほうが面白そうだと見てとって、たちまちヤジ馬が周りを取り巻く。宝井馬琴があわてて注進に走り、小屋の中から責任者らしい二、三人をつれてもどった。この興行を主催する榊原鍵吉と、あとはどちらもでっぷり肥えた六十がらみの町人である。うちのひとりへ目をやったとたん、

「なんだ、越前屋の親爺《おやじ》さんじゃないか」

つい知らず声に出して、辰之助はつぶやいてしまった。お波津の父の塚谷佐兵衛――舅《しゆうと》どのだったのだ。

榊原鍵吉の老《ふ》けたのにも、辰之助は驚いた。筋骨《きんこつ》は相変らず隆々《りゆうりゆう》としているけれども、小鬢《こびん》に白髪が目立ちはじめ、額の横皺《よこじわ》も深くなっている。全体にそこはかとない落莫《らくばく》の気配が纏《まと》いつき、実際の年よりも鍵吉の面貌《めんぼう》を翳《かげ》のあるものに見せているのか

もしれなかった。

もっとも催しの成功で、いま大いに鍵吉は気をよくしているらしい。

「何ごとのお咎《とが》めでござるか？」

と大股《おおまた》に前へ出た。

「お手前は？」

「撃剣会の会主榊原鍵吉。うしろに控えおりますのは興行主の加島屋太郎左衛門どの、金主《きんしゅ》の越前屋佐兵衛どのでござる」

「即刻、法螺貝の吹奏を中止していただきたい。電信電話に支障をきたすとの、当局よりの苦情にて拙者、まかり越した次第じゃ」

おとし電信は架設された。法螺貝の音が送電を妨害するとはどういうことか。辰之助の知識をもってしても理解できない。近くに設置した電話が、騒音のため聞き取りにくいとでもいうのだろうか。

太陽暦は去年の秋、公布され、その二カ月前には新橋・横浜間に鉄道が開通して、蒸気機関車が乗客を運びはじめた。急速に世の中は変りつつある。開化の速度に一般庶民はなかなか追いつけない。電気だの電信だのといわれると、ましてだれもが目を白黒する。鍵吉も同じなのだろう、手もなく恐縮し、あやまった。

「いや、これは相済まんことでござった。ただちに法螺貝の吹き立ては取りやめ申す」

「早速ご承引かたじけない」

拙者は権小警部《ごんのしょうけいぶ》山本なにがしと満足そうに相手は名乗り、意気揚々、部下の邏卒を従えて立ち去って行った。

ばつ悪げな表情で鎧《よろい》武者は裏口へ消え、宝井馬琴の呼び込みも再開されて、観客はぞろぞろ木戸口へ吸いこまれはじめる。

榊原鍵吉の顔を見たことで辰之助の興味は消えてしまった。あれから十年以上の歳月が流れている。辰之助が成長した分だけ、鍵吉が老いたことになる。その現実を確めただけでよかった。竹刀《しない》や木刀の叩き合いなど今さら見物したところで、どうということもない。

(もどろう)

踵《きびす》を返しかけたとき、

「辰さん」

呼びとめられた。人立ちのうしろにいたのに、いつのまに見つけたのか塚谷佐兵衛が目ざとく声を投げてきたのだ。

「うれしいねえ、わざわざお越しくださるなんて……。お波津のやつがお耳に入れたってわけですね」

見ずに帰るところだとは、その笑顔の手前、言いかねて、

「近くまで来たものですから、ちょっと覗いてみました」

もう見物し終ったあとのように辰之助はつくろった。

「榊原先生にお引き合せしましょう。よい折りだ。先生もよろこびますよ」

「急ぐので……それはまたの機会にしてください」

「手間は取らせませんや。そこの楽屋口まで……ね？　わたしも今日はもう、これで引きあげるところなんです。一緒にその辺まで連れ立って帰ろうじゃありませんか」

むりやり袖を曳《ひ》っぱられて裏へ廻ったが、辰之助は頑《かたく》なに中へ入ろうとしなかった。

「ここで待っていてくだすったほうがいい。なにせ興行なんてことには、皆目《かいもく》ズブの素人《しろうと》ばかりでしょう、中はてんやわんや。足の踏み場もない有様ですからね」

言いわけしながら佐兵衛は楽屋へ駆けこみ、すぐ榊原鍵吉をともなってもどって来た。

「佐久間辰之助とおっしゃいます。大学東校で医学生を教えておられる先生でね、うちのお波津のつれあいでさあ」

自慢げな佐兵衛の口ぶりに、鍵吉は目を細めて、

「それはそれは……」

幾度もうなずいた。

「お波津坊も目が高い。三国一の婿《むこ》どのではないか越前屋さん」

まったく辰之助の顔だちなど見覚えていない様子である。一生、自分には忘れられそうもない事件なのに、相手にはそれが、あの場かぎりの些事《さじ》だったのか。記憶の片隅にすら残っていないのかと思うと、辰之助の不快はいっそう募《つの》った。

われながら素気《そっけ》なさすぎる態度で、鍵吉の挨拶《あいさつ》に短く応じたきり、

「では……」

さっさと別れて歩き出した。

佐兵衛も小走りに追ってくる。罪もない舅に八ツ当りするほど、まさか狭量には振舞えない。

「あなたをこんなところへ誘ってはご迷惑だろうけど、どうです？　ひと休みしていきませんか」

酒好きそうな打ち見に似ず一滴も飲めない佐兵衛が、汁粉屋の前で立ちどまっても、

「ご安心ください。わたしは両刀使いですから……」

愛想よく応じないわけにいかなかった。

四

のれんに源氏香《げんじこう》を染めぬいた小ぎれいな店だった。

「菊仙といいましてね、このへんじゃ名の通った汁粉屋なんです」

と先に立って佐兵衛は奥へ通り、

「雑煮もありますよ」

卓上の品書きを辰之助の前へ押しやった。

「いいえ、御膳《ごぜん》汁粉というのを頂きましょう。ここの名代《なだい》らしい」

「あとで胸焼けなんぞさせたら、わたしが波津めに恨まれますからね」

「大丈夫。このあいだも女房が煮た茹小豆《ゆであずき》を、お代りまでして食ったくらいですよ」

「そいつはたのもしい。もっとも、ここの店のものは上戸でもうまいと言います。甘味を控え目に、あっさり仕上げてあるんです。わたしらの口にはそのかわり、ちっとばかし物たりのうござんすがね」

運ばれてきた御膳汁粉は、なるほどしつこさの少しもない、さらりと舌ざわりの良い出来あがりだった。

「いかがです？　もうひとつ……」

さすがに、でも辰之助は、次は磯辺巻《いそべまき》を注文した。切り餅《もち》を醬油《しょうゆ》で付け焼きにして、くるりと海苔《のり》をかぶせた淡白なひと皿である。

佐兵衛は苦もなく汁粉の二杯目を平げて渋茶を啜《すす》りながら、

「寿命を縮めましたなあ」

撃剣会の話をはじめた。

「金方《きんかた》を引き受けられたようですね」

「それなんです。見るに見かねて金を出したはいいが、丸損うたがいなし。道楽も休み休みしてくれと婆《ばあ》さんには叱《しか》られるしね」

そうは言ってもお波津の母は、つねに佐兵衛を立てて、家政の切りもりに余念ない働き者である。五十前後らしいがまだ肌などみずみずしく、婆さん呼ばわりはきのどくなくらい若やいで見える。

「あの大入りなら、しかし大成功ではありませんか」

「正直、ほっとしましたよ。美声だし、めり張りも効くってんで、ごらんの通り呼び込みに宝井馬琴はじめ一流の講釈師を傭《やと》ったり、何だかだ出銭《でせん》が嵩《かさ》んでいますからね、儲《もう》けを蹴出《けだ》すまでにゃいってねえけど、おかげで大損はせずにすみました」

「意外ですね、いまどき剣術の試合なんかをなぜ、あんなに大勢見にくるんでしょう」

「わっしもじつは、たまげてるんです。わけがわからねえ。あっちこっちにまだ、下火にはなったにしろ町道場がある。武者窓から立見すりゃあ、ただであんなもの、見物できるんですからねえ」

苦い思い出が胃液に混って胸を浸した。辰之助の内なる屈折を――いや、そもそも榊原鍵吉との結びつきをすら知らない佐兵衛は、だが、のんきな語調で喋《しゃべ》りつづけた。

「立ち合いを見世物にするとは怪《け》しからん、武道の神聖を汚《けが》すものだとか、素町人相手に武芸を売って銭を取るなど堕落もきわまれりなんてね、士族連中からは嚙《か》みつかれるし、初手《しょて》は冷や冷やものだったんです」

「わたしのような門外漢だって同感ですよ。榊原って人は、どういうつもりで撃剣興行なんか思いついたんでしょうな」

「このままじゃ、いずれ剣法は滅びます。やっとうだけに限らない、武芸百般、じり貧に落ちこんでゆくのは目に見えている。たとえ見せ物・売り物と悪口されてもかまわん、一流の剣士を立ち合せ剣技の真髄を見せれば、人々の関心は高まる、道の継承者も新しく出てきてくれるにちがいないとね、榊原先生は考えたわけですよ」

廃藩置県は一昨年《おととし》おこなわれ、事実上、旧武士階層は崩壊した。その前年、すでに平民の帯刀禁止令は公布されていたけれども、遠からず士族にまでこれが及ぶであろうことは、目に見えている。

丸腰になってなお、何の剣技かと、辰之助あたりは嗤《わら》いたいが、当事者にすれば危機感は深刻なのだろう。非難や批判の風当りに屈せず、鍵吉を主軸に据えて撃剣会を組織し、あえて試合興行に踏み切ったのも、手をつかねて衰亡を見まもるに忍びないとする焦《あせ》りの現れであった。

(剣術の、先き行きを占う……)

祈るような思いで賽《さい》を投げてみたところ、これが不思議に当った。

二十日間と一応、期限を切って始めたのだが、一カ月に日延べしても、このぶんでは客足はおとろえまいと主催者一同、えびす顔で胸を張るほどの大盛況が連日つづいているのである。

「一本気の熱血漢でしょ、榊原先生なんざ男泣きに、ぼろぼろ涙をこぼしっぱなしでね、武道精神、いまだ地に落ちず、共鳴者がこれほど多数あるからには、たとえ世の中がどう変ろうと、剣技保存の望みは出てきた、前途は明るい、慶賀にたえぬとね、わっしの手を握りしめて来る日、来る日、吠《ほ》え立てるほどの感激ぶりなんです」

スポーツ競技としては残るかもしれない。だが、実戦の役に立たせるには、もう剣術は古い。

(ピストルが一挺《ちょう》ここにあれば、竹刀など手に取ったことのないわたしだって、榊原大先生を一瞬の勝負で殪《たお》せるじゃないか)

武道を精神修養の糧《かて》のように言うのも、辰之助にすれば片腹痛かった。

「敵を斬《き》るのが目的ではない。どこまでも、身を守り思念を深めるために剣技を磨くのだ」

と剣士らは主張するけれど、無抵抗主義、平和主義に徹したなら剣は不用なはずである。

「剣禅一如《いちにょ》」などともいう。真の仏者、禅僧たちにとっては迷惑な付会にちがいあるまい。剣ではなく、雲水としてのひたすらな修行によって、おのれを錬《きた》え上げた傑僧はすべて、どのような暴力にも素手《すで》で立ち向かっているではないか。それでこそ仏者なのだと辰之助は思う。

織田勢の乱入にびくとも屈せず、

「安禅かならずしも山水を用いず、心頭を滅却すれば火もおのずから涼し」

の遺偈《ゆいげ》とともに、猛火の中に端然《たんぜん》として入寂した快川《かいせん》禅師は、肉体的な力の勝負でなく、表面、信長の狂気の前に敗れ去ったごとくだが、精神の高さではるかに敵を超えて輝いている。後世の人間が搏《う》たれるのは、織田の兵どもが手に手に摑《つか》んでいたであろう白刃や槍《やり》ぶすまの威力ではない。快川の金剛心の勁《つよ》さである。

「身を守るために剣があり、修業のために技を磨く」

というけれど、守りきれなくなったらどうするのか。剣を帯びている以上、抜かざるをえず、剣技を磨いている以上、戦わざるをえないではないか。

いったん抜き合せ、ぶつかり合えば、あとは相手を屠《ほふ》るだけが目的のすべてとなる。きれいごとなど並べていたら、こっちが殺されてしまうのだ。禅も修養もない。剣を握るかぎり、最終的に在るものは食うか食われるか、血みどろな殺傷の酸鼻にすぎない。

刀はつまるところ、凶器なのだ。武士の魂だの、身の守り神だのといってみたところで、敵の肉体に斬りつけて威力を発揮する道具である以上、出刃や匕首《あいくち》と結果から見れば変りはない。残酷な恐ろしい凶器であり、それを巧みに使いこなせる剣士などという人種は、人殺しの専門家以外の、何ものでもないということになる。どう言いつくろってみたところで、仏者の愛とは結びつかない。剣と禅は、本来、一如になるはずのものではないのに、それを、と、もし本気で信じている剣士がいたとしたら、矛盾に気づかない独善家か、剣の本質、禅の本質のどちらもを把握しきっていない愚者であろう。

いとも安直《あんちょく》に、黴《かび》のはえかかった「剣禅一如」などという言葉を何の疑問も抱かずに受け売りする剣士らを見ると、辰之助は顔をしかめたくなる。

反感の根は、突きつめてゆけば少年の日の憤怒《ふんぬ》から出ているのだが、知らず知らず剣術嫌い、剣士嫌いになってしまっている自分を、越前屋佐兵衛の前では、ありのままに辰之助は出せない。みすみす大損するのを覚悟で、海のものとも山のものともわからなかった怪しげな興行に、大金を出してやるほど榊原鍵吉に打ち込んでいる舅《しゅうと》なのだ。

家が近かった。佐兵衛の経営する湯屋に、しょっちゅう入りに来てもいた鍵吉である。つき合いの永さから言えば、辰之助など遠く及ばない間柄らしいとは、時おりお波津が口にする噂話《うわさばなし》からも察しがついたが、

「先生の生家は、もとは根岸の、御行《おぎょう》の松のそばにあったんですよ」

この日、汁粉屋の菊仙で佐兵衛自身から聞かされた問わず語りで、双方のかかわりを一層はっきりと辰之助は知ることができたのであった。

「あの人のお父っつぁんは榊原友直《ともなお》といってね、お先手組か鉄砲同心か、ともかくそれでも公儀ご直参の端くれでした。お定まりの貧乏ぐらし……。男ばかり五人兄弟の長男なんだが、女中も下男も置ける身分じゃない。お袋さんが早くに亡《な》くなったんで、弟どもの面倒は飯ごしらえから繕いもの洗濯、いっさい先生が見たそうです」

十三歳のとき、男谷精一郎の門に入った。根岸から本所亀沢町《かめざわちょう》の道場まで通うためには、毎朝、星のあるうちに起床しなければならない。蒲団《ふとん》のあげさげ、家の掃除。……弟たちに朝飯を食わせ、父親と自分の弁当を割籠《わりご》にぎゅう詰めにして家をとび出す。夕方は退《ひ》けるやいなや脇《わ》き目も振らずに家路へ向かい、晩の惣菜《そうざい》を買って帰る。水を汲《く》みこみ竈《へっつい》の前にしゃがんですぐさま飯を炊《た》き出すのである。

「こんなことを繰り返していたら、くたびれて、いずれ参ってしまうぞ。もっと家の近くにだって剣術道場はあるだろう」

男谷精一郎の助言にも、鍵吉は耳を傾けない。

「先生を師と仰いだ上は、どこまでも当道場一本槍でがんばりぬきます。ほかへなど、断じて移りません」

はねつけて、十三や四の肩には荷の重すぎる家事と修業の二筋道を、ともかく驀進《ばくしん》しつづけたのだ。

「これはどういうことでしょうねえ辰さん」

小女《こおんな》に言いつけてぬるくなった茶を替えさせながら、佐兵衛がいささかうんざり顔で、意見を求めてきた。

「いったん、この人、と決めたら最後、とことん尽し切って脇き見をしない。男谷先生の歿後《ぼつご》は徳川十四代さま……家茂《いえもち》将軍です。将軍家が薨《こう》じるってえと、お次は上野の、輪王寺《りんのうじ》の宮さま……。男が、男に惚《ほ》れるって気持、あっしも先生に入れ上げてるから判《わか》らなくはないが、今どき『忠臣、二君に仕えず』じゃ古めかしすぎて時流に合やしませんや。あれであの人は、ずいぶん損をしてますぜ。男谷師範はまだしも、十四代さま輪王寺の宮さまにしてからが、どちらも影が薄うござんすからね。先生が忠誠を誓う相手というと、どうも奇妙に、不運なお方ばかりなのは困ったもんです。もうちっと利口に立ち回れねえもんかとあっしら、周りの者は歯がゆくってねえ」

篤実《とくじつ》、純朴と褒めて言えば言えぬこともなかろうけれども、主君にしろ師にしろ一人に執して、理も非もなく殉じ切るのは、目覆《めおおい》された馬車馬にひとしい。

「痘痕《あばた》もえくぼ」

と、譬《たと》えにも言う通り、惚れこんでしまうと目が曇る。客観性を失って熱情の塊りになってしまうから、谷底に落ちる危険に気づけない。理も非もわかっての上で、冷静に結ばれた人間同士の絆《きずな》こそ、じつはもっとも固いのではないか。『忠臣二君に仕えず』式の道徳を、どこまでも美しいものと信じて榊原鍵吉が疑わないなら、「石川五右衛門《ごえもん》にもし、あなたが心服し、子分になったら、泥棒の手先を働く気か？」

と、辰之助は反問してやりたい。

彼は、でも、やはり佐兵衛に遠慮して、その感情を逆撫《さかなで》するようなことは何も言わなかった。煙草《たばこ》入れを取り出し、一服、ふかぶかと吸いつけながら、

「輪王寺の宮というと……いまドイツに留学しておられる北白川宮能久《よしひさ》親王のことですね」

さりげなく、確《たしか》めたにとどまった。

五

剣技がめきめき上達し、師範代を勤めるようになっても、榊原家の貧乏ぶりは変らなかった。

弟たちは成長し、そのぶん手はかからなくなったものの、鍵吉の粗衣粗食はもとのままだ。よれよれの袴《はかま》に、これも垢《あか》じみた木綿布子《ぬのこ》を一着し、朴歯《ほおば》の高下駄《げた》をガラガ

ラ鳴らして道場に通ってくる。油けのない髪はいつ櫛《くし》を入れたのか、赤ちゃけて風に乱れ、閂《かんぬき》差しに横たえた腰の両刀だけがばかに目立つ。それとてよく見れば柄糸《つかいと》がほずれ、鞘《さや》もところどころ塗りのはげている年代ものなのである。

ただ一つの娯《たの》しみは酒の味をおぼえたことだ。師匠の代りに出稽古《でげいこ》に行くと、いくばくかの謝礼が貰《もら》える。縄のれんの付け台に陣取ってちびちびやるのが、女にも賭《か》け事にもまったく興味のない鍵吉にとって、何ものにもまさる至福のときであった。

ペリーが戦艦をひきいて浦賀へ来、長崎にはロシア使節のプチャーチンが来航するという騒ぎのさなか、男谷精一郎は老中の阿部正弘《あべまさひろ》に建議して防備の必要を説いた。

「旗本の子弟を訓練し、筋金を入れて、幕軍の根幹としなければなりません」

はじめ校武場ととなえ、のちに講武所、さらに陸軍所と改められた武術鍛練場開設の構想は、こうして急速にまとまった。

江戸市中を襲った大地震の余波で、しばらく足ぶみはしたけれども、安政三年四月、越中島の練兵場敷地に建物はできあがり、開所式にまで漕《こ》ぎつけたのである。

頭取《とうどり》に任ぜられたのは男谷だった。

技倆卓抜《ぎりょう》と評判されている若手の中から、彼は教授を選び出した。槍術《そうじゅつ》では神保平九郎、高橋謙三郎、駒井半五郎ら十名、剣術では松下誠一郎、戸田八郎左衛門、松平主税之助《ちからのすけ》ら、また砲術では下曾根金二郎、高嶋喜兵衛といった錚々《そうそう》たる腕達者が選に当り、公儀の辞令を手にしたが、榊原鍵吉が剣術部門での教授方に加えられたのは、男谷精一郎の推挙によるものであった。

渡された仕度金で、鍵吉ははじめて紋服を新調した。父譲りのそれは、曾《そう》祖父の代から丹精した古物《こぶつ》で、質屋と家の箪笥《たんす》をかぞえきれないくらい往復し、幾度か流されかかりもするうちに羊羹色《ようかんいろ》に変色して、肩の布地が透《す》き透きにされかかっていたのである。

鍵吉、二十七歳――。

「身なりがパリッとすると、恰幅《かっぷく》堂々としているだけに男ぶりがあがるな」

初出仕を祝って、赤飯まで炊かせてくれた男谷に、鍵吉は口ごもりながら言った。

「洟《はな》たらしの童《わっぱ》を、竹刀《しない》の握り方から教えこんで、どうやら一人前にお育てたまわったばかりか、こうして衣食のための配慮にまでお気づかいくださるご高恩……。死んでも忘れません。先生のためには拙者、犬馬の労も厭《いと》わぬ決意でおります」

「まあ、そう力《りき》むな。おぬしは若い。師弟の恩義などという目さきの情に溺《おぼ》れずに、飛躍の機会を捉《とら》えたらいつでも羽ばたいて、大きく天空に乗り出して行け。わしへの義理になどこだわるな。政情は目まぐるしく進展している。おぬしら門下生がずんずん外へ出て、大成してくれることこそが、結局はわしのよろこびなのだからな」

弟子を見ること、師にしかず……。

男谷の目にはすでにこのころから、鍵吉の視野狭窄《きょうさく》が重大な欠点として映っていたのかもしれない。

講武所が発足した翌々年、大老職についた井伊直弼《いいなおすけ》が、〝安政の大獄〟を強行するとまもなく、桜田門外での凶刃《きょうじん》に命を失い、坂下門の変、皇女和宮の降嫁《こうか》につづいて寺田屋騒動、さらに横浜の生麦村では攘夷《じょうい》浪士による異人殺傷事件まで発生――。ただならぬ揺れ返しのうちに歴史の歯車はゆっくりと、しかし確実に回転していた。

巨大なその軋《きし》みを、鍵吉の耳は聞きのがしている。じたい初めから、聞く姿勢を持とうとしないのである。判で押したように来る日来る日、講武所に通い、手抜きを知らぬ愚直さで所生どもに稽古をつけるのを、恩師に報いる唯一《ゆいいつ》の道だと信じきった顔だ。

男谷精一郎が病歿したときは、だから呆然《ぼうぜん》自失した。享年《きょうねん》六十七――。まだ老い朽ちる年ではないのに、惜しい時に、惜しい人材を死なせたとの声が、しきりにあがったが、鍵吉の痛恨の質はもっと身近かなものだった。幕府のために、男谷の死を残念がるといった公的な視野に立ってはいない。父や兄を失ったと同じ悲しみなのである。

思えば二十年を越す歳月を、密着して生きてきた。師弟というより、男谷との間に結ばれていた親愛は、肉親のそれと変らないまでに深かったのだ。

鍵吉の胸にあいてしまった空洞……。

亡《な》き師に代ってそれを埋めてくれたのは、十四代徳川家茂であった。講武所の教授から抜擢《ばってき》されて、将軍の身辺を警固する親衛隊の一人に鍵吉は加わっていたが、登城しても、ふだんはさして用があるわけではない。詰め所の壁によりかかってこくりこくり居眠るか、空地へ出て木刀の素振りをするくらいで、暇をもて余す日が多い。若いころから読書は苦手だし、碁将棋もさして好きではない。

こっそり瓢《ふくべ》に酒を仕込んできて、隠れ飲みを楽しむうちに、次第にそれが大っぴらになり、家茂の前ですら赤い顔をしているようになった。

「そのほう、申《さる》年か?」

「いや、天保《てんぽう》元年庚寅《かのえとら》の生まれにござります」

「それにしては面体《めんてい》の色が猿に似ているな」

「生来の赤面《あかつら》で……」

「はははは、好きならば振舞うてつかわそう」

と小姓に命じて、とび切りの上酒を広縁に運ばせ、

「御前にて頂戴《ちょうだい》いたしては、せっかくの美禄《びろく》も咽喉《のど》へ通りませぬ」

なんのかのと言いながらそのくせ辞退もせず、さも旨《うま》そうに鍵吉が飲むのを、面白がって家茂は眺めた。

十七か八のひ弱な肩に、担《にな》いきれぬほどの重圧を乗せられ、しんそこからはくつろぐことさえ許されなかった当時の家茂である。取り囲んでいるのは血走った目、ひき吊《つ》った顔ばかりだし、耳にするのはすべて解決に苦しむ難問題か、局面を憂《うれ》えて悲憤する声ばかりであった。

瓢々乎《ひょうひょうこ》とした鍵吉の風貌《ふうぼう》に接するひとときだけが、家茂には貴重な息抜きとなった。

酔うと膝《ひざ》を叩《たた》いて鍵吉は唄《うた》う。

「踊りは？」

「踊れます」

と悪びれない。武骨者《ぶこつもの》ではあっても、江戸生まれの江戸育ちだ。まんざら無粋《ぶすい》な芸無しではなかった。

瓢簞《へうたん》ばかりが浮き物か
わたしもこのごろ浮いてきた

そんな俗謡も家茂には珍しい。

広大な奥庭をそぞろ歩くさいは、きまって鍵吉を供につれる。築山《つきやま》の亭などで所望されるまま唄い踊る姿を、急用をおびてやってきた老職などが入り側の廊下から遠目に見て、

「上さまのお前で、何たる慮外な！」

叱《しか》りつけるのを、

「かまうな。酒も歌舞も、予が強いたのだ」

なだめてくれる若い将軍に、鍵吉もぐんぐん惹《ひ》きつけられていった。

錯綜《さくそう》する政局の推移は、鍵吉の理解力にはややこしすぎて、よく呑《の》み込めない。そこで、

「将軍家を困らせるやつは勘弁できぬ」

ただ、それだけの一念に凝り固まった。単純明快――。判断の基準をすべて家茂個人への敬愛に置けば、迷うこともない。

朝廷に強制され、余儀なく上洛《じょうらく》の途についた家茂に従い、はじめて鍵吉は京へのぼった。そして否応《いやおう》なく、煮えたぎる維新回天の胎動を肌で実感し、尊攘志士と称する

者どものなまの言動にも触れたわけだけれども、あげく、いよいよ燃えさかったのは、

「徳川さまを苦境に逐《お》い込もうと策謀する輩《やから》こそ、憎い」

とする感情だった。

土佐の坂本竜馬《りょうま》が暗殺されたのは、鍵吉が江戸へもどった直後だが、結局わからずじまいに終った下手人の名が、しばらくのあいだ、

「公儀の手の者にまちがいない」

「今井信郎か」

「佐々木只三郎だともいうぞ」

やかましく取り沙汰《ざた》された。今井は榊原鍵吉の門弟だ。それとなく質《ただ》す者があっても、

「はてなあ、わしゃ知らんなあ」

顎《あご》を撫でて鍵吉はとぼけ通した。

幕府擁護を標榜《ひょうぼう》しながら、朝廷側にも立ち、公武合体論のかげで討幕運動を策す土佐藩のうごきを、

「首尾、まったく一貫せんじゃないか」

汚ないと鍵吉が罵《ののし》り、なかでも目の仇《かたき》に竜馬を嫌っていたのは事実である。

江戸へ出て千葉周作に剣を学び、勝海舟が公儀の海軍奉行をしていたときはその門に入って操練所の設立にも奔走しながら、口にとなえてやまなかった共和体制の実現とはうらはらに、陰でこそこそ薩長《さつちょう》同盟を締結させ、長州征伐のさいは海援隊まで組織して幕軍に弓引いた竜馬を、

「裏切り者、二股膏薬《ふたまたごうやく》！」

と鍵吉は断じきってはばからない。

長州再征が失敗に終ったあと、わずか二十一歳で家茂将軍は急死する。

「毒殺らしい」

そんな風評が飛び交う中で、やりばのない鍵吉の忿怒《ふんぬ》が、一人の竜馬に集中して向けられたとしてもふしぎはなかった。

大坂城から船で江戸へ帰った家茂の柩《ひつぎ》に扈従《こじゅう》し、鍵吉もこぶしを握りしめながら離坂したが、今井信郎は上方《かみがた》に残った。

よしんば竜馬暗殺の下手人が他の何者かであったところで、

「将軍家の仇が討てた」

心中ひそかに、鍵吉が快哉《かいさい》を叫んだであろうことは疑いない。少々の見当違いぐらい、意に介す気質ではないのだ。

六

家茂の薨後、一橋家から慶喜《よしのぶ》が入って十五代の将軍位を継いだ。

鍵吉には、しかし慶喜への忠誠心は湧《わ》かなかった。父祖伝来の幕臣の血……。親木《おやき》の傾きにも似た公儀の窮状をまのあたりにすれば、平静ではいられない。でも所詮《しょせん》、鍵吉を支えた基軸《きじく》は、家茂との心の触れ合いだったのである。

「世が世なら、ご直答《じきとう》すら許されぬお方だ」

直参とはいえ、お目見得以下の軽輩が、その人の前で酒をくらい、唄い踊った。まだ子供っぽさの抜け切れぬ顔に微笑を滲《にじ》ませ、指で拍子を取った家茂将軍――。短い一生の中で、自分が見せた戯《ざ》れ舞いだけが、憂悶《ゆうもん》をわずかにまぎらしたのかと思うと、痛ましさに鍵吉は胸が詰まる。泣けてさえくる。

慶喜はたちまち政権を投げ出し、王政復古の大号令が発せられて、幕府は崩壊したけれども、

「ばかな……」

鍵吉には納得できないことだらけだった。

家茂との永別を機会に出仕をやめ、講武所勤めも辞して市井《しせい》に隠れた。一介の町道

場主にもどったわけだが、

「なぜ幕府が賊なのか。天朝さえ担《かつ》いで立ち向かえば、道理も引っこむのか。錦旗《きんき》を振り回す側が、いつの場合も正義なのか」

阿呆《あほ》らしくてたまらなかった。

上野に彰義隊《しょうぎたい》が結成され、輪王寺宮公現《こうげん》法親王を推戴《すいたい》して、かなわぬまでも幕臣たちが戦う気だと知ると、はじめて、

「なるほどな」

鍵吉は腑《ふ》に落ちた顔で、にんまり、うなずいた。

「宮は皇族だ。伏見宮家から出て、梶井門跡に入室されたお方とやら聞いている。東海先鋒《せんぽう》総督を命ぜられてピーヒャラいま、江戸へ攻め込んで来ようとしている伏見宮嘉彰親王は、輪王寺の宮さまのご兄弟だそうだし、押し立てればこっちも錦《にしき》の御旗《みはた》……。官軍同士の合戦じゃないか。名目《めいもく》だけのことで賊呼ばわりされて、いじけることはなくなるわけだ」

名案だぞ、と手を叩いた。

榊原道場の門弟の中からも彰義隊に馳《は》せ参じた者は少なくなかった。

「先生が加わってくだされば百人力です」

「わしゃ斬《き》り合いはいやだぞ。どんどんパチパチは、なおさら御免だ」

「法親王さまのご身辺を守っていただくだけでいいのですよ」

隊長の天野八郎からも、ぜひに、と要請してきた。かつて鍵吉が好敵手とみなして手合せもしたことのある天野将曹──。八郎はその養子である。

「よし、それならば……」

引き受けて、法親王ご座所の御《ご》隠殿《いんでん》へ出向いた。車坂からはひと跨《また》ぎの近さだ。目通りしてみて驚いた。蘇《よみがえ》られたかと一瞬、ぎょっとしたほど、宮は家茂将軍に生き写しだった。よくよく見れば目鼻だちは違う。一方は俗体、一方は法体……。声などもむろん別人のそれだが、二人ながら纏《まと》っている憂わしげな雰囲気がそっくりなのだ。いかにも蒲柳《ほりゅう》の質を思わせる顔色の青白さ、首筋から肩にかかる線の細さなど、酷似している部分もたくさんあった。

年を訊《き》くと、二十二だという。

(ご存命ならば十四代さまも、二十三におなりのはずだ)

一つちがいの弟……。そう思って見ると、宮が家茂の再来でもあるかのようにいとしくなる。

若いに似ず、重責にある身をわきまえて、それなりに破局の回避に努力しようとしているけなげさも家茂と共通していた。東征軍進発と聞くやいなや宮は使僧を西上させ、駿府《すんぷ》まで進んできていた官軍の本営に哀訴させている。

「江戸への攻撃だけは見合せてください。町を焼土と化すに忍びません。無辜《むこ》の住民の生命財産を、一身に代えて守ってやりたいのです」

せっかくの願いも、勝に驕《おご》った薩長の容《い》れるところとはならなかった。

山内への砲撃が開始され、堂塔のあちこちから火の手があがり出したのを見て、

「宮に万一のことがあっては大変だ。かすり傷ひとつ、このお方に負わせてはならぬ」

鍵吉は決意した。

「お輿《こし》ッ、お輿はどこだ？」

見つけて、曳《ひ》きずっては来たものの肝心の輿舁《か》きがいない。右往左往するばかりで、従僧や寺侍《てらざむらい》の中にも物の役に立ちそうな男は一人も見当らなかった。

「ええい、いっそのこと……」

ためらう宮を叱りつけて背におぶい、御隠殿《ごいんでん》からかつぎ出した。上野の山をぐるりと包囲しながら、官軍がわざと東北《うしとら》の隅をあけておいたのは、輪王寺の宮をここから逃がして中途でつかまえるつもりだからである。その企《たくら》みのさらに裏を、上手にかか

なければ罠《わな》に落ちてしまう。勝手知った脇道《わきみち》づたいに鍵吉は巧みに走り、ひとまず車坂下の道場へ宮を匿《かくま》った。

「砲声が聞こえてきたので、とばっちりを用心してあの日わたしンとこじゃ裏も表もしんばり棒をかっていたんです」

とは、菊仙での佐兵衛の回顧談であった。

「ところがその戸口を、破れそうに叩き立てるやつがいる。『越前屋どの、開けてくれ』と叫ぶ声が先生でしょ、何ごとかと思ってしんばりをはずすと、じつはこれこれしかじか、輪王寺の宮さまをおつれして来たってんですから仰天しましたよ」

すでに佐兵衛の前には、空《から》の汁粉椀《わん》が四つ重なっている。安倍川餅《あべかわもち》の皿も二枚ある。土瓶ごと渋茶も二回お代りした。見ただけで辰之助あたり、げっぷの出そうな光景なのに、甘党の佐兵衛はけろりとして舌の回りはますます滑かになっていた。

「急いで人数を集めました。根岸一帯は東叡山《とうえいざん》のご寺領だから、いざとなりゃあ百姓の次三男がすぐ集まります。ひとまず向島《むこうじま》の小梅の寮にお移しし、そのあとも何カ所か江戸近郊の隠れ家を転々していただいているうちに、やっとほとぼりがさめかけた。そいつを待って船路・陸路《くがじ》を粒々辛苦、やっとの思いで奥州《おうしゅう》仙台の伊達《だて》さまの居城にお入り願ったんですが、よほど感銘されたんでしょうねえ、やがて江戸へお帰りになり、伏見宮邸に預けられて謹慎あそばしておられたさなか、夜陰こっそり、榊原先生とあっしをお呼び寄せなさいましてね、『いずれ京へもどる。いったんは朝敵となったこの身、どのようなお咎《とが》めを受けるかわからぬし、お前がたとの再会も期しがたいが、潜行のさいの心づくしは生涯、忘れぬ』と、手を取っておっしゃいましたよ」

「そのすぐあとに、伏見宮能久《よしひさ》親王の旧称に復されたのは、では帰洛なさってからですね」

「蓄髪し、軍事視察とやら留学とやらの名目でドイツ国へ行かされて、足かけ五年になろうってのにいまだにご帰国なさいません。外地で北白川宮家を相続され、宮号を変えられましたが、榊原先生なんざ、えらく腹を立ててますぜ」

「なぜ？」

「体《てい》のいい島流しだ、報復だって……」

「幕軍の旗じるしにされかけたからですか？」

「ま、そういうこってすな」

「扱いに困ったのでしょうよ朝廷では……。それで外国へ出向《しゅっこう》させたのだろうと思います。少しは懲罰の意味も含まれていたかもしれないが、ドイツへ留学できるなんて、わたしらから見れば羨《うらや》ましい限りです。身代りに立ちたいくらいですよ」

「いずれ辰さんにだって留学のお鉢ぐらい回ってきますさ」

「もし、そんなことになったらお波津を同伴しますが、かまいませんか?」

「かまいませんとも。あなたに差しあげた娘だ。外国はおろか地獄の底にだって、一緒につれてってやってください」

「それにしろ、滔々《とうとう》たる欧化の波に逆らって剣術の町道場にしがみついていたところで、先すぼまりになるだけでしょうにね」

「榊原先生が、ですか?」

「あれだけの腕を持つ人なら、なんとか時流に即した生き方もできるはずです」

「蹴《け》っちまったんでさあ、せっかくの誘いをね。ほれ、もとの北町奉行所跡に、刑部《ぎょうぶ》省《しょう》とかいう役所ができたでしょう。あすこから大警部の職に任じたいから出仕しないかって言って寄こしたことがあるんです。刑吏に剣術を指南してくれってわけですがね、にべもなく先生、ことわっちまいましたよ」

「将軍家を倒した側の粟《ぞく》は食《は》まぬということですか?」

「いずれそんなところでしょうが、窮すれば通ず、でね。一か八《ばち》かの撃剣興行は大成功をおさめました。日ごろ先生と昵懇《じっこん》にしているわたしらにすれば、ひさかたぶりでお天道《てんとう》さまをおがんだような良い心持なんです」

先生自身は、まして有頂天のよろこびようだ。武道愛好の精神、いまだ廃《すた》れずと、

大いに意を強くしている……そう語る佐兵衛の顔を凝視して、

「一時の狂い咲き、仇花《あだばな》ですよ」

辰之助は水を差した。

「舅《しゅうと》どのに、わたしごとき若造が意見がましい口をきくのは憚《はばか》られますが、金主を引き受けるのは今回だけでおやめになったほうがよい。味をしめて二度目をもくろんだら、次は必ずしくじりますよ」

「えらいッ」

途方もない声で佐兵衛は褒めた。

「さすがはお波津が見込んだ婿《むこ》どのだけある。アルコール漬けの標本を覗《のぞ》くだけが能のお人かと思ってたけど、とんだ見当はずれでしたな」

「では、越前屋さんも……」

「そっくり同じ考えですよ。やれ玉突きだベースボールだと、海の向こうから面白いものが新規にどしどし入り込んでくるご時勢です。小屋掛けのや、っ、と、う試合がそうそう長つづきするはずはありません。まぐれ当りだと、あっしも思ってます。金方《きんかた》は今回かぎり……。危ない橋は二度とは渡りませんさ」

と、根っからの商人だけに醒《さ》めるところは抜かりなく醒めていた。

「それを伺って安心しました」

笑い合って汁粉屋の門口で別れたが、この日を境に、憎悪《ぞうお》ひと色に塗りつぶされていた榊原鍵吉に対する感情が、微妙に変化しはじめたのを辰之助は自覚しないわけにいかなくなった。

(親を見失った迷子、渡りの列から脱落したはぐれ鳥……)

そんなふうに、なぜか相手が見えてきたのだ。図体《ずうたい》のいかつさにまで、ふっと哀れをおぼえたのは、それだけ辰之助自身の気持に、ゆとりが芽ばえた証拠であった。

七

案の定、撃剣興行は尻《しり》すぼまりに人気を失い、みじめな終り方で幕を閉じた。模倣者が続出したのである。左衛門河岸《がし》での催しが当ったと見るや、どっと真似《まね》する者が出て、たちまち乱立状態となり、客の奪い合いから、三本勝負の定法などどこかへ吹きとんでしまった。

馴《な》れ合いの、いかさま試合、賭《か》け試合……。女の薙刀《なぎなた》使いをつれて来て、桃色の蹴《け》出《だ》しの下から白い脛《すね》をチラつかさせる。はては足を掬《すく》わせ、大股《おおまた》をひろげて転ばせるといったやり方に堕《だ》しては、いかがわしい見世物とえらぶところはない。

負債の山で首が回らなくなり、夜逃げ同様、田舎へ落ちて行く剣客たちが続出……。剣術の将来に存続の曙光《しょこう》を見いだすどころか、かえって衰亡に拍車をかける結果になってしまった。

そんなありさまに、追い打ちの鉄槌《てっつい》を下《くだ》したのが廃刀令の公布である。平民だけではない。武士もまた、いっさい帯刀の儀、まかりならぬと法で決められたのだ。腰に両刀をおびてこそ武士である。戸籍にいくら士族と書いてあったところで、丸腰ののっぺらぼうでは話にもならない。左腰骨の上に、ずっしりこたえていた刀の重み……。それがなくなると身体《からだ》が傾《かし》いで、風船玉みたいに宙に浮き上りそうな頼りなさだ。

両刀を差させない、ということは、形の上だけの変化ではなかった。刀を取り上げると同時に厖大《ぼうだい》な旧武士たちの心中から、彼らをかろうじてこれまで武士たらしめてきた士魂《しこん》までを、為政者はもののみごとに抜き去ったのであった。

「もはや、これまでだよ越前屋どの。わしは道場を閉じる」

鍵吉は、ぼそりと言った。

「残り多いこってすが、これも時の勢い……。転業の汐時《しおどき》かもしれませんな」

憮然《ぶぜん》とした表情で佐兵衛も応じた。

「でも先生、剣術指南をやめて、この先どうなさるおつもりです？」

「講釈場《こうしゃくば》を開く。これだけの広さがあれば客の三百や四百、詰め込めるだろう。舞台はあすこを改造すれば、ぴったりじゃないか」

神棚をまつった上段の間――。幕府瓦解《がかい》前の最盛期には、千を越す門弟が出入りした道場なのだ。それが今は、もの好きな通《かよ》い弟子が十人たらず……。天井には蜘蛛《くも》の巣が張っている。

「ようがす。ひと肌ぬぎましょうや」

撃剣興行のさい一流の講釈師幾人もに渡りをつけて、呼び込みを引き受けてもらったのもその方面に顔のきく佐兵衛の働きであった。

さっそく大工が入り、道場は寄席《よせ》に早がわりした。名はずばり、榊原亭とつけ、宝井馬琴、神田松鯉《しょうり》ら人気絶頂の講釈師がこんども賑々《にぎにぎ》しく出演してくれることになった。

「行ってあげましょうよあなた、今日が初日よ。一つでも多く客席が埋まっていたほうがいいでしょう」

お波津に誘われて、

「そうだね、どんな具合か覗いてみようか」

辰之助もその気になった。

「お舅《とう》さんは、こんども榊原さんに金の援助をしてあげたようかい？」

「撃剣興行のとき、差し引きわずかでも儲《もう》けさせてもらった恩返しに、やはりその分だけは助けてあげなきゃ義理が悪いと、おっ母さんを説き伏せていたわ」

「そうか。やはり出してしまったか、金を……。もう、これっきり金方からは手を引くと言っておられたのになあ」

「困っているときに助けてこそ、助ッ人《と》というものだ、先生に、少しでも余裕があるなら手は出さない、みすみす困っていなさると知りながら、たかが金のことでそっぽは向けないよ——そんなこともおっ母さんに言ってました」

「ふーん、困ってるときに助けてこそ、助ッ人か」

頰が赧《あか》らむのを辰之助は感じた。婿の前では心得たような口をききながら、じつは算盤《そろばん》勘定では割り切れない情誼《じょうぎ》の枷《かせ》の中に、それなりの信条を見いだしていた佐兵衛だったのだろう。賢《さか》しら立って、年長者の生きざまに損得ずくだけの忠言をこころみた若さが、辰之助はかえりみられた。

出かけてみると、だが懸《け》念《ねん》など吹きとんでしまった。押し合いへし合いの大入りだったのである。

「やあ、お波津ちゃん、ご亭主まで来てくだすったとはありがたいなあ」

鍵吉の豪傑笑いも、客席の喧騒《けんそう》で消されそうだ。途中、酒屋で求めてきた角樽《つのだる》を、

「はい先生、わたしたち夫婦からのお祝いよ」

お波津が差し出すと、いよいよ鍵吉は相好《そうごう》を崩して、

「さ、前の方へ来てくれ。ひと枡《ます》、知人のために明けてある。こっちだこっちだ」

席に案内してくれた。黒羽二重の紋服は、恩師男谷精一郎の推挙ではじめて講武所に出仕することになった若き日、仕度金でこしらえたというあの、一張羅らしい。いささかくたびれて皺《しわ》が寄っているが、鍵吉は得意満面な様子だ。

左衛門河岸のときと違って、寄席の繁盛《はんじよう》を目にしながらそれを不快と感じないのを、辰之助はわれながら訝《いぶか》った。不快どころか、

(よかったな)

ほっとしてさえいる心境の変化に、辰之助はうろたえてもいた。

(佐兵衛さんの損失が気がかりなのだ。榊原亭の経営がうまくゆけば、出費は取り返せる。わたしは舅どののために客の入りをよろこんでいるのだ)

強いてのように、そう、自分に言い聞かせたが、つかのまの安堵《あんど》など、はやくも打ち出しには霧消してしまった。出口で混乱が起こったのだ。

下足番は、腰の曲りかけたよぼよぼ爺《じじい》だった。一気に溢《あふ》れ出てきた客をさばききれず、うろうろする……。

「こんなボロ下駄《げた》じゃない。そっちの畳付きじゃないか馬鹿《ばか》ッ」

「ぼやぼやしてねえで早く出せ」

と下足札を振り回して、客は気短かにどなり立てる。鍵吉が出てきて大喝一声した。

「焦《じ》れなさるな客人。我れ勝ちに犇《ひしめ》くからなおさら遅くなる。いろは順に並ばっしゃい。『い』の一番から履物を出させよう」

「冗談いうない」

聞くなり一人がくってかかった。

「おらアまっ先にここへ出て来た。でも下足札は『す』の六番だぜ。順番に並ばされたりすりゃアびりッ尻《けつ》だあ。そんな片手落ちがあるもんか。出た順に出すにきまってるじゃねえか」

見るからに向こう気の強そうな職人体《てい》の男である。つれとみえる二、三人が、

「そうだそうだ、いろは順になんぞ並ばされてたまるかいべらぼうめ、早くおれたちの雪駄《せった》ア出せ、夜が明けらア」

さわぎたてたとたん、

「やかましい、並べといったら並ばんかッ」

鍵吉の鉄拳《てつけん》がぽかぽかッと飛んだ。職人連中はすっ飛ぶ。尻餅《しりもち》を突く。簀《す》の子の板がけたたましい音をたてる。

「やりやがったな」

あとは怒号、悲鳴……。すさまじい摑《つか》み合いの中で女子供が逃げ惑い、年寄りは突きとばされてころんだ。楽屋に詰めていた佐兵衛が鳶《とび》の頭《かしら》をつれて駆けつけて、いきり立つ職人をやっとなだめ、こっそり詫《わ》び金を包んで引きとらせたが、残りの客は鍵吉の剣幕に恐れをなし、

「何番ですか？　そちら……」

「わたしは『と』の二番」

「じゃ、もう少しうしろだね」

おたがいに下足札を見せ合ってしぶしぶ並びはしたものの、顔つきはだれもが白《しら》けきっていた。楽しむために聞く講釈である。肩の凝りをほぐしにくる寄席で、武芸者上りの席亭の主人に叱《しか》りとばされてはかなわない。

客足はがた落ちに減り、講釈師に払うものも払えなくなって、榊原亭はあっというまにつぶれてしまったが、意気消沈している鍵吉を見ると、

「先生、あんたがいけないんです」

とは、佐兵衛にも言えなかった。なぜ、いけないのか、どこが悪いのか、言ってみたところで鍵吉にはわかるまい。無法な客を捌《さば》くのは、他の客のためにも当り前な行為だと、いまなお信じて疑わない相手なのだから……。

「どうします？　これから……」

「徒食はしていられない。別の手段を考えよう。居酒屋をやるのはどうだろう？」

「さてねえ、酒というやつに、わっしはからきし縁がないんだが……」

「それは委《まか》しておいてくれ。三十年四十年飲み馴《な》れて、コツは心得ているつもりだ」

ところが少しも心得てなどいなかった。むしろ猫に鰹節《かつおぶし》の番をさせるていたらくとなったのだ。売り物の酒を、鍵吉がぐいぐい飲んでしまう。それも家茂将軍のお相手を勤めていたころのように微醺《びくん》をおびて、陽気に唄《うた》ったり踊ったりするなら、まだよい。鍵吉の酔いぶりは変ってきた。額を青澄ませ、目を据えて、腐りかかった二枚貝がぶつぶつ臭い泡を噴くように、時おり口の中で何ごとかつぶやくのである。

「約束はどうした。夷狄《いてき》を攘《う》たんのか？」

そんな独りごとを小耳にはさんだ者もあった。

「攘夷《じょうい》の実行を迫って、薩長《さっちょう》は公儀を苦しめた。腰ぬけ幕府にそれができんのなら、おれたちが新政府をつくって攘夷をやる——そう言って倒幕の気勢をあげたのではなかったか？　ところがどうだ、新政府とやらが出来てみれば、お題目はけろりと忘れた顔で、欧米の猿真似に躍起《やっき》になっておる。食言《しょくげん》じゃないか、おい、みっともないぞ。上に立つ者が二枚舌を使って、下の者が素直に従うと思うのか？」

居酒屋へ飲みにくる客には、この呪詛《じゅそ》が、老人の世迷言《よまいごと》か愚痴としか聞き取れない。

「気味のよくねえじいさまだなあ」

「陰気なしかめっ面《つら》で、あのおやじが隅っこにトグロを巻いてるのを見ると、こっちまで気が滅入《めい》るぜ」

剣術使いのなれの果てというからには、でも、めったなことは言えない。へたに絡《から》まれて、腕の一、二本おっぺしょられてはえらいことだと敬遠し、客はだんだん寄りつかなくなる。居酒屋も、やがて店じまいに追い込まれた。

八

まさに八方塞《ふさが》り、と見えたとき、かつての輪王寺宮——北白川宮能久親王が、ドイツ留学を終えて足かけ八年ぶりに帰国してきた。

東京の本邸に、すぐさま鍵吉が召され越前屋佐兵衛も呼ばれた。

「そのほうらにまた、逢《あ》えた。変りがなくて何よりと思うぞ」

「宮さまは変られました。見ちがえるばかりたくましくおなりなされましたな」

鍵吉の両眼がうっすら濡《ぬ》れてきた。背に負っても、法衣ばかりが嵩《かさ》ばって、本体は紙みたいに軽かったひ弱げなあのときの青年僧が、黒々と美髯《びぜん》をたくわえた三十一歳の偉丈夫に変貌《へんぼう》している。

（家茂将軍も、生きていたら、さぞかしご立派な少壮貴族になっておられたろうに……）

思いはじきに、そこへ走った。

「恩返しがしたいと念じつづけていた。越前屋、望みがあれば申してくれ」

「わたくしは何も欲しいものなどございません」

佐兵衛は手を振った。

「稼業《かぎよう》は倅《せがれ》が継いで、まあ人並にのしてくれていますし、娘は大学東校の教授に見初《みそ》められて、これも仕合せにくらしております。婆《ばあ》さんと二人、いってみりゃあ楽隠居の身分……。どうかわたくしの分まで、先生に肩入れしてあげてくださいまし」

「榊原には当家の家従どもへの、剣術師範役を委嘱するつもりでいる。どうであろう、些少《さしよう》だが月々の謝礼三十円にて、指南しに来てくれまいか」

「と、とんでもない。そんな破天荒な金額ではお受けできません」

こんどは鍵吉が、目をむいて手を振る番だった。

「謝礼などというものには、おのずと相場がございます。一回につき二十銭でならよろこんで参上いたしましょう」

「二十銭？　いかになんでもそれでは……」

「いやいや、世に忘れられたすたれ者の老骨……。二十銭でも多すぎるくらいです。それ以上はビタ一文、頂きませんぞ」

頑固は相かわらずだ。その代り一回ごとの日払いと決めて、あくる日からいそいそ、鍵吉は北白川宮邸に通い出した。

剣術じたいの衰微――。うらぶれた鍵吉の姿に、それが象徴されているのを、能久親王は胸の痛む思いで眺めた。

（頽勢《たいせい》は、もはや個の力では支えようもない。せめてそれならば、たとえ一枝の菊ででも引退の花道を飾ってやろう）

こうして実現したのが、上野公園での天覧試合であり、ひきつづき、能久親王の実家伏見宮家でおこなわれた兜《かぶと》割りの競技であった。

朝野の貴顕が夫人同伴で招待された中に、佐久間辰之助夫妻もまじっていた。芝生を敷きつめた洋風庭園である。ところどころに模擬店が出、天幕のかげでは楽隊が軽快な奏楽を流している。

しばらくして合図の太鼓が鳴り、紳士淑女らが設けの椅子《いす》に居ならんだ。楽隊もやんで、広大な庭が静まり返る。警視庁で剣道師範を勤める辺見宗助、山岡鉄舟ら、出場剣士はいずれも名のとどろいた人々ばかりだ。

「榊原先生、うまく兜が斬《き》れるかしら……」

波津が不安げにささやいた。和服の礼装が秋の日ざしに映えて、夫の目にさえまぶしいくらい今日の彼女は美しい。

「どうかなあ、なにせ往年の血気はおとろえているだろうからなあ」

「実家《さと》の父さんたら先生の勝を祈って、金比羅さまに甘い物断ちしたのよ」

「汁粉や大福やぼた餅をかい？」

「そうなの。母さんは腹をかかえてるけど、当人は大まじめ……。三七、二十一日の間は惣菜《そうざい》の味つけにも砂糖を使うこと、まかりならんぞって、こわい顔して命じたんですって……」

小声で言いながらくすくすお波津は笑う。

佐兵衛の、その祈念が金比羅大明神に通じたわけではあるまいけれども、鉄舟が業《わざ》

物《もの》をひっさげて立ち向かっても割れず、辺見宗助がこれまた挑んでも、太刀をはね返して寄せつけなかった南蛮鉄桃形《なんばんてつももなり》の兜の鉢が、

「ええいッ」

裂帛《れっぱく》の気合とともに鍵吉の振りおろした剛刀の下で、みごと、ぱっくり口をあけた。五寸も斬りさげたのであった。

「うれしいッ」

こんなところに町育ちの地金《じがね》が出る。夫の片腕にしがみついて、いささかはしたないまでの嬌声《きょうせい》をお波津はあげたが、満場のどよめきはその声を上回った。

いつのまにか手に汗をにぎって、

(うまくいきますように……)

鍵吉の勝を念じていた自分に、辰之助は苦笑していた。

「よかったなあ、老い木に花が咲いた。榊原さん一世一代の、晴れ舞台となったじゃないか」

ただ、医者の目で見て気になったのは、鍵吉の顔のむくみであった。ごく微細な徴候だが、足にはおそらく、もっとはっきりした症状が出ているのではないかと思われる。ひところよりさらに一段と、加速がついたように老《ふ》けてもきていた。

「あいかわらず飲んでいるのだろうか」

「昔にくらべれば、ぐんと酒量は落ちたそうよ。でも二十銭いただいて宮家を辞去すると、きまって四谷見附のそば屋へ寄って、好物のもりで徳利二、三本はあけて帰る毎日らしいわ」

「脚気《かつけ》じゃないかという気がする。おそらく食い物が偏頗《へんぱ》なんだ。酒のほかは、ろくな栄養を摂《と》っていないにちがいない。一度、病院に診《み》せにくるといいな。脚気だけでは死なないけれど、ほうっておくと衝心《しようしん》の発作に見舞われるよ。そうなってからでは遅いからね」

「まあ恐ろしい」

お波津はいそいで父に伝え、佐兵衛も幾度か出かけていって診察を受けるようような《ママ》がしたが、

「ご厚意、かたじけない」

礼を言うばかりで、鍵吉は動こうとしない。

「夏場になると、手足や顔に水気《すいき》が出るのは、永年に亘《わた》るわしの身体癖《からだぐせ》でな。慣れておるのだよ」

「でも先生、そのおみ足、だいぶむくんでいるようですぜ」

裾《すそ》短かに着た単衣《ひとえ》から、胡坐《あぐら》の毛脛《けずね》がむき出しに見える。

「くすぐったい。よせよせ」

身をよじるのを、かまわず寄っていって佐兵衛が押すと、指の太さにずぶりとへこんだ。

「こりゃ、えらいむくみだ。いけませんや、やっぱり診てもらわなきゃ……」

「秋とはいっても、まだ残暑がきびしい。涼風が立つとむくみはひっこむ。毎年、同じことのくり返しさ。婿《むこ》どのの親切には感謝するよ越前屋どの、よろしく言ってくれ。な?」

佐兵衛はしかし、きかなかった。どうしても病院へつれて行く、出歩くのが大儀なら辰之助に往診させるとまで言い張った。

「わかった。わかった。来てもらったりしては相済まん。出かけて行くよ」

そのくせ、なかなか腰をあげない。しかも秋闌《た》けるころには言う通り、すっかりむくみが引いてしまったので、佐兵衛も無理にはすすめなくなった。でも、年があけて、暑さにかかると再び出てくる。そんなことの繰り返しを、どれくらい続けていたろうか。

「とうとうお倒れなさいましたッ」

急報に接して辰之助が駆けつけたときには、すでに完全に心臓は動きを停止していた。ベソをかいているような死顔であった。

（大きな迷子……）

また、ふと、そんな言葉が脳裏をかすめた。この人を憎み恨むことで、勉学への闘志をかき立てた遠い過去が、いまとなればなつかしくさえ思い返された。勝者の優越に立って、老剣士の死を見おろしたわけではない。

（わたしらだって同じじゃないか）

その発見を噛《か》みしめることで、こだわりのいっさいが気持よく水に流せたのである。

剣技であれ医学であれ一つ世界に打ち込みすぎて、孤独の袋小路に嵌《はま》ってしまうと、世の中の推移が見えなくなる。

（歴史の変転に対応しきれず、いつのまにか時流からはみ出して、迷子になってしまうのだ）

子供は親にはぐれると、心細さに耐えきれず泣き騒ぐけれども、大人の〝迷子〟は、はみ出し者になってしまった自分に気づかない。うすうす気づいても、それを認めようとしたがらない。世の中のほうが訝《おか》しい、ずれている、どこか狂っているのだと信じこむ。そしてますます疎外感《そがいかん》を深め、孤影を濃くしてゆく。

(そうならぬという保証は、だれにもない。わたしにも、無い)

鍵吉、享年《きょうねん》は六十五――。

越前屋佐兵衛が取りしきって、遺骸《いがい》を四谷南寺町の西応寺という寺に葬《ほうむ》った。ひっそりとした葬儀であった。

総解説

末國善己

剣豪と流派

戦国乱世を終わらせ太平の世を築いた徳川幕府は、武士を〝いくさ人〟から政治家、官僚に変える必要があった。だが合戦《かっせん》しか知らない武士に、戦争は悪などと言うと混乱が起きるので、クッションを置きつつ、徐々に価値観を変える方策を採った。その時に利用されたのが剣術である。

江戸時代の剣術は、平和な時代に相応《ふさわ》しく、人を斬《き》る技術ではなく、人間性を高める修練として武士階級に広まっていった。〝主君に尽くす〟〝領民のために働く〟といった武士道が、剣術や兵学を通して確立したのも、武術が武士の道徳として認識されていたからなのである。武士道は、戦場を駆ける武士の生き様がベースになっていると思われがちだが、槍《やり》一本で一国一城の主になれる可能性があった戦国時代の武士はもっとドライで、二君に仕えることも、無能な主君を見限ることも平気だった。槍一本で戦場を渡り歩く「陣借り」武者なる豪の者もいたほどである。

だが平和国家に、アナーキーな武士が大量にいたのでは困る。そこで〝忠義〟という枷《かせ》を作り、武士を小さくまとめるために作られたのが、江戸の剣法なのである。

ところが、幕末になると状況は一変する。外国の脅威に加え、国内では佐幕派と勤《きん》王《のう》派の対立が激化。政情の不安定は物価の高騰《こうとう》に結び付き、治安も悪くなる。そうなると武士は再び〝いくさ人〟になることを迫られ、庶民の中にも身を守るために剣を学ぶ者が現われる。幕末に剣術がブームになったのは、このためなのである。

だが幕末は、剣豪の活躍を簡単には許そうとはしなかった。欧米から高性能の銃が大量に持ち込まれたため、佐幕派も攘夷《じょうい》派も近代兵装への転換を急ぎ、剣など時代遅れの武器になりつつあった。西南戦争で幕末最強と謳《うた》われた薩摩《さつま》隼人《はやと》が、平民で構成された新政府軍に敗れたように、剣で人を斬るためには長い修行が必要だが、銃は短期間の訓練で誰でも使いこなせる。最新式の銃と剣では、勝負にならないのだ。

幕末の剣豪の中には〝武士の魂〟＝剣術にこだわって悲惨な末路をたどった者もいれば、いち早く西洋の最新技術に乗り換えようとした者もいる。明治まで生き延びたため、廃刀令という屈辱を受け入れることになった者も少なくない。

新選組を筆頭に、幕末の剣豪が高い人気を誇っているのは、夢半ばに倒れた者も、勝ち残って維新の元勲となった者も、共に哀愁を背負っているからかもしれない。
ここで本書に登場する剣豪の素顔を、簡単に振り返ってみたい。

神道無念流・斎藤弥九郎

若い時代小説ファンならば、斎藤弥九郎《さいとうやくろう》と聞くと平岩弓枝《ゆみえ》『御宿かわせみ』を思い浮かべるかもしれない。『御宿かわせみ』の弥九郎は、岡田十松《おかだじゅうまつ》の撃剣館で剣を学ぶ神林東吾の兄弟子として登場。師匠の死後、弥九郎が練兵館を開くと、東吾は改めて弥九郎と師弟の契《ちぎ》りを結んでいる。弥九郎は東吾の剣を「春風駘蕩《たいとう》の剣」と呼んで絶賛し、後に東吾が幕府講武所の教授方になれるよう尽力している。

『御宿かわせみ』はフィクションなので、神林東吾もるいも架空の人物だが、斎藤弥九郎は幕末を生きた実在の剣豪である。弥九郎は一七九八年、越中《えっちゅう》国氷見郡仏生寺《ぶっしょうじ》村《むら》の郷士の長男として生まれた。大坪武門『斎藤弥九郎伝』によると、一五歳の時に銀一分《ぶ》を持って江戸へ出るが、板橋に着いた時にはわずか二朱しか残っておらず、その中から焼芋を食べた。これが郷里を出て初めて口にした温かい食事だったという。

やがて弥九郎は岡田十松の門下となり、神道無念流を学ぶ。神道無念流は、下野《しもつけ》に伝わる新神陰一円流を学んだ福井兵右衛門嘉平が、一七三五年頃に興した流派である。青山敬直・羽島耀清らの共編著『新撰武術流祖録』には、廻国修業をしていた嘉平が「信州に至り、飯綱権現《いいづなごんげん》に祈りて、遂《つい》に奥旨を悟り、自ら神道無念流と号す」と記されている。

神道無念流は、敵に対して左もしくは右斜めに体を捌《さば》いて攻撃をかわし、そこに生じた僅《わず》かな隙《すき》を見付けて打ち込むことを極意としている。江戸に出て道場を開いた嘉平の剣は、戸賀崎熊太郎、岡田十松へ受け継がれる。弥九郎は、この十松の下で神道無念流を学んで頭角を現し、師匠の没後には遺言により道場を引き継いでいる。

十松の門下には、韮山《にらやま》代官で西洋砲術の第一人者となる江川太郎左衛門（英龍）や、水戸学の大家・藤田東湖などがいた。弥九郎は太郎左衛門とは親しかったようで、弥九郎が独立して練兵館を開く時には太郎左衛門がスポンサーとなっている。

江戸末期になり、竹刀《しない》と防具を付けて行う稽古《けいこ》が流行すると、弥九郎もこれを積極的に取り入れる。だが竹刀が防具に軽く当たったくらいではダメで、渾身《こんしん》の一撃のみを一本としたので稽古は荒々しかったという。練兵館は、千葉周作の玄武館（北辰一刀流）、桃井春蔵の士学館（鏡新明智流）と共に〝幕末江戸三大道場〟に数えられており、その激しい修業から〝位の桃井〟〝技の千葉〟に対し、〝力の斎藤〟と評されていた。そのため他の流派と竹刀を交えると相手を殺しかねないので、他流試合は禁止されていた。

練兵館は、道場破りにやって来た長州藩士を撃退したことで、長州藩から一目置かれるようになり、多くの留学生を受け入れている。その中には桂小五郎《かつらこごろう》、高杉晋作《たかすぎしんさく》、井上馨《いのうえかおる》、伊藤博文《いとうひろぶみ》ら明治維新の立役者がずらりと顔を揃えている。特に桂小五郎は、一八五三年から一八五八年まで、練兵館の塾頭を務めるほどの腕前だったようだ。

弥九郎は江川太郎左衛門に師事し、西洋砲術や西洋兵学などを学び、それを門下生にもさりげなく伝授していたという。弥九郎の薫陶を受けた若者が明治維新を成し遂げたことを考えると、新時代を作るのに弥九郎が果たした役割には計り知れないものがある。

北辰一刀流・千葉周作

北辰《ほくしん》一刀流を興した千葉周作は、一七九三年に生まれているが、生地については諸説あり、はっきりしたことは分かっていない（最も有力なのは、陸前国栗原郡《くりはら》とする説）。周作の曾《そう》祖父は中村藩の剣術指南役だったが、御前試合で不覚を取り栗原郡に隠棲《いんせい》。その子どもの千葉常成が北辰夢想流を編み出したといわれているが、これは伝説の域を出ない。父の成胤も剣術指南役に推薦されたが自ら辞退したと伝えられているが、これも真偽不明。ただ松戸で馬医者（獣医）を開業していたのは確かなようだ。

周作は父から北辰夢想流を学んだ後、父の勧めで小野派一刀流の浅利義信に入門し、二三歳で免許皆伝。さらに義信の師匠で、中西派一刀流の中西子正の道場で修業を積んでいる。義信は周作を養子に迎えて姪《めい》を娶《めと》らせ、一時期は自分の後継者と考えていたようだが、剣技をめぐって対立。周作は妻とともに義信のもとを去り、江戸を離れ武者修行の旅に出る。その後、江戸に戻り、新たに北辰一刀流を創始した。千葉家は北辰（北極星を神格化したもの）への信仰が厚く、流派名はこれに由来する。

北辰一刀流が急速に広まったのは、その合理的な指導法にあった。柳生新陰流の〝剣禅一如《けんぜんいちにょ》〟を持ち出すまでもなく、剣術は宗教との結び付きが強く、奥義《おうぎ》を究めるためには思想面も重視された。周作は剣の修業から観念的な要素を排し、肉体を合理的に動かすためのトレーニング方法を作り上げた。北辰一刀流が〝近代剣道の祖〟と称されるのは、伝統にとらわれない科学性を導入したからなのである。

北辰一刀流も幕末に流行した竹刀稽古を採用する。小野派と中西派を学んだ周作は、まず重要な六八手の技を制定し、これを試合形式で、より実戦に近い形で弟子たちに習得させようとしたのである。

周作は剣の技法だけでなく、段位についても改革を行っている。当時の剣術では八段階くらいの段位があったが、北辰一刀流は「初目録」「中目録免許」「大目録皆伝」の三段階にした。江戸時代には段位が上がるたびに、師匠や先輩に進物を贈る習慣があったため、貧しい門弟は昇段試験を受けること自体が難しかった。周作はこの悪弊を改め、誰もが実力相応の評価が受けられるようにした。門閥に関係なく実力が評価されたことも、北辰一刀流の人気を支えていたことは想像に難くない。

周作が、日本橋品川町に玄武館を建てたのは一八二二年。道場は後に神田お玉ヶ池に移転、多数の門弟を抱える一大流派へと成長していく。門弟には玄武館四天王といわれた稲垣定之助、庄治弁吉、森要蔵、塚田孔平を始め、山岡鉄舟、清河八郎、新選組の藤堂平助、山南《やまなみ》敬助らがいた。各藩から留学生の受け入れを依頼されるなど、北辰一刀流は隆盛を究め、周作は百石で水戸藩の藩籍に加えられ、さらに三百石で幕臣となっている。混乱の幕末とはいえ、異例の出世といえよう。

坂本龍馬も北辰一刀流を学んでいるが、周作の直弟子ではなく、実弟の定吉に師事している。定吉も周作に勝るとも劣らない剣の達人で、兄と区別するため「小千葉」と呼ばれていた。定吉は、鳥取藩の剣術師範も務めている。

示現流・中村半次郎

薩摩藩の御流儀となった示現《じげん》流は、薩摩でタイ捨流を学んだ後、京で善吉和尚より天真正自顕流を学んだ東郷重位が、二つの流派を融合して創出した。

示現流は八双に似た「蜻蛉《とんぼ》」と呼ばれる構えから、ひたすら攻撃を繰り出すことが特徴である。示現流では手の脈が四回半鼓動する時間を「分」、「分」の八分の一を「秒」、「秒」の十分の一を「糸」、「糸」の十分の一を「忽」、「忽」のさらに十分の一を「雲耀《うんよう》」（雲から稲妻が走る速さの意味）と呼び、この「雲耀」の速度で剣を走らせることを極意とした。「蜻蛉」は受け太刀には不向きなため、初太刀から一撃で敵を倒す気合いが求められ、敵のどこを斬《き》ってもよいとされていた。その斬撃の速さと激しさから、示現流は〝二の太刀《たち》いらず〟といわれ恐れられたほどである。

その稽古も独特で、柞の木で作った木刀を「蜻蛉」に構え、「猿叫」（人によって異なるようだが、時代小説では「キェーイ！」や「チェスト！」と表記されることが多い）という掛け声とともに、地面に立てた丸太を左右交互に叩き続ける「立木打」が中心。「立木打」は朝に三千回、夜に八千回という途方もない回数を反復することが求められ、これが神速を誇る示現流の剣を生み出す基礎となったようだ。

薩摩藩士といえば、全員が示現流を学んでいると思われがちだが、下級武士の間には、東郷重位の高弟だった薬丸家が家伝の野太刀と示現流を融合させて作り上げた独自の流派・薬丸自顕流（野太刀自顕流）が広まっていた。〝人斬り半次郎〟と恐れられた中村半次郎は、示現流の分派・小示現流を学んだといわれているが、薬丸自顕流との説もあるので、ここでは示現流とは異なる薬丸自顕流の特色を簡単に紹介したい。

薬丸自顕流の構えも「蜻蛉」と呼ばれ八双に近いことは共通しているが、やや前方に付き出すように構えるところが示現流とは異なる。また丸木を叩き続ける稽古法も似ているが、木を立てる示現流に対し、薬丸自顕流は束ねた木を横に置き、それを雑木で打つ「続け打ち」が中心となる。そのほかにも、帯刀した状態から切り上げる抜刀術「抜き」、一対多数の戦闘を想定し地面に立てた複数の木を走り抜けながら叩いていく「打ち廻《まわ》り」など、すぐに実戦で役立つ修業が中心になっていた。木刀は雑木を用いてもよく、少ない技を反復練習するだけなので、薬丸自顕流は下級武士に人気があったようだ。

肥後の河上彦斎《げんさい》、土佐の岡田以蔵、薩摩の田中新兵衛と並び、〝幕末四大人斬り〟と呼ばれた半次郎は桐野《きりの》姓だが、先祖が罪に問われたため、父は姓を中村に変えて逼《ひっ》塞《そく》していた。中村半次郎の通称を用いたのは、そのためである。幕末の動乱期は、西郷隆盛《たかもり》のもとで働き、主に密偵や要人警護を担当していた。戊《ぼ》辰《しん》戦争でも勇名を馳《は》せ、維新後は名を桐野利秋《としあき》に改め陸軍少将、熊本鎮台司令長官、陸軍裁判長などを歴任する。一八七三年、征韓論に敗れた西郷隆盛が下野すると、自分も従って辞職。西南戦争では薩軍副総帥となるが、岩崎谷で戦死している。

〝人斬り半次郎〟と呼ばれた前半生や、西南戦争の前夜には開戦を主張したこともあって半次郎は武闘派というイメージで語られがちだが、幕末に半次郎が暗殺したと確認されているのは、兵学者・赤松小三郎ひとりだけ。維新後は北海道開拓に屯田兵制度が必要であることを献策するなど、優れた行政手腕を発揮している。勝海舟や大隈《おおくま》重信も半次郎の才能を高く評価しているので、半次郎＝武闘派という図式は、西南戦争に敗れた〝逆賊〟ゆえに着せられた汚名という可能性も高い。

不知火流・河上彦斎

肥後藩士の河上（川上）彦斎は、開国派の重鎮・佐久間象山を暗殺した〝人斬り彦斎〟と紹介するよりも、今や和月伸宏の人気漫画『るろうに剣心』の主人公・緋村《ひむら》剣心のモデルになった人物といった方が通りがよいかもしれない。

彦斎は、一八三四年肥後藩士・小森家の二男として生まれたため、一一歳の時に河上家の養子となっている。藩校で剣術を学んだが試合には弱く、真剣なら負けないなどと嘯いていたという。彦斎は、片山伯耆守を流祖とする居合術・片山伯耆流を学んだとの説もあるが、確証はない。ただ片山伯耆流は熊本地方に広まっており、彦斎は抜刀術を得意としていたので、何らかの繋《つな》がりはあったかもしれない。

二〇歳の時に参勤交代で江戸に上った彦斎は、アメリカと不平等条約を結んだ幕府に憤り、熱烈な尊王攘夷論者となる。熊本に帰国後は、肥後勤王党に参加。朝廷から熊本藩に京都守護の命令が出されると、彦斎も上京する。七卿落ちに従い、長州へ行った彦斎は、池田屋で密談中の同志が新選組の襲撃を受け全滅したことに激怒し再度上京。事件の黒幕を開国派の佐久間象山と断定し、後に仲間と象山を襲い見事に仕留めている。

彦斎は〝人斬り彦斎〟の異名を持っていたが、確実に暗殺したと分かっているのは象山ただ一人。この辺りの事情は、〝人斬り半次郎〟と呼ばれながら、手を染めた暗殺は一件だけとの説もある薩摩藩士・中村半次郎（桐野利秋）と共通している。

彦斎は、右腕を前に出し、左足は後に伸ばして体を低くし、右手一本で斬りかかる奇妙なポーズから必殺の一撃を繰り出したと伝えられている。これは彦斎の我流の剣法で、自らは「不知火流《しらぬいりゅう》」と称していた。残念ながら「不知火流」は彦斎の死で途絶えたので、詳細は伝わっていない。

象山暗殺後は、長州征伐の兵を進めた幕府軍とも戦っている。だが第二次長州征伐では熊本藩が討伐軍に加わったため、熊本藩の撤退を進言するため帰国する。熊本藩は佐幕派のため、尊王派の彦斎は捕らえられ牢《ろう》に繋がれる。そのため彦斎は大政奉還から鳥羽伏見の戦いの頃までを、獄内で過ごしている。

出獄した彦斎は、かつて尊王攘夷を唱えていた同志が、外国人を受け入れて富国強兵に走る姿に愕然《がくぜん》となり、国学を学ぶ有終館を設立する。明治になっても、平然と尊王攘夷を叫ぶ彦斎のもとには不平士族が集まっていた。彦斎は、参議・広沢真臣《さねおみ》暗殺の疑いなどをかけられ、一八七二年に斬首《ざんしゅ》。ただ彦斎は、こうした謀略には関与しておらず、彦斎の影響力を恐れた明治政府が謀殺をはかったとの説も根強い。

一刀正伝無刀流・山岡鉄舟

幕臣でありながら維新後は明治天皇の侍従となり、書家としても高名。後輩を厳しく打ち据える荒稽古を行った剣の達人だったが、生涯一度も人を斬ることのなかった山岡鉄舟は、動乱の時代が世に送り出した〝怪物〟の一人といえるだろう。

鉄舟は、幕臣・小野朝右衛門の五男として一八三六年に誕生。飛騨《ひだ》高山の代官となった父と共に任地へ行くが、一七歳の時に両親と死別。幼い兄妹を連れて江戸へ帰っている。この頃から、千葉周作の道場で北辰一刀流を学んでいる。

一八五三年に山岡静山の妹と結婚し、山岡家を継いだ。静山の弟が高橋泥舟《でいしゅう》で、終生、友情が途切れることがなかった。鉄舟は、江戸を戦火から救った勝海舟と西郷隆盛のトップ会談を実現させるために奔走しており、鉄舟、泥舟、海舟の三人は、〝幕末三舟〟と称せられている。

やがて幕府の講武所の世話役となった鉄舟は、幕府の将来を憂い、泥舟と新徴組を組織。酒を飲んでは気炎を上げていたという。鉄舟の酒好きは有名で、七升は軽く飲んでいたとの逸話が残されているほどである。維新後は徳川家に従って静岡県に下る。咸臨《かんりん》丸が清水港で官軍の砲撃を受け、多数の死傷者を出した。これを清水の次郎長が葬ったため、次郎長は明治政府から厳しく取り調べられた。この時に間に入ったのが鉄舟で、それ以降、次郎長と親しく交流している。次郎長は一八七五年から富士山麓《さんろく》の開拓事業に乗り出すが、これも鉄舟に勧められたものである。残念ながら、この開拓事業は失敗に終わっている。

西郷隆盛の懇願もあって、一八七二年から明治天皇の侍従となっている。この時、酒に酔って相撲を取ることを強要する天皇と勝負し、天皇を投げ飛ばして諫言《かんげん》したというエピソードが伝わっているが、これは真偽が疑わしいとされている。

維新後も剣の修行は続けており、一八八〇年には浅利義明から一刀流の免許皆伝を許され、一八八五年には小野派一刀流の道統と瓶割刀を継承。それまでの剣の修行に禅の教えを加え、一刀正伝無刀流（無刀流）を開いている。無刀流は、「心外無刀」つまり〝心のほかに刀無し〟を極意とし、試合の勝ち負けではなく、心を鍛えることを理想とした。ただ、その稽古はスパルタ式で、過酷な鍛錬を通して悟りを開くプロセスは、禅の修行と共通しているとの指摘もある。

天然理心流・近藤勇

新選組の近藤勇《こんどういさみ》、土方歳三《ひじかたとしぞう》、沖田総司《そうじ》らが学んだことで知られる天然理心流は、近藤内蔵助《くらのすけ》長裕が創設したと伝えられている。内蔵助は近江《おうみ》出身で、天真正伝神道流を興した飯篠長威斎家直《いいざさちょういさいいえなお》の末裔《まつえい》を名乗っていたが、確かな経歴は分かっていない。

天然理心流は寛政年間（一七八九～一八〇一年）頃には成立し、内蔵助は江戸の薬研《やげん》堀《ぼり》に道場を構えたが、門弟確保のために武州多摩へ出稽古へ赴くことも多かった。多摩は幕府の直轄地であり、江戸城が落ちた時は甲州街道を通って将軍を甲府へ落とす計画があったため、街道沿いには八王子千人同心などの部隊が配置されていた。八王子千人同心は、平時は農民と変わらない生活を送るいわゆる「侍百姓」だが、幕府への忠誠心は人一倍強かったという。また多摩には、滅亡した武田家の旧家臣も数多く暮らしていた。武田信玄を尊敬していた家康は、武田家の旧臣を厚遇しており、武田家臣団の末裔は、何かあれば徳川家を守るという気持ちが強かったようだ。そのため多摩地域は武道を学ぶ人が多く、内蔵助もそこに目を付けたのだろう。

内蔵助には子供がいなかったため、高弟だった三助が近藤家の養子となって二代目を襲名。三助の高弟だった周助がやはり養子となって三代目宗家となっている。一八三九年に周助が開設した道場が有名な試衛館である。一八四九年、試衛館に豪農・宮川家の三男として生まれた勝五郎が入門する。勝五郎は早くから周助に才能を見込まれ、周助の実家・島崎家の養子となる。その後、正式に近藤家の養子に迎えられ名を近藤勇と改め、一八六一年には正式に天然理心流の四代目宗家となっている。天然理心流は宗家の血縁が流派を受け継ぐのではなく、実力ある弟子を養子に迎えることで発展したといえる。ここからも勇の実力がうかがえるのではないだろうか。

勇は一八六三年に清河八郎の献策で作られた将軍警護の組織・浪士組に加わって京へ上るが、京へ着いた途端、清河が朝廷に味方することを宣言したため袂《たもと》を分かつ。この時、清河に反対したグループで結成されたのが後の新選組である。新選組が幕末史に果たした役割については、ここで改めて指摘するまでもあるまい。

新選組の影響もあってか、天然理心流は剣術ばかりがクローズアップされているが、実際は居合や柔術も教える総合武術である。剣術では、相打ち覚悟で敵と対峙《たいじ》し、相手が疲れ果てるまで何度も斬り結ぶ。それだけに修業では、相手に負けない胆力を養うことも重視され、これを「気組」と呼んでいた。近藤勇は「気組」を最も重視していたとされている。天然理心流は、華麗なる技で相手を圧倒する美しさには欠けるが、質実剛健を旨とする剣の実力は新選組の活躍が証明したといえるだろう。

直心影流・榊原鍵吉

榊原鍵吉《さかきばらけんきち》は〝最後の剣豪〟と呼ばれている。明治に入り刀が時代遅れと見なされるようになってからも、鍵吉は剣術にこだわり続けた。一八七六年に廃刀令が出されると、長刀代わりの「倭杖」、脇差代わりの「頑固扇」を考案。一八八七年には明治天皇の前で兜《かぶと》割りを披露して見事成功させるなど、最後まで〝武士の魂〟を守り続けようとした。鍵吉は、剣術を見せ物にする撃剣会を開催し、これに関しては賛否が分かれているが、失業した武士を救うには止《や》むを得ない措置であっただろう。

直心影流は、新影流を学んだ山田平左衛門光徳が新たに興したとされるが、『撃剣叢談《そうだん》』には「直心影流と称するは、もと新影流なれども、何人より直心の字を加えて称する事をしらず」と記されており、山田光徳流祖説には異論もあるようだ。

直心影流が隆盛を迎えるのは、幕末に人格も高潔で剣技にも優れていた男谷《おたに》信友が、直心影流男谷派を名乗ってからである。幕府講武所の頭取並兼剣術師範役に任じられた男谷のもとへは、全国から有能な人材が集まっていた。その中には勝海舟や島田虎之助などもいたが、男谷に最も目をかけられていたのが鍵吉だった。

鍵吉は一八三〇年、御家人・榊原益太郎友直の長男として生まれる。五人の兄弟がいたので生活は苦しく、男谷の道場へ通っていたが、費用がかかる目録や免状が取得できなかった。事情を察した男谷は、自分が資金を出して、鍵吉に免許皆伝を与えている。二七歳の時に男谷の推薦もあって、築地《つきじ》講武所の剣術教授方となる。一四代将軍徳川家茂《いえもち》に気に入られ、何度も上覧試合を行っているが、一度も不覚を取っていない。家茂が亡くなると職を辞し、下谷車坂に道場を開いている。

直心影流は、七代目の山田光徳か、八代目の長沼国郷の時期に、いち早く竹刀と防具を取り入れている。他の流派が木刀による組太刀（型稽古）をしている中、竹刀による実戦形式の稽古を始めた。竹刀を用いる稽古は、北辰一刀流や神道無念流も導入しているので、直心影流が幕末の剣術界に与えた影響ははかりしれないものがある。

直心影流は呼吸法も重視しているが、この呼吸法をマスターするために鍵吉が考案したといわれるのが「振棒」である。「振棒」は全長一八〇センチ、重さ一二キロ以上もある樫《かし》の棒を持って運歩、打ち込みなどをするトレーニングで、これを繰り返すと筋力（特に背筋）を鍛えると同時に、流派独特の呼吸法と丹田に気を溜《た》めることができるようになるという。鍵吉は「振棒」を毎日二〇〇〇回は欠かさず、腕回りが五五センチ以上もあったと伝えられている。

作家と作品

本書『剣狼』は、二〇〇六年十月に刊行された『剣聖』と表裏をなす新潮文庫オリジナル剣豪小説アンソロジーである。戦国乱世を駆け抜けた剣豪を取り上げた『剣聖』とは一変、本書の舞台は風雲急を告げる幕末・維新である。

戦国時代の剣豪は、少なからず戦乱の悲劇に巻き込まれているので、平和への想《おも》いが強かった。それは小豪族として最前線で戦うことを迫られた上泉伊勢守《かみいずみいせのかみ》と柳生宗厳《やぎゅうむねよし》の師弟が、人を殺す〝殺人剣〟ではなく、人を活《い》かす〝活人剣〟を理想とする（柳生）新陰流を作り上げたことからも明らかである。新陰流の思想は、太平の世をもたらした徳川家康も魅了し、柳生家は将軍家剣法指南役に任じられたのである。

それ以降、江戸の剣法は争いを避けるために他流試合を禁止するなど、武士のたしなみとして発展してきたが、幕末の動乱が始まると、再び人を殺す技術として注目されるようになる。幕末の武士は、平和な時代に生きていたので、人を斬《き》ること、戦争に行くことに一種のロマンを感じていたように思える。〝人斬り以蔵〟や〝人斬り新兵衛〟などの二つ名を持つ暗殺者が闊歩《かっぽ》し、彰義隊や白虎隊のように主君に殉じる者が現われたのも、武術が技術ではなく観念と結び付いていたからではないだろうか。

それだけに、幕末の剣客は千差万別。何かに取り憑《つ》かれたように人を斬った者もいれば、剣を新時代の人材育成に役立てようとした者もいた。剣を捨てて出世したものもいれば、銃が重視される時代にあって武術の伝統を守るために奔走した者もいる。剣をめぐる状況が多種多様であったので、本書の収録作もバラエティ豊かになっており、最後の作品まで退屈することはないはずだ。

また戦国時代の剣豪は、その多くが仕官先を探すために剣を身に着けた者、つまり浪人が多かったため、その経歴がよく分かっていない者も多い。伝説と史実の境界が曖昧《あいまい》なので、作家は自由に空想の翼をはためかせることもできたが、幕末の剣豪は文献や発言録はもちろん、著作を残している者も少なくない。文献が多いだけに、史実に忠実な物語を作るのなら簡単だろうが、単に史料を並べるだけだと退屈な作品になりかねない。そこで随所にフィクションを織り込んでいくのだが、史料と整合性を取りながら面白い物語を作るのは難しい。本書の収録作は、史実を楽しく読ませるための演出が見事な作品から、虚実の被膜を巧みに操り破天荒な物語を紡《つむ》ぎ出した作品まで、卓越したアレンジが加えられているものばかりなので、その点にも注目していただきたい。

菊池寛・本山荻舟「斎藤弥九郎」

一九二七年に刊行された〈小学生全集〉の第三十六巻『日本剣客伝』に収録された一篇。〈小学生全集〉は、菊池が友人の芥川龍之介の協力を得ながら編集した児童向け全集の先駆けで、同時期に刊行された〈日本児童文庫〉と、壮絶な販売合戦を繰り広げたことでも有名である。

時代・歴史小説は、破天荒な物語で読ませる伝奇小説と、フィクションを排した歴史小説が交互に流行することでバランスを取り、発展してきたように思える。大正末期の「大衆文芸」ブームは、白井喬二《きょうじ》、国枝史郎を始めとする伝奇小説が支えていたが、その反動のためか、昭和に入ると実話系の作品が人気を集めている。

昭和初期にリアルな剣豪小説の執筆が増えたのは、『本朝武芸小伝』や『日本中興武術系譜略』など、近世の武術書を集成した『武術叢書《そうしょ》』（一九一五年）を先鞭《せんべん》として、流泉小史『史外史譚剣豪秘話』（一九三〇年）や中里介山の『日本武術神妙記』（一九三三年）など、剣豪に関する史料が陸続と出版されたこととも無縁ではあるまい。菊池寛と直木三十五が、宮本武蔵が剣の達人か否かをめぐって争った〝武蔵名人論争〟が起こったのが一九三二年。この論争は、史料の復刊が進み、誰もが容易に剣豪の実像を知ることができるようになったからこそ、勃発《ぼっぱつ》したのではないだろうか。

〝武蔵名人論争〟からも明らかなように、菊池は剣豪に関して一家言持っていた。一方、共著者の荻舟は、『板前随筆』や『飲食事典』などを書いた料理研究家として有名だが、『一刀流物語』や『近世剣客伝』といった綿密な時代考証を施した剣豪小説も残している。この二人が合作しただけに、「斎藤弥九郎」も基本的に虚構を加えない史伝スタイルの物語となっている。あえて虚構を排した菊池と荻舟の中《うち》には、当然ながら、実話小説のブームも念頭に置かれていたことだろう。

作中には、斎藤弥九郎が長州藩と深い縁《えにし》で結ばれ、後に明治維新の立役者となる長州藩士・高杉晋作《しんさく》や桂《かつら》小五郎が弥九郎の経営する練兵館で剣を学んだとの指摘があるが、これは史実である。また西洋兵学の導入に尽力した江川太郎左衛門と弥九郎が、親友であったことも、史実の通りである。剣豪の生涯を描くならば、剣の修業や敵との戦いを軸にすることも可能なのだが、本作は剣戟《けんげき》など派手な演出はない。弥九郎の剣客としての活躍よりも、明治の元勲を作った教育者、あるいは「ただの武芸者ではなく、政治家としてもすぐれ」ていた部分をクローズアップしている。

このような視点から弥九郎を描いたのは、戦争が近づく時代にあって、改めて明治維新に光を当て、少年読者に天皇への忠誠を再確認させたいという、時代の無意識が影響しているように思える。

最近は、斎藤弥九郎と聞くと、平岩弓枝『御宿かわせみ』の名脇役を思い浮かべる方も多いかもしれない。それだけに本作は、弥九郎の人物像が丁寧に書き込まれているので、新たな発見も多いはずだ。

津本陽「千葉周作」

示現流の東郷重位ら九名の剣客を描いた『日本剣客列伝』に収録された一篇。

一九六〇年代にブームになっていた〝スポ根〟ものには、上半身にバネ仕掛けのギプスを付けたり、鉄下駄を履いたりと、常軌を逸したトレーニングが数多く描かれていた。現実のスポーツに目を向けてみても、長時間に及ぶウサギ跳びや練習中に水を飲んではいけないなど、選手を極限まで追い込んで〝精神力〟を高める練習が日常的に行われていた。だが近年は、日本のスポーツ界も〝根性〟よりも〝合理性〟を重視するようになり、関節に負担がかかる割りに筋力がつかないウサギ跳びはほぼ禁止され、水分補給の重要性も分かり、水を飲みながらの練習も普通になっている。

上下関係が厳しく、仕来《しきた》りに煩《うるさ》い体育会系の世界で、従来のやり方を変えるのが難しいのは今も昔も同じだが、幕末の剣術界で改革を成し遂げたのが千葉周作である。「千葉周作」は、「周作の剣術理論がそのまま現代剣道の金科玉条となりうるほど、剣の真髄を精細に説きあかしている事実」に驚いた津本が、周作の合理的な修業（というよりも、現代的なトレーニングと表現した方が適切かもしれない）を解説しながら、その生涯を描いた作品である。作中では、周作の才能を妬《ねた》みイジメを繰り返す先輩や、周作の剣術改革を理解できない道場主が徹底して悪役にされているのが興味深い。

津本は剣道三段、抜刀術五段の腕前。津本の世代であれば、しごきや先輩への絶対服従など、練習中に理不尽な目にあったことも容易に想像できる。津本が周作の思想を理解しない人間を悪く書いているのは、自身の経験が関係しているのかもしれない。

津本の剣豪小説は『薩南示現流』や『剣のいのち』に端的に現れているように、人を斬る瞬間の動作をストップモーションのように描写する迫力で読ませる作品が多い。

ただ本作はアクションの要素が極限まで抑えられ、その代わりに、周作の作り上げた剣の理論を丹念に紹介していく。それは、どのように竹刀《しない》を握ると動きやすくなるかに始まり、両足の位置、試合の進め方までが実に分析的に描かれている。その理論の合理性は、剣道を知らなくても理解できるほどだ。

派手なチャンバラが好きならば、やや期待を裏切られるかもしれない。だが周作が「撃剣上達の域に達するには二つの方途がある。理より修行に入る者を甲とする」と述べているように、本作の理論を読んでおけば、ほかの津本作品（に限らず剣豪小説全般）に接する時、剣士の心情や作者の意図がより深く理解できるはずだ。その意味で、本作の果たす役割は決して小さくない。

千葉周作と聞けば、すぐに司馬遼太郎の『北斗の人』を思い浮かべる方も多いだろう。司馬も周作の剣を、「剣法から摩訶《まか》不思議の言葉をとりのぞき、近代的な体育力学の場であたらしい体系をひらいた」と、その合理精神を絶賛している。

周作を同じような理由で評価している津本と司馬だが、（長篇《ちょうへん》と短篇の違いもあって）合理性の着眼点などは異なる部分も多い。また当然ながら、同じエピソードに違った解釈を施しているところもあるので、二作を読み比べてみるのも一興だろう。

た一篇。

柴田錬三郎「純情薩摩隼人」

幕末を生きた男たちの活躍を活写する『柴錬立川文庫・日本男子物語』に収録され

現代で二人の男がバカ話をする場面から始まるので、意表を衝《つ》かれた方もいると思う。ただ柴錬は、現代を舞台にしたエッセイ風の物語を経て本篇に入る手法を用いることも珍しくなく、短篇伝奇小説の傑作「木乃伊館」も同様のスタイルを用いている。こうした縦横無尽な筆は、小説の基本を「エントネ」(人を驚かすこと)といい続け、亡くなるまで奇想天外な物語を書き続けた柴錬らしい。

「純情薩摩隼人」は、幕末に〝人斬り半次郎〟と恐れられ、維新後は桐野利秋《きりのとしあき》と改名して陸軍少将に昇進、尊敬する西郷隆盛《たかもり》が征韓論に敗れて下野した後は、西郷と行動を共にし、西南戦争で戦死した中村半次郎の生涯を描いている。少し余談になるが、征韓論では西郷が論争に敗れて下野したとされることが多い。閣議が紛糾したのは確かだが、実際は多数決で負けたら下野するとの脅しもあって、一度は西郷の主張が認められている。しかし大久保利通《おおくぼとしみち》を始めとする反征韓論派は政界と宮廷工作を行い、最終的には明治天皇の裁決もあって閣議決定が覆《くつがえ》ってしまう。西郷は、この謀略に激怒したともいわれている。

それはさておき、〝人斬り半次郎〟を主人公にした作品ならば、半次郎がどのようにして人を斬ったのかを軸にした物語を作るのが一般的だろう。ところが柴錬は、半次郎が終生思い続けた〝永遠の女性〟をキーワードにすることで、今までとは異なる半次郎像を作り上げていく。まさに伝奇作家の面目躍如たるところだろう。

貧しい下級藩士の家に生まれた半次郎は、同輩や上役の子どもからイジメられていた。自分を見守り、剣の修業中には握り飯を届けてくれたお吉にほのかな恋心を抱いていた半次郎だったが、お吉は病気で亡くなってしまう。将来は自分と結婚し、子どもを産んでくれると信じていたお吉の死は半次郎の女性観を一変させる。美男子で、言い寄る女性も多かった半次郎だが、いくら女性遍歴を重ねようと、それはお吉の代役に過ぎない。半次郎のお吉への想いは、せつない恋愛小説としても秀逸である。

柴錬は、半次郎が暴力だけの粗暴な男だったとの見解にも異議を唱えている。その一例として、半次郎が会津城受渡しの使者になった時のエピソードを紹介している。城受渡しなどやったことのない半次郎だが、江戸の講釈場で聞いた「大石良雄《よしお》赤穂《あこう》開城の一席」を参考にして、見事に任務を完了した。柴錬は「江戸時代の講釈場は、庶民が教養を仕入れる場所」であり、「『三国志』で権謀術数を、『お家騒動』で忠義を、『因果もの』で倫理観を、『世話もの』で義理人情」を学んで、実生活に役立てていたとしている。こうした講談擁護の姿勢は、〝時代小説など通俗読物に過ぎない〟といった批判に対する柴錬なりの回答だったように思えてならない。

半次郎が学んだ剣の流派については、示現流の一派・小示現流という説が有力だが、薬丸自顕流を学んだとの文献もあるようだ。柴錬は小示現流説を採っているようだが（作品に「古示現流」とあるのは、『西南記伝』の誤記を踏襲したためと思われる）、半次郎が山奥に籠《こも》り、立木の間をすり抜けながら連続して木を打っていく練習法は、薬丸自顕流のものである。柴錬は道場で小示現流を習得する一方、薬丸自顕流に近い修業を独自に行ったとして、二つの説の融合をはかったのかもしれない。

山田風太郎「おれは不知火」

混迷の幕末に現われた〝妖人〟を掘り起こした『幕末妖人伝』に収録された一篇。『幕末妖人伝』は、風太郎〝忍法帖〟と〝明治もの〟を繋《つな》ぐ時期に書かれた連作集で、隠れた名作が多い。本作も、幕末の異様さを浮き彫りにする作品となっている。

西洋の先進技術を導入しなければ日本が滅びる、という認識にいち早く至り、自身の開いた私塾から吉田松陰、勝海舟、坂本龍馬《りょうま》らを輩出した佐久間象山は、明治維新を成し遂げた偉人に多大な影響を与えた大物である。一貫して開国論を唱えた象山は常に尊王攘夷《じようい》派の刺客に狙《ねら》われていたが、一八六四年、ついに河上彦斎《げんさい》らの手にかかり暗殺。象山が暗殺された理由は、天皇を彦根に移す計画を立てていたからとも、池田屋騒動を仕掛けた黒幕と思われていたからともいわれている。

これが勧善懲悪の物語ならば、正論を唱えた象山は志し半ばに倒れた悲劇のヒーロー、彦斎は時代の先が見通せなかった悪役となるところだが、そこは常にシニカルな視点で歴史を切り取る山風のこと、とんでもない物語を作り上げていくのだ。

まず驚かされるのは、象山のエキセントリックな性格である。象山が開明的な天才であったことは間違いない。ただ誰よりも自分の才能を信じきっており、傲岸不遜《ごうがんふそん》な振舞いも少なくなかったという。そのため象山のシンパの中にも、敵が多かったようだ。また象山は西洋の遺伝学、優生学への関心が高く、女性など自分の遺伝子を受け継ぐ優秀な子どもを産むための機械としか考えていなかったのだ。

だが本書に登場する〝妖人〟は、象山だけではない。象山の正室・順子は、夫が亡くなるとすぐに再婚する。一見すると奔放な女性のように思えるが、順子の再婚相手は、彦斎とも立ちあったことのある剣の達人・村上俊五郎。順子は自分の魅力で俊五郎を虜《とりこ》にし、仇討ちの旅に送り出してしまうのだから凄《すさ》まじい。

〝妖人〟だらけの象山ファミリーにあって、数少ない凡人が息子の恪二郎。物語は象山の仇を討つため旅に出た恪二郎が、次々と〝妖人〟に出会うことで進んでいく。恪二郎は仇討ちのため新選組に入隊するが、当の新選組は幕府に忠誠を誓った壮士の集団ではなく、肉欲と金銭欲と権力欲に凝り固まり、内部粛清を繰り返す不気味な組織、つまりは〝妖人〟の集まりとして描かれているのも面白い。

恪二郎がゆく先々で〝妖人〟たちと邂逅《かいこう》し、人生観が変わるほどの衝撃を受ける展開は、山風が偏愛していたダンテの『神曲』を彷彿《ほうふつ》とさせる。恪二郎が読者の視点に近い常識人だけに、次々と出現する〝妖人〟には衝撃を受けるばかり。物語が進むにつれて、徐々に姿を現していく彦斎も、モノマニアックなまでの尊王攘夷論者で、十分に〝妖人〟なのだが、それまでに出てきた人物の異常さが際立っているので、さほど風変わりに見えないから不思議だ。

山風は、知られざる象山の〝闇《やみ》〟を丹念に描くことで、彦斎を〝偉人を斬った悪人〟というイメージから解放していく。ここには勤王《きんのう》の志士＝善、佐幕派＝悪などという図式は、戦争に勝利した勤王の志士が勝手に作り上げた認識に過ぎないという想いが込められている。明治維新に限らず、戦争は善と悪の対立で起きるのではなく、正義と正義がぶつかり、負けた方が悪役に落されるに過ぎない。〝正義の戦争〟なるものが存在するという風潮が強まっている現代に、この作品が投げ掛けるメッセージは重いものがある。

五味康祐「山岡鉄舟」

山田風太郎は幕末の〝妖人〟に着目したが、実は本作『山岡鉄舟』にも、幕末期のアヤシイ人間が数多く登場する。五味も、〝活人剣〟を提唱した柳生家が、ただの将軍家剣法指南役などでなく、裏の仕事を一手に引き受ける隠密集団であるとした『柳生武芸帳』を書くなど、伝奇的手法で歴史を読み替えてきたので、山風と同じような幕末観を持っていたのかもしれない。(山田風太郎の仕事なので、綿密な史料調査はなされているが)『おれは不知火』は、史実をベースにしながらも伝奇的な趣向を盛り込んでいるので、〝妖人〟が出てきても妙に納得してしまう。だが、幕末を舞台にした作品が少なく、また実在の人物を取り上げることも珍しい五味作品の中にあって『山岡鉄舟』は、異色ともいえる直球の歴史小説。それなのに、現代の目からみれば奇人・変人としか思えない人物が、これでもかと登場するので、幕末がどれほど異様な時代だったかがうかがえる。なお本作には、『おれは不知火』にも登場した村上俊五郎が出てくるので、二作を読み比べてみるのも面白いかもしれない。

さて本作に登場する〝妖人〟の中でも、群を抜いてヘンなのは、やはり山岡鉄舟である。鉄舟は、剣はもちろん書にも優れ、禅にも造詣《ぞうけい》が深かったが、何をやった人物か、すぐに答えられる方は少ないのではないだろうか。考えてみると鉄舟は、重要な仕事をしているのに、損な役回りになることが多い。西郷隆盛と直談判《じかだんぱん》して江戸無血開城を成し遂げたのは海舟とされているが、実際は西郷―海舟会談のお膳立《ぜんだ》てを整えたのは鉄舟で、江戸城受渡しの条件はすべて鉄舟との交渉で合意していたという。海舟は、因習にとらわれない開明的な人物とされているが、それほどの能吏ではなかったらしい。咸臨丸《かんりんまる》を使った渡米では、船酔いでまったく使い物にならず、長崎海軍伝習所に代わって、神戸に海軍操練所を作ることを建策したのも、自身の既得権を守るためだったとの説もある。ただ海舟は弁舌が爽《さわ》やかで、自己宣伝が巧《うま》かったことは確かなようなので、人の手柄を平気で自分のものにするくらいは、平気でやったかもしれない。

もう一つ鉄舟の業績として大きいのは、江戸を警備する新徴組を創設したことである。新徴組は、京の新選組と同じような組織なのに、やはり注目を集める機会は少ない。

業績の割りに報われない人生を送った鉄舟だが、本人は仕事のためなら金も名誉も命もいらないと宣言していたので、それほど不満はなかったのだろう。カリスマ性のある大物だけに、鉄舟の周囲には常に取り巻きがおり、その側近の〝妖人〟ぶりは本作でも活写されている。それが一人や二人ではないので、まさに〝妖人〟のアラベスクが堪能《たんのう》できるはずだ。鉄舟に関しても、強引に相撲を勧める明治天皇の手を摑《つか》み諫言《かんげん》した話や、卵を百個食べると宣言し本当に食べた話など、妖しいエピソードが満載。ただ鉄舟のアヤシサは、基本的に陽性なので、不快ではないどころか、読むと清々《すがすが》しい気持ちになるから不思議だ。

物語の冒頭には、鉄舟が朝廷からの勅使としてやって来た井上馨《かおる》を面罵《めんば》する場面が出てくる。鉄舟にしてみれば、維新の時の小僧っ子が、何を偉そうにというわけだ。出世して態度を変えた井上馨に対し、鉄舟は時代が変わってもかたくなに自分の価値観を守って生きている。この二人の描き方の違いからは、明治維新は江戸幕府の因習を破壊して新時代を築いたという発展史観への批判も見て取れる。

子母沢寛「敗れし人々」

現在では、歴史マニアから若い女性にまで人気がある新選組だが、長い間、勤王の志士を暗殺した悪役とされることが多かった。それは新選組を比較的に悪く書かなかった大佛《おさらぎ》次郎〈鞍馬《くらま》天狗《てんぐ》〉シリーズでさえ、新選組を血塗られた集団ととらえていることからも明らかである。

新選組の復権が始まるのは、子母沢寛『新選組始末記』と平尾道雄『新撰組史』が相次いで刊行された一九二八年以降のことである。一九二八年は、明治維新から六十年目の節目の年。また同年には、勤王と佐幕の和解として世を賑《にぎ》わせた秩父宮雍仁《ちちぶのみややすひと》親王と会津藩主松平容保《かたもり》の四男・松平恒雄《つねお》の長女である勢津子《せつこ》妃との婚礼が行われている。これは戦争に向かう時代にあって、挙国一致を印象づけるセレモニーの意味も含まれているが、こうした風潮が新選組研究の容認に繋がったのである。

子母沢は『新選組始末記』に続き、『新選組遺聞』と『新選組物語』を刊行し、新選組研究の第一人者となっていく。歴史の〝闇〟から新選組を掘り起こし、幕末史に新たな〝光〟を当てた子母沢を尊敬する作家や研究者は今も数多い。浅田次郎『壬生《みぶ》義士伝』は、新聞記者らしき男性が幕末を生きた古老を訪ね歩き、新選組隊士・吉村貫一郎との思い出を聞くというスタイルになっている。これは全国をまわって綿密な取材を重ね、〈新選組三部作〉を完成させた子母沢へのオマージュなのである。

タイトルからも分かるように、本作は薩長連合軍によって京を追われた新選組が、ようやく江戸へたどり着き、新たに甲陽鎮撫《ちんぶ》隊を組織するが、やはり薩長軍に敗れ去るまでを描いている。

新選組は、近藤勇《いさみ》、土方歳三《ひじかたとしぞう》、沖田総司《そうじ》らが学んだ天然理心流を筆頭に、各流派の中でも達人級が顔を揃《そろ》えていた。少数で多数の敵を斬り伏せた池田屋事件に象徴されるように、新選組が恐れられたのは、個々の隊員が圧倒的な剣技を誇る文字通り〝一騎当千〟の強者《つわもの》だったからだ。だが時代は剣ではなく、西洋式の新式銃の時代になっていた。暗殺ならいざしらず、ひとたび合戦になると剣など何の役にも立たない。

時代の波に乗り遅れ、新兵器と新戦術の前に一人また一人と倒れていく新選組の姿は、有力武将が順に討たれていく『平家物語』の後半部を読んでいるような無常観が漂う。「もう槍《やり》や剣では戦さは出来なくなった。一人一人の力では、戦さをどうする事も出来なくなった」と言って涙する永倉の姿は、同じように涙なくしては読めない。

不逞《ふてい》浪士を狩る立場から、逆賊として追われる身になった新選組の運命の変転を描いているが、子母沢は新選組を幕府に忠誠を誓った殉教者ではなく、もちろん悪逆非道な反体制派ともしていない。「後世の史家は、俺たちのやった事を徒《いたず》らな暴力のようにのみ解するかも知れん。要するに、われわれの潔癖心が、他人にはわからん」という近藤の台詞《せりふ》に集約されているように、あくまで新選組を中立の立場で見ようとしている。

子母沢は、「幕末史研究」の中で「幕末の歴史を語るに際して、官軍だの賊軍だのという言葉ほど、凡《およ》そ、当たらないものはないですな。その時分の実際については、全く官軍も賊軍もあったものじゃない。ただ、政治上の意見を異にし、その純理と信ずるものの上に、そこは人間である以上、多少の感情も交って、遂《つい》に砲火をもって解決したというだけなんですからな」と書いている。色眼鏡を外さないと歴史の真実は見えないとの主張は、歴史問題が様々に議論されている現代こそ、真摯《しんし》に受け止める必要があるように思える。

杉本苑子「大きな迷子」

明治は剣客受難の時代だった。まず版籍奉還と廃藩置県によって、武士は与えられていた特権と収入の道を断たれた。一八七六年には廃刀令が出され、武士たちは自らが〝魂〟と呼んでいた大小の刀を差して歩くこともできなくなったのである。
江戸時代の身分制度を示す士農工商という言葉に象徴的なように、武士は伝統的に商業を蔑《さげす》んでいた。そんな武士が、時代が変わったからといって、すぐに新事業を始められるはずがない。刀を〝武士の魂〟と考え、ひたすら剣の研鑽《けんさん》に励んだ武士の一部は、自分たちが最も得意とする剣で口を糊《のり》することを考える。それが剣術を見せ物にする「撃剣会」だった。

石垣安造『撃劍会始末』によると、廃刀令と時を同じくして「剣術という言葉の使用」も禁止された。その代わりに創出された語が「撃剣」だという。明治初期の剣術興行が〝撃剣〟と称されていたのは、そのためだろう。撃剣会は、直心影流の達人で〝最後の剣客〟の異名を持つ榊原《さかきばら》鍵吉の発案で、一八七三年に開始される。

再び『撃劍会始末』を引くと、鍵吉主催の最初の撃剣会は、八八名の剣士を一等から三等までの三階級にわけ、それぞれの階級の剣士を「右剣士」「左剣士」にわけて戦わせるものだったようだ。三等剣士の中には、剣と薙刀《なぎなた》を使う女性もいたという。場所を探し、番付を作って宣伝する興行の形態は、相撲を参考にしたのだろう。ちなみに『撃劍会始末』の作者は直心影流の使い手、つまり鍵吉の流派の末裔《まつえい》である。

鍵吉の目論《もくろ》みは大成功し、日本各地で撃剣会が開催されるようになる。だが剣術を見せ物にした鍵吉への批判は激しく、その評価はいまだにわかれている。

『大きな迷子』は榊原鍵吉の実像に迫っていくが、興味深いのは、鍵吉その人ではなく、剣術嫌いの辰之助《たつのすけ》を主人公にしていることである。

医師の辰之助は、今や御雇外国人医師の助手を務める新時代のエリート。辰之助は少年時代、通りすがりに鍵吉の道場を覗《のぞ》いた時、弟子に難癖を付けられリンチを受けたことがある。それ以来、剣術や剣術家を忌《い》み嫌ってきたが、妻の父が鍵吉の撃剣会興行に出資したことから、再び剣術家と関係を持つことになってしまう。

維新〝勝ち組〟の辰之助から見れば、剣術家など旧時代の遺物に過ぎないし、その剣術家が剣の試合を見せる撃剣会に庶民が熱狂する理由も理解できない。だが、武士の生活を助けるためだけでなく、剣を後の世代に継承するためにも撃剣会は必要と熱く語る鍵吉の話を義父から聞いた辰之助は、自分の頑《かたく》なな心を少しだけほどくことになる。

杉本苑子には、八世團十郎を主人公にした『傾く滝』や近松門左衛門の生涯を描いた『埋み火』など〝芸道〟をテーマにした作品があるが、純粋に剣術の将来を考える鍵吉の姿は、一連の芸道小説のヒーローに通じるものがある。

結局、辰之助は最後まで剣術や剣術家の理想を理解することはできなかった。剣士はすぐに「剣禅一如」を口にするが、辰之助は本当に悟りの境地に至ったのなら、そもそも剣は必要ないと考える。凶器に過ぎない剣などを持つから、殺し合いになるのだと。平和国家なら武力はいらない、だが一方で自衛のためなら武力が必要との議論もある。辰之助の頭脳を持ってしても解消できなかった矛盾は、平和国家を標榜《ひょうぼう》しながら、自衛の戦力を持ち、他国の戦争の余波で戦後復興を成し遂げた戦後日本が抱える矛盾とも重なっているように思える。

（平成十九年四月、文芸評論家）

本書は新潮文庫のオリジナル編集です。
収録作の初出は、各篇冒頭をご覧下さい。

表記について

新潮文庫の文字表記については、原文を尊重するという見地に立ち、次のように方針を定めました。

一、旧仮名づかいで書かれた口語文の作品は、新仮名づかいに改める。
二、文語文の作品は旧仮名づかいのままとする。
三、旧字体で書かれているものは、原則として新字体に改める。
四、難読と思われる語には振仮名をつける。

なお本作品集中には、今日の観点からみると差別的表現ととられかねない箇所が散見しますが、著者自身に差別的意図はなく、作品自体のもつ文学性ならびに芸術性、また著者がすでに故人である等の事情に鑑み、原文どおりとしました。

（新潮文庫編集部）

池波正太郎・津本陽・直木三十五・五味康祐・綱淵謙錠著
剣聖 ―乱世に生きた五人の兵法者―
戦乱の世にあって、剣の極北をめざした男たち――伊勢守、卜伝、武蔵、小次郎、石舟斎。歴史時代小説の名手五人が描く剣豪の心技体。

菊池寛著
藤十郎の恋・恩讐の彼方に
元禄期の名優坂田藤十郎の偽りの恋を描いた「藤十郎の恋」、仇討ちの非人間性をテーマとした「恩讐の彼方に」など初期作品10編を収録。

津本陽著
人斬り剣奥儀
「松柏折る」「抜き、即、斬」など、戦国期から明治半ばに生きた剣の天才たちの人智及ばぬ技の究極を描く10編の人斬りシリーズ。

柴田錬三郎著
剣鬼
剣聖たちの陰にひしめく無名の剣士たち――彼等が師を捨て、流派を捨て、人間の情愛をも捨てて求めた剣の奥義とその執念を描く。

五味康祐著
秘剣・柳生連也斎
芥川賞受賞
芥川賞受賞作「喪神」、異色の剣の使い手の苦悩を描いた「秘剣」をはじめ剣に生きる者の苛酷な世界を浮彫りにする傑作11編を収録。

子母沢寛著
勝海舟（一～六）
新日本生誕のために身命を捧げた維新の若き志士達の中で、幕府と新政府に仕えながら卓抜した時代洞察で活躍した海舟の生涯を描く。

新潮文庫最新刊

齋藤孝著
読書入門
―人間の器を大きくする名著―
心を揺さぶり、ゾクゾク、ワクワクさせる興奮を与えてくれる、力みなぎる50冊。この幸福な読書体験が、あなたを大きく変える！

池田清彦著
正しく生きるとはどういうことか
道徳や倫理は意味がない。人が自由に、そして協調しながらより善く生きるための原理、システムを提案する、斬新な生き方の指針。

山崎洋子著
沢村貞子という人
潔く生きて、美しく老いた――女優沢村貞子。その人生の流儀と老いの日々を、長年を共に過ごし最期を看取った著者が爽やかに綴る。

中野香織著
モードの方程式
衣服には、こんなにも豊かな物語が潜んでいる――。ファッションに関する薀蓄に溢れた、時代を読み解くための知的で洒脱なコラム集。

岩宮恵子著
思春期をめぐる冒険
―心理療法と村上春樹の世界―
思春期は十代だけのものではない。心理療法の実例と村上春樹の小説世界を通じ、大人にとっての思春期の重要性を示した意欲作。

岩中祥史著
出身県でわかる人の性格
―県民性の研究―
日本に日本人はいない。ただ、県民がいるだけだ。各種の資料統計に独自の見聞と少々の偏見を交えて分析した面白県別雑学の決定版。

剣《けん》　狼《ろう》

—幕末を駆けた七人の兵法者—

新潮文庫　し－5－91

平成十九年六月一日発行

著者　菊池寛　本山荻舟　津本陽
柴田錬三郎　山田風太郎　五味康祐
子母沢寛　杉本苑子

発行者　佐藤隆信

発行所　株式会社　新潮社

郵便番号　一六二―八七一一
東京都新宿区矢来町七一
電話　編集部(〇三)三二六六―五四四〇
読者係(〇三)三二六六―五一一一
http://www.shinchosha.co.jp

価格はカバーに表示してあります。

乱丁・落丁本は、ご面倒ですが小社読者係宛ご送付ください。送料小社負担にてお取替えいたします。

印刷・東洋印刷株式会社　製本・株式会社大進堂

ISBN978-4-10-115055-0 C0193